ROBERTA ROTONDI

MORGAN'S LEGEND

LA LEGGENDA DI CAPITAN MORGAN

Questo romanzo è un'opera di fantasia.
Copyright ©

Tutti i diritti letterari di quest'opera sono d'esclusiva proprietà dell'autore

(comprendono: diritti di traduzione, di riproduzione, adattamento parziale o totale

per mezzo di copie fotostatiche, sistemi informatici, microfilm)

Tutti i romanzi di Roberta Rotondi sono disponibili sulla pagina autore personale di Amazon

Non è la destinazione, ma il viaggio che conta.
Johnny Depp.

PREFAZIONE

Il mio nome è Angel e ho sedici anni.

Vivevo a Genova, in una casa in cima alla collina, con mio padre e i miei due fratelli maggiori. Il lavoro nei campi rappresentava la nostra unica fonte di sostentamento, compito che spettava a me e a mio fratello Sebastiano. Nostro padre non aveva più le forze per occuparsene ed Ettore, il fratello maggiore, era sempre distratto in altre faccende. Non ho mai saputo di che cosa si occupasse in modo tanto assiduo, fino a trascorrere giorni interi lontano da casa.

Avevamo galline, capre e un grande orto dove si coltivava ogni genere di verdure e, in primavera, gli alberi da frutto fiorivano rigogliosi. Tanta fatica e duro lavoro.

Il mio compito era occuparmi delle faccende di casa, i pranzi e le cene, governare il bestiame e la sera le mani mi facevano talmente male che avevo come la sensazione che ogni singolo dito si staccasse dalla sua sede. A volte trovavo difficoltà perfino a salire le scale per raggiungere la mia camera.

Il fisico e lo stile di vita non mi preoccupavano. Ciò che mi ha sempre fatto davvero male, è stato comprendere che quello non fosse il mio posto.

Ho vissuto assolvendo ogni giorno i miei doveri, per amore della mia famiglia e con la convinzione che sarebbe sempre stato così. Poi, ho iniziato a credere in un sogno e nella possibilità di realizzarlo. E credendoci ho trovato il coraggio di scappare, di abbandonare, se pur con dolore, quella vita che sentivo non appartenermi. Sono fuggita in balìa del mio destino, senza conoscere quale futuro mi avrebbe atteso.

Fuggire, nonostante tutto, ho pensato fosse l'unica via percorribile, come quel sentiero fangoso tra i rami di una fitta boscaglia che mi ha dato la possibilità di nascondermi, nell'attesa del buio della notte. Una notte senza luna e senza stelle.

Che cosa ne sarebbe stato di me?

Nella totale disperazione mi ritrovai persa in una città diventata estranea e ostile. Su di me incombeva il grido di chi mi cercava per restituirmi all'incubo in cui era piombata la mia vita. Mi nascosi e quando quel richiamo si placò, buio e silenzio mi avvolgevano.

Riaprendo gli occhi ho scoperto di essere salva in una nuova realtà. Ero ancora viva.

Poi un'ombra, un profilo, una sagoma definita e una bandiera: pirati.

Onde portate dal vento. Onde tempestose che s'infrangono sugli scogli. Schiuma spumeggiante, chiara, che s'innalza, sovrasta la scogliera e corre veloce, scompare.

Onde lente, calme, tranquille. Onde scivolose si distendono sulla spiaggia piatta e coi loro gorgoglii, raccontano di storie lontane portate dal mare.

Mare.
Lucido, abbagliante, bellissimo. Mare dolce, incantato ... e incantevole, che parla, mormora sereno, scaldato dal sole.
Mare agitato, scosso, investito dal vento. Pioggia che pizzica le onde ricce in una danza, facendosi compagnia. Sollevano spruzzi, giocano, si rincorrono.

La vita. Un momento pacifica, quasi noiosa, un attimo dopo tutto è sottosopra, in piena rivoluzione. Quando meno te l'aspetti, ogni cosa cambia. Come in mezzo al mare, ci si trova travolti da un'autentica burrasca.

Sta a te, marinaio, scegliere di rimanere a terra e osservare il passare di quelle onde irrequiete fino al sopraggiungere del loro riposo. Guardarle da un luogo sicuro, lontano, dove non si corrono pericoli, senza nemmeno tentare di rischiare. Oppure, scegliere d'inabissarsi in quelle onde insicure ... e affrontarle. Per non subire la vita senza reagire e combattere per viverla.
Questo, però, rimarrà solo privilegio di pochi.

1.

- ISLA CELESTE -
BAHAMAS - 1694

Riva, morbida e ondulata, disegnata dolcemente, dalle linee pulite, armoniose, priva d'interruzioni. Sabbia bianca che si stende fino al limitare della folta vegetazione, fresca e rigogliosa. Sole alto, perso in un cielo senza nubi. Gabbiani ad ornare, col loro volo, questo quadro dai colori accesi, combinati in perfetta armonia. Sfumature e accostamenti, come appena usciti dalla mano di un pittore.

Sulla sabbia calda, un corpo sinuoso riposa tra i minuscoli granelli di corallo. Si muove, si allunga, sospira e respira come al risveglio da un lungo sonno. Il corpo di una donna che apre gli occhi, abbagliata dalla luce di un sole troppo invadente e volge il suo sguardo all'orizzonte.

Dove sei? Manchi da mesi. Non sto facendo altro che aspettare: un segno, una luce, un bagliore. Aspetto qualcosa che possa farmi capire che non sei lontano, che stai tornando da me. Il mare, anche se mille volte interrogato, non dà risposte. Solo silenzi. Conto il passare dei giorni. Giorni che scorrono troppo lenti e faticosi. Uno dopo l'altro, passano senza lasciare traccia di sole nel mio cuore che vorrebbe farsi strada e correre lontano per sentire, per ascoltare, per vedere se oltre quell'orizzonte, esista una traccia di te. Lunghi giorni persi a farsi troppe domande, nel ricordo di altri passati troppo veloci. Giorni sospesi qui a sperare, a desiderare. E poi di nuovo il giorno dopo e il giorno dopo ancora. Perché in questo mare che mi volta le spalle, la vela gonfia che ti riporterà da me c'è. Magari molto lontana, ma c'è. Vorrei vederla spuntare laggiù, in mezzo a tutto quel blu. Un tuffo al cuore, un'emozione, poi niente. Solo silenzio e andare avanti, vivere comunque la vita, anche quando se ne frega di quello che desideri.

Strada solitaria. Cammino e sono solo. Guardo a destra. Quella piccola feritoia in basso. A guardarla più da vicino si allarga e mi ricorda di quel momento, uno tra i più significativi della mia esistenza. Di quegli occhi brillare nel buio di quella fessura. Gli occhi di lei. Strappo quel pensiero e continuo a camminare. Arrivo fino alla spiaggia. Una spiaggia deserta e tranquilla. Resto fermo così, a guardarla. Sorrido. Quante volte abbiamo giocato sulla spiaggia con la nostra bambina. Quante notti siamo rimasti lì, noi due, soli, come una sosta dovuta per quel momento speciale, solo nostro. E mi ricordo di tutti quegli attimi: la musica del mare, il caldo della notte, i corpi nudi, il corpo di lei. Il sapore del sesso, solo nostro, unico e irrinunciabile, senza paragone alcuno. La brezza salire dal mare. Un filo di fumo che esce dal falò ormai spento. Sorrisi nella penombra, i nostri sorrisi. Il profumo di lei, di tutta lei addosso. Alzo lo sguardo e per un istante mi sembra di vederla. Tende le sue braccia verso di me, mi saluta, mi chiama. Mi avvicino e cerco ancora quel sorriso, ma non c'è più. Non c'è già più.

Non posso raggiungerla. Non posso andare oltre. Queste sbarre me lo impediscono.

E lei è laggiù. Lontana. Oltre quel mare. Oltre quel cielo. E io, imprigionato qui da troppo tempo, intrappolato tra quattro mura sudicie e questo è tutto ciò che mi è dato di sapere. Non posso fare altro mentre, con la mente, vago per quelle vie che intravedo da questa finestra, fino al mare. La cerco continuamente. La cerco qui, con me. Le mie braccia vorrebbero solo prenderla e stringerla di nuovo. Quanto tempo dovrà passare prima che le mie mani possano di nuovo accarezzarla, non lo so. Non so nulla. Vivo nel dubbio, nell'incertezza e nella paura che quel giorno, possa non ritornare mai.

La brezza marina all'imbrunire inizia a punzecchiare quando si scontra con le correnti d'aria fresca che preannunciano l'avvicinarsi delle ombre. Tra non molto, come ogni sera, sarà il momento di rincasare, ma, come sempre, attendo fino all'ultimo. Fino al più piccolo bagliore di sole che mi permetta di continuare a fissare l'orizzonte.

Come ogni giorno, anche la mia piccola è qui con me. Non mi separo mai da lei e la guardo ogni volta come se fosse la prima volta, apprezzando con gioia tutte le sue scoperte, ciascuna delle sue straordinarie conquiste che giorno dopo giorno la vedono crescere. Tenta di sollevarsi su quelle gambine ancora troppo deboli. Fa forza sulle braccia e le manine affondano nella sabbia quando, con tutta la sua energia, vuole alzarsi da terra. Si molleggia più volte sulle gambe esili per mettersi alla prova. Prende una specie di rincorsa, prima di far leva e staccare le manine. Ed eccola lì, in piedi. Barcolla per qualche secondo in cerca di equilibrio. Poi piomba di nuovo giù con un piccolo tonfo. Si ritrova d'improvviso seduta sulla sabbia, morbida e pronta ad accogliere ogni sua caduta. Ogni movimento impreciso e scomposto di una creatura di appena un anno di vita, ma non si lascia scoraggiare. È determinata. Si guarda attorno e dopo poco ci riprova, con la stessa dinamica precedente, ma con più convinzione. Forse ancora troppo piccina e, all'ennesimo tentativo fallito, mi guarda con i suoi occhi scuri. Gli occhi di Jack. E tende le sue minuscole braccia in cerca di aiuto e conforto. La sollevo da terra e la stringo a me, prima che la delusione possa tramutarsi in pianto. Lei appoggia piano la sua testina con i riccioli morbidi sulla mia spalla e si lascia coccolare. Intono una dolce melodia. Il suono della mia voce ha il potere di calmarla. Mi lascio accompagnare dalle note mentre m'incammino verso le palme, verso il sentiero che porta alla nostra capanna. Ogni passo accompagna la mia solitudine che si sta trasformando in dolore.

D'un tratto, Mary ha come un sussulto tra le mie braccia. Emette un grido acuto che mi fa voltare si scatto. Sono apparse delle vele, grandi vele gonfiate dal vento. C'è una nave all'orizzonte.

2.

SEBASTIANO

La nave si avvicina mostrando sempre più nitide le sue caratteristiche. Distinguo delle vele bianche e ricado nello sconforto. Non può essere la nave che mi sta riportando Jack. Eppure, c'è qualcosa di familiare. Il grande castello di poppa. Alto, imponente, con cinque piani di balconate. Riconosco quel colore blu intenso, marino e gli intarsi dorati che riflettono la luce del tramonto. Quell'effetto di dominio sul mare riporta a galla ricordi mai sbiaditi. È la Blue Royale, l'ammiraglia di Capitan Edward Warley.

La grande nave porta con sé un carico di dolore. Si fa spazio tra le onde chiare, seguita da una scia di tristezza e afflizione. Alcuni membri dell'equipaggio, tra cui giovani marinai, si affacciano quando si comincia a intravedere la spiaggia.

Ci avviciniamo a quell'isola persa nell'azzurro del cielo di questo mare caraibico e vista da qui, appare come un piccolo pezzo di paradiso staccato dalle nuvole e appiccicato lì, tra quelle increspature d'acqua lucida. C'è calma tutt'attorno. Un'oasi di luce e pace dopo l'inferno che abbiamo passato. Un luogo sicuro e protetto dalle insidie e malvagità che si trovano all'esterno di questo piccolo mondo a parte. Lei è qui, so che la troverò e cercherò in tutti i modi di tenerla fuori da quest'incubo che ha rappresentato gli ultimi mesi in mare. Cercherò di starle accanto e di farle capire che cosa sia accaduto. E vorrei non invadere la sua pace, la sua serenità. Per non vederla soffrire. E lei, curiosa, inizierà a pormi infinite domande. Quando vorrà capire, toccherà a me spiegare. Quando vorrà sapere, sarò io a raccontare. Ma come potrò? Come sarà possibile senza procurarle enormi ferite? Come posso pretendere che possa capire qualcosa per me ancora incomprensibile?

Warley scruta l'ancoraggio ormai prossimo. Il suo equipaggio è già all'opera. All'argano si apprestano a calare l'ancora, vengono ammainate le vele, altri si sporgono dalla fiancata con le cime arrotolate e pronte per essere gettate.

Non riesco a non domandarmi perché Warley si sia spinto fino a qui, ben lontano dalle sue rotte usuali, ma dopo aver elaborato varie congetture, forse la risposta è molto più semplice.

Mi avvicino al molo, i miei occhi incrociano quelli del capitano: sono stravolti, seri e, se non li conoscessi già, direi perfino addolorati. Scorgo ora l'intera fiancata della nave da dove appaiono altri volti familiari. Primo fra tutti il volto di Chris, che si fa spazio per potermi vedere e, dietro di lui, uno ad uno, spuntano gli altri amici. Accanto a loro, con mio grande stupore, un volto che mi lascia senza fiato: a bordo con loro c'è Sebastiano, mio fratello.

Stento a riconoscerlo. È magro e per quanto il suo viso sia abbronzato, sembra che sotto quel colorito caldo si nasconda il pallore di chi ancora non ha smesso di soffrire. Era lui quello che da bambini mi difendeva dai pesanti scherzi di Ettore. Quello che, in un modo o nell'altro, era sempre dalla mia parte. Quello che mi voleva bene davvero, come a una sorella.

E poi?

E poi, anche lui iniziò a soffrire, senza darlo a vedere. Tentava in tutti i modi di eludere un argomento che lo metteva a disagio. La morte improvvisa della mamma colpì molto anche lui. Si era affezionato a quella donna dalle maniere dolci e il fare gentile. La sua sensibilità lo aveva portato ad amarla come se fosse la sua vera madre. Il vuoto che si creò in seguito fu talmente forte e pesante in lui, nel suo cuore distrutto, da poterlo quasi toccare con mano, ogni volta che mi parlava, ogni volta che mi guardava e lo leggevo nei suoi occhi stanchi. Stanchi di quella vita. Tutta la sua sofferenza la riversava su ciò che più gli procurava fastidio: Ettore. Dopo gli ultimi malumori, sfociati in episodi di violenza, quella fu la classica goccia di troppo, in un mare già colmo di dolore.

Quel giorno ci fu un gran trambusto a casa. Io mi trovavo in cortile, china sul lavatoio, ma potevo sentire le loro urla che rimbombavano tra le mura di casa.
"Me ne vado!"
"Che diavolo vai blaterando? Torna al lavoro!"
"No, Ettore, sono serio! Me ne vado."
"E dove pensi di andare? Come vivrai fuori di qui? Lontano dalla tua casa?"
"Meglio dell'inferno in cui ci hai trascinato."
"Come osi! Tu non sai quello che dici! Ricorda ragazzo che sono io che quello che sto facendo, il lavoro e le fatiche che sto sopportando ..."
"Ma quale lavoro? E quali fatiche? Tu vivi sulle spalle degli altri! Non pensi mai a tua sorella? Ti sei accorto di come la stai trattando e di come si è ridotta?"
"Resta fuori da questa storia."
"Perché? Perché lo dici tu?"
"Ora basta!"
"E che mi dici di papà? Da quando si è chiuso in quella stanza ci sei mai entrato? Hai

verificato di persona in che stato si trovi?"
"Smettila, Sebastiano!"
"No! Non la smetterò! Non sono più un bambino, Ettore! Mi sono accorto di quello che sta accadendo qui e non mi piace. Ciò che mi fa più male è capire che le cose non cambieranno. Non finché vivrai con noi sotto lo stesso tetto. Se c'è qualcuno che se ne deve andare quello sei tu."
"Ti sbagli di grosso se credi che riuscirai a cacciarmi da casa mia."
"Lo so, non mi sono fatto illusioni in proposito. Perciò me ne vado io. Non sono disposto a rimanere un minuto di più."

Mi avvicinai alla finestra per spiare nella stanza. Non avevo mai visto Sebastiano tanto in collera prima di allora. Avevo paura. Quelle voci mi spaventavano e avevo voglia di diventare piccola e nascondermi.

Ettore imprecava su di lui mentre in fretta e furia Sebastiano raccoglieva tutte le sue cose, riponendole con rabbia in un sacco. Una rabbia che non era da lui. Come un fuoco impazzito, acceso improvvisamente. Ed era diverso da come lo avevo conosciuto. Ettore lo bloccò prendendolo per le spalle con una furia tale da strappargli un lembo della camicia che gli rimase imprigionato nella mano chiusa e rigida di rabbia.

"Non osare toccarmi. Non te lo permetto. Non più ormai." Gli rispose con freddezza. "Da questo momento dimentica di avere un fratello!"

E corse via. Mi affannai verso l'uscita per poterlo vedere. Per fermarlo, ma Ettore mi trattenne con la forza. Non ebbi nemmeno la possibilità di salutarlo, di poterlo abbracciare per quella che, dentro di me, sentivo sarebbe stata l'ultima volta. Ricordo i suoi occhi colmi di tristezza e gonfi di lacrime quando si voltò a guardarmi. In quel momento avrei tanto voluto raggiungerlo, ma le braccia di Ettore erano troppo forti ed io troppo debole per resistergli.

Quella sera mi infilai in lacrime sotto le coperte, mentre dal piano di sotto sentivo Ettore sbattere furiosamente le porte e rompere oggetti. Infilai la testa tra le spesse piume del cuscino. Dalla luce fioca della mia stanza si vedeva quella di Sebastiano. La porta era ancora aperta. Non era tornato. Stava resistendo. Lui è fatto così. E avrei voluto saltare giù da quel letto, mettermi a correre nel buio della notte ed inseguirlo, per dirgli che mi dispiaceva per quello che era accaduto, che era mio fratello e che già mi mancava, ma forse lui, in quel momento, era troppo arrabbiato e aveva bisogno di stare solo, di non vedere nessuno, di non ascoltare nulla, neanche la voce di una persona che gli voleva molto bene. Pensando fortemente a Sebastiano, solo là fuori, mi sentii morire. Non volevo credere che non sarebbe tornato mai più. Lacrime copiose scendevano calde sulle mie guance e mi sentii improvvisamente sola, senza quella certezza che solo lui sapeva darmi: mio fratello. Avrei tanto voluto dire a qualcuno tutte quelle cose che in quel momento mi passavano per la mente. Ma non avevo più nessuno a cui rivolgermi. Avrei solo desiderato che Ettore e Sebastiano entrassero nella mia stanza dicendomi: "Scusa Angel, non piangere, abbiamo scherzato, è tutto a posto!" Non fu così. Ancora non sapevo quante cose sarebbero cambiate.

Ora tutta quella sofferenza, derivata dall'abbandono, la leggo chiara non solo nei suoi occhi. La sua presenza stessa, riflette un passato troppo difficile. Anche lui rimasto senza una famiglia cui fare riferimento. Come sia finito nella ciurma di Warley non mi è dato sapere, ma c'è dell'altro che riempie il mio animo d'inquietudine. Mio fratello, così come i miei compagni, hanno portato di più di una nave vuota.

3.

ONDE DI DOLORE

Immobili, in piedi, sulla banchina stretta. Sento l'acqua muoversi sotto di noi come unico elemento vitale. Guardo gli occhi impietriti di Warley che stenta a proferire parola. Lascia scorrere il fiato debolmente e a fatica mi saluta, come se ne avesse timore.

"Lieto di rivedervi, Angel" sussurra.

"Capitan Warley, a che cosa devo l'onore di questa visita?"

Non riesce a sostenere il mio sguardo carico di angoscia. In quel momento ci raggiungono Chris e Sebastiano. A quest'ultimo corro incontro tuffandomi nel suo abbraccio.

"Sebastiano, non sai che immensa gioia mi stai dando! Mi sei mancato così tanto! Dove sei stato per tutto questo tempo?"

Le mie domande partono a raffica senza dare tempo e modo a nessuno di rispondere, come se mancasse loro la possibilità di elaborarle. Sembrano tutti anestetizzati.

"Che cosa ti è accaduto? Cos'è accaduto a tutti voi?"

La situazione inizia a innervosirmi.

"Chris!... Sam!... Peter! Perché siete qui? Dove sono gli altri?" le mie parole rimangono sospese in un alito di vento. "Dov'è Jack?!"

L'ultima domanda, a quel nome urlato con più passione, fa calare lo spettro del silenzio. Anche gli uomini che stavano scaricando le casse vuote dalla nave, si bloccano all'improvviso. A questo punto ho paura. Guardo la bambina. La prendo di nuovo tra le braccia per non vederla piangere e l'affido alle cure di Anna, la donna che, dal momento in cui ho messo al mondo la piccola, si è presa cura di entrambe. Con lo sguardo le faccio intendere di scostarsi da noi e mentre la vedo allontanarsi faccio appello a tutto il mio coraggio. Torno a cercare gli occhi di quegli uomini che conoscevo bene, che facevano parte integrante della mia vita e che ora stento a riconoscere. Li osservo. Prendo col mio i loro sguardi. Li conservo con me per poterli custodire. E aspetto.

Warley mi afferra le spalle e con la sua presa forte e decisa le sostiene. Avverto il contatto con le sue mani grandi. Si abbassa per potermi guardare dritta negli occhi e leggo il suo dolore.

"Angel, la nave di Jack è stata catturata."

Nessuna reazione, solo silenzio e gli occhi di Warley su di me.

"Continuate ..."

"Una flotta nemica a me sconosciuta ha attaccato la Perla Nera. Un attacco furioso, tanto imprevisto quanto violento. Navi da guerra armate, potenti." Fa una pausa e sospira. "Quando seppi dell'accaduto accorsi in suo aiuto, ma fu inutile. Era già troppo tardi. Giunsi solo il tempo utile per recuperare alcuni superstiti" e volta lo sguardo verso i compagni ancora impietriti, "ma per la nave e il resto della ciurma non c'era più niente da fare."

"Che cosa state cercando di dirmi?"

"Alcuni morti, altri prigionieri, i meno fortunati ... giustiziati senza possibilità d'appello."

Warley non ha più l'animo di sostenere quel ricordo che lo assilla. E teme ciò che sta per arrivare; la mia disperazione.

"E Jack!?" mi aggrappo alla sua giacca. "Cos'hanno fatto a Jack?!"

Si avvicina Chris e con gli occhi lucidi mi rivolgo a lui. "Chris, tu me lo devi dire! Dov'è Jack? Perché non è qui con voi?"

"Un capitano non abbandona mai la sua nave."

"Anche lui catturato, dunque?"

Chris non si nasconde dietro la difficoltà del momento e cerca coi suoi occhi confusi il sostegno ed il conforto dei presenti.

Si fa avanti Sam.

"Mi dispiace, Angel, ma abbiamo ragione di credere che anche il nostro capitano abbia subìto la stessa sorte degli altri uomini."

"Voi, però, siete qui! Vi siete salvati!"

"Ci siamo salvati da codardi!" tuona Nick con sguardo grave mentre avanza superando gli altri "siamo rimasti nascosti e i nemici non ci hanno trovati! Non abbiamo dovuto difenderci, non abbiamo lottato per sopravvivere, abbiamo mandato avanti il resto dell'equipaggio" urla voltandosi verso gli altri.

"Solo perché è stato Jack a ordinarcelo!" controbatte Sam. "E così facendo lo abbiamo mandato incontro alla morte" torna a guardarmi mentre i ragazzi abbassano il capo e nei suoi occhi leggo rabbia e sconforto. "Scusaci, Angel."

Vuoto, smarrimento e poi panico. Panico che sfocia nell'impossibilità di fare qualunque cosa. Di subire una qualsiasi reazione del mio corpo. Barcollo all'indietro. Forse vedo l'acqua che brilla, non lo so. Luccica ancora di quel tenue sole che ci viene a salutare correndo rasente quell'acqua azzurra e scompare.

"Angel!"

I suoi occhi si spengono come la fiamma di una candela, come questo tramonto in cui il sole, ormai stanco, si tuffa nel mare.

"Angel!"

Si avvicina e mi stringe forte la giacca. La prende con le mani, chiude i pugni, si aggrappa alla stoffa, disperata, come se in questo momento per lei fosse l'unico scoglio sicuro nel mare in tempesta, dove si trova a navigare in quelle onde di assurdo dolore. Le sollevo il mento con una mano e quel gesto gentile colma i suoi occhi di lacrime. Poi la sento cedere. Si appoggia al mio petto e comincia a piangere. Tenta di affogare il suo dolore in quella giacca. Non vuole far sentire la sua debolezza e la nasconde su di me. La stringo piano tra le braccia. Ho rispetto di lei, della sua sofferenza. Ho paura di stringerla di più, per lo stesso rispetto che porto al mio comandante, ma intanto la stringo, forte a me e ritrovo tutto quello che avevo messo da parte. Solo per lei. Per amore di lei. Mille volte ho desiderato tenerla così e non l'ho fatto e altre mille volte avrei voluto coccolarla dolcemente come se fosse la cosa più normale e naturale del mondo. Per parlarle, accarezzandole i capelli, come ora.

"Non è vero!"

"Non fare così, Angel."

"No Chris, non può essere vero!"

"Calmati."
Respira tra i singhiozzi e le sue lacrime inzuppano la mia giacca. Mi guarda con gli occhi lucidi e arrossati. Si asciuga il naso con la manica del vestito. Io le sistemo un po' i capelli con tutt'e due le mani, portandoglieli dietro le spalle e loro, un po' bagnati, restano a posto ridando luce a quel viso disperato. Penetra con i suoi i miei occhi, cercando risposte che non le posso dare. Li oltrepassa quasi, per la totale intensità. Cerca una via d'uscita che non trova, che nessuno potrà darle. Avverto le sue dita stringere nel tentativo di aggrapparsi a me. Poi il suo respiro rallenta, la sua presa si affievolisce, per cadere tra le mie braccia priva di sensi.

4.
SILENZIO FATTO DI RICORDI

Arrampicato quassù, alla finestra, un'apertura sul mondo difficile da raggiungere, perché le finestre, qui, non sono fatte per il piacere di guardare: non c'è nulla da vedere, ma guardo.

Lo stesso cielo, lo stesso mare, la stessa scogliera di ieri. Non ha piovuto. Il mare è calmo. Nessuna tempesta ad agitarlo, quindi nessun arcobaleno, ma voglio immaginarlo. Perché pensare a te, avvolge questo cielo coi colori dell'anima. E silenzio. Un silenzio fatto di ricordi. Il ricordo dei tuoi sorrisi. Penso a quello che non abbiamo più. A quello che ci è stato portato via. A tutto quello che è stato faticosamente costruito, con pazienza e volontà e poi distrutto.

Quanto tempo richiede formare qualcosa di prezioso e delicato e quanti brevi istanti sono sufficienti per mandarlo in frantumi?

Che cosa è rimasto a te? Che cosa è rimasto di te, di noi?

Ti immagino uscire dalla nostra casa e correre al mare. A piedi nudi nella sabbia, perché tu le scarpe non le porti. Hai deciso da tempo di non indossarle, perché non le sopporti. Tu hai bisogno di sentirti libera e di assaporare questa libertà attraverso il contatto diretto con il suolo soffice della nostra isola. Sembra stata creata apposta per te, per accogliere ogni tuo passo, ogni tuo movimento. Ti vedo su quella sabbia quando segue le forme del tuo corpo e ti tiene lì con sé, mentre osservi la linea dell'orizzonte. Ogni tanto una piccola onda ti sfiora i piedi. La lasci fare. È solo un piccolo saluto che arriva da un mare che non sa fare a meno di te. Come me.

Io lo so. So che tu mi stai aspettando. Che scruti quell'orizzonte, perché è lì che ogni giorno mi vieni a cercare. Senza sapere che io non arriverò. O almeno, non subito.

Un tempo ero un passero che non ha mai imparato a volare. Un tempo. Prima di trovare te. Tu me lo hai insegnato. Mi hai dato le ali per farlo. E a queste ali non sarà più impedito di aprirsi in volo. Le userò per ritornare, per aprire questa gabbia.

Ti vedo, sai? Sulla porta di casa, a cercare nelle stanze. Cerchi chi non c'è più e avverti quel terribile vuoto in cui intrecci le sartie che sollevano la tua anima come vele fradicie dopo un acquazzone. Pesanti. Come il tuo cuore. Pesanti. Come i pensieri che non lasciano respiro.

In un silenzio irreale il buio copre ogni cosa. Ogni lamento, dove la sofferenza cerca di nascondersi sotto coperte di illusioni. L'illusione che tutta quest'oscurità possa portarsela via.

Mi muovo lentamente in questa casa dove ogni più piccolo particolare parla di lei. Il soffitto ricoperto di leggere stoffe celesti che cadono a cascata e riempiono l'ambiente di calore. Sembrano onde del mare investite dall'aurora. Un'aurora che tarda ad arrivare, inghiottita da una notte che ha perso i suoi confini.

Abbandonato su questa sedia a dondolo, seguo le sagome degli oggetti che mi circondano, mentre curo ed ascolto il respiro di lei, la mia sorellina, che dopo un infinito pianto riposa accanto alla sua creatura.

Quanta sofferenza sarai costretta a patire? Quante lacrime, dolce angelo mio, dovrai ancora versare? Quanto dolore sarai in grado di sopportare, prima che la tua vita possa vedere quello spiraglio di luce e di felicità che meriti? Che cosa racconterai alla tua bambina quando ti chiederà di suo padre? Io sono qui, ti resterò accanto, non affronterai tutto questo da sola.

L'aria leggera del mattino inizia ad entrare dalle finestre e i drappeggi celesti ondeggiano al suo dolce ritmo. Si intravede uno spiraglio di luce che tenta di farsi posto in un nuovo giorno. Distinguo tutto ciò che mi ha fatto compagnia in questa lunga notte. Le conchiglie sparse sulle pareti, i tappeti color indaco, le ceste ben riposte, gli abiti sparsi un po' alla rinfusa, ma in modo ordinato, come solo Angel sa fare.

Dalla sua stanza arrivavano sempre le grida di mamma che la sollecitava a mettere in ordine. La sua risposta, però, era sempre la stessa: "Lascia stare mamma! Il mio è un disordine ordinato. Non toccare nulla, in quello scompiglio mi ci trovo benissimo."

Questi ricordi ritrovati affiorano lentamente come da un baule aperto. Dopo un profondo respiro mi alzo un po' dolorante dalla sedia. Ho un capogiro. Cammino come ubriaco barcollando verso la porta ed esco. Un po' d'aria mi farà bene. Ancora il sole non si è levato. Le foglie vengono solleticate dalla brezza e le palme, sul limitare della spiaggia, ondeggiano debolmente. Da qui posso vedere il mare ancora addormentato. Ascolto, tutt'attorno a me, il silenzio di un'isola dispersa nell'oceano che continua a riposare.

Improvvisamente la porta della piccola capanna si spalanca di botto, provocando un feroce spostamento d'aria. Mi volto, colto di sorpresa e da un impeto d'ansia e la vedo. Mi viene incontro in preda al panico, con i suoi capelli sparsi sul volto, le ciocche in disordine sulle spalle e lungo la schiena. È madida di sudore. Corre verso di me come una furia mentre una folata di vento l'avvolge sollevando in parte il suo abito bianco. Mi guarda a lungo, mi fissa come se cercasse da me chissà quale risposta e prima che possa parlare, nei suoi occhi ho già letto tutto.

"Lui è vivo, Sebastiano. Io lo so, lo sento! E tu mi devi aiutare. Dobbiamo riuscire a trovarlo, dobbiamo salvarlo!"

5.

DI NUOVO IN VIAGGIO

Mille scalini scavati sulla scogliera a picco sul mare. Una fortezza incastonata nella montagna. Una prigione dove chi entra, sa che non ne uscirà mai più.

Al largo di questo mare, creature dalle linee femminili schizzano tra le onde, tra le correnti di un oceano in tempesta. Un oceano che le condurrà fin sotto quella scogliera. Un'alta muraglia grezza, con finestre e sbarre d'acciaio, unico spiraglio di luce per i detenuti, a cui non resta altro che attendere il sopraggiungere della morte come unica speranza di libertà. Lunghi mantelli neri, stivali fino alle ginocchia e ampi cappelli distinguono le guardie che si aggirano per i corridoi bui. Sulle scale della torre si odono gli echi di chi ancora non ha detto addio a questa vita. Il corridoio che porta alla stanza delle torture è forse il luogo più terribile, dove anche il più spietato e crudele dei criminali, nel percorrerlo affiancato da due guardie, inizia a piangere come un bambino.

A guardare attraverso l'unico spiraglio di luce c'è ancora un uomo. Occhi neri e malinconici. Gli occhi di chi, in quel mare, ha perduto qualcosa di molto importante, sapendo che ogni giorno che passa diminuisce la speranza di riavere ciò che ora sembra essere perduto per sempre.

"Non cambierò idea, capitano. Mary viene con noi!"

Rincorro capitan Warley sulla lucida e impeccabile plancia* della Blue Royale, mentre è alle prese con gli ordini di manovra, nel tentativo di accertarmi che tutte le condizioni da me imposte siano rispettate. Il che comprende anche avere a bordo una seconda donna: mia figlia. Ben so quanto questo costi al capitano e all'equipaggio.

---

*PLANCIA: ponte di comando di una nave

"Proprio non vuoi capire, Angel!"
"Capisco benissimo!"
"E' troppo rischioso."
"Rischio o no, non mi separerò da lei."
"Vedo che è pressoché impossibile ragionare con te."
"Siate voi ragionevole, capitano! Come potete pensare di separare una madre dalla propria creatura?"
Si ferma e guarda Mary con gli occhi innamorati di un nonno.
"E' ancora così piccola" sospira "ho esaudito ogni tuo desiderio. Permettimi almeno di avere qualche riserva sulla responsabilità di avere un neonato a bordo."
Guardo Mary, stretta a me, che si mangiucchia il pollice. Warley aggrotta la fronte, mentre con le dita tortura la tesa dorata del suo raffinato cappello.
"Ma lei non è una neonata qualunque", esclamo addolcendo più che posso lo sguardo vago negli occhi di Warley e dei compagni in cerca di approvazione. "Non dimenticate che è un pirata, come tutti noi!" Silenzio. Mi ascoltano. "Vi prego. Non chiedetemi di separarmi da lei. In questo momento non lo potrei sopportare."
"Angel ha ragione, capitano." Chris si sente in dovere di spezzare una lancia in mio favore.
"Per quanto bizzarro possa sembrare, temo proprio che ci toccherà accettarla a bordo, signore" aggiunge Sam che sostiene la mia causa.
Warley, un po' impacciato, mi fa sorridere. È così diverso dal vecchio tiranno che conobbi in passato. Dietro quella corazza c'è un uomo che non sa più che dire. O meglio, vorrebbe dire no, ma non riesce. Anzi, tende le braccia verso la bambina che si è messa a giocare con i bottoni dorati della sua elegante giacca blu. Calibra la risposta con voce ferma, cercando a fatica di recuperare la sua autorità.
"Tu ... e Sparrow ... siete la mia rovina!" La sua voce è spezzata da una curiosa ed insolita emozione.

"E va bene, puoi tenerla a bordo!" rimette Mary tra le mie braccia, "ma il più possibile lontana da me! Questo mostriciattolo ha tutta l'aria di portare un mare di guai."

Si allontana infiocchettando quest'ultima affermazione con una serie d' imprecazioni che preferisco non ripetere. Col volto torvo e perplesso fa cenno ai gabbieri* di iniziare le manovre. Ci stiamo muovendo. Appoggiato al suo bastone risale pesantemente i gradini che portano all'alto ponte del cassero della Blue Royale.

Guardo le onde lente del mare, l'acqua così bassa da vederne il fondale, con le loro scie argentee che si allungano sulla spiaggia come strade luccicanti. Stringo a me la piccola quando avverto che comincia ad agitarsi. Con la mia voce la calmo e la consolo cercando di infonderle sicurezza. Anche lei, come noi, avverte una forte tensione. Percepisce il mio nervosismo e l'ansia che ho accumulato in questi giorni.

Siamo così legate al punto da dipendere l'una dall'altra, specie da quando manca Jack. Avvertiamo entrambe quando qualcosa non va. E lei, anche se ancora così piccola, mi capisce. Sa quando sto male o sono turbata. Proprio come ora. Quindi, devo rilassarmi o almeno provarci. Le cose stanno iniziando a prendere la giusta piega. Sono imbarcata con i miei amici, con Mary e con Anna. E questo è molto positivo. Ho la possibilità di dire: *"non mi arrendo!"* Perché non voglio arrendermi. Per nulla al mondo lo farei. Penso a quanto Mary abbia bisogno di me e di suo padre. Gentile, attento, premuroso come ogni bravo papà sa essere. Le prometto che torneremo ad essere una famiglia. Sfioro le sue manine delicate con le labbra mentre i pensieri scorrono. Non so dove tutto questo mi porterà. Chissà se ho fatto davvero la scelta giusta, ma guardandola addormentarsi serena, cullata come sempre dal rumore del mare e dal lento moto delle onde, capisco che tenerla con me sia stata la cosa migliore che potessi fare.

---

*GABBIERE: Nelle navi a vela del passato, marinaio specializzato ad andare sui pennoni degli alberi per la manovra della vela.

Vento in poppa* e vele spiegate. Di nuovo in viaggio, di nuovo con lei, proprio come allora. Da quel tempo che sembra così lontano, con questo contorno che sembra così diverso, una cosa non è mai cambiata.

"Tutto a posto, Chris! Possiamo scendere?"

"Resta di vedetta, Sam! Assicurati che il vento sia costante. Io scendo a controllare le altre vele."

Scivolo lungo l'albero di mezzana* per raggiungere il ponte e quando i miei stivali toccano il tavolato, incontro la figura di Angel intenta a cullare la sua bambina.

Perché ti prende così all'improvviso? Perché deve ripetersi ciò che credevi non avresti più provato? Senza un avvertimento. Senza la possibilità di prepararsi. Perché questa strana malattia dalla quale credevi di essere completamente guarito, si ripresenta senza lasciarti scampo alcuno? Non sarebbe più giusto che crescesse a poco a poco, così che al momento in cui ti dici *amo* sai, o almeno credi di sapere, che cosa ami? Perché un semplice sguardo, due occhi vividi di luce, una posizione delle spalle o anche solo un ciuffo di capelli che ricade sulla fronte, possono portare al cuore il fluire e rifluire della marea?

Sono travolto da quest'impeto, ma permetto all'euforia di abbandonarmi, prima di pentirmene.

Al momento lei è troppo scossa e addolorata. Vorrei starle accanto il più possibile per colmare questo vuoto e aiutarla a sorridere, ma non posso. Non ora. Sarei di troppo. Potrei infastidirla e, invece, desidero che possa godere della mia presenza, perché è quello che vuole davvero. Non per una semplice cortesia nei miei confronti. Quando sarà il momento.

---

*POPPA: è la parte posteriore di un'imbarcazione, ovvero quella parte situata all'estremità opposta della prua che è possibile individuare osservando l'imbarcazione dalla prua nella direzione opposta a quella di navigazione. La poppa è l'area in cui sono solitamente situati gli apparati di timoneria, lo specchio di poppa, la barra del timone, i giardinetti, e gli organi di governo.

*ALBERO DI MEZZANA: è l'*albero* più piccolo posto a poppa nelle *navi* a 3 o a 2 *alberi*, detto anche Palo se non è a vele quadre.

Quando si sentirà di nuovo pronta e avrà superato questa tragedia che non riesce ad accettare. Perché non può e la capisco. È un suo diritto darsi lo spazio di soffrire per digerire anche il dolore più estremo. Avrà tutta la mia pazienza e un abbraccio nel quale rifugiarsi quando ne sentirà il bisogno. Intanto la lascio così. Come un coraggioso angelo della terra che vuole aggrapparsi a un filo di speranza per poter credere che esista ancora un futuro per cui valga la pena sorridere.

La osservo mentre lascia il ponte per cercare un riparo dal sole. Come lei, anch'io nutro speranze per il futuro. Spero sarà diverso dai giorni che ci stiamo lasciando alle spalle. E guardando al cielo, verso i raggi abbaglianti del sole, decido di trovare lì il mio sorriso, che prepotente di luce è venuto a riscaldare un cuore da sempre solo.

6.

BLUE ROYALE

La mia prima notte di viaggio trascorre troppo in fretta. Mi sento intorpidita, ho dormito male, svegliandomi più volte, tormentata da mille pensieri che turbinano nella mia testa. Anna si è già vestita e tiene in braccio Mary che, al contrario, si è lasciata cullare da un profondo torpore per tutta la notte e ora sorride guardandosi attorno curiosa. Se anche le prossime notti le trascorrerà così, inizierò a prendere seriamente l'ipotesi di vivere su una nave.

Con un cenno Anna mi fa capire che si occuperà lei della piccola, mentre io cerco di recuperare un po' di forze. Le uniche volte che nella mia vita ho messo piede su una nave dopo tanto tempo, l'ho sempre fatto in condizioni estreme, ma, come già accaduto, sento che passerà.

Stringo la mia piccola e la saluto con un bacio, prima di vederle lasciare la cabina. La porta si chiude alle loro spalle ed io torno a sedermi sul letto. Smarrita, guardo fuori dalla finestra, ma c'è ben poco da vedere. Acqua e cielo cupo, come il mio cuore, in balìa del flusso e riflusso della marea. Sospiro e inizio ad arrancare alla ricerca di un abito. Improvvisamente i miei occhi cominciano a lacrimare. Per quanto mi sforzi di essere forte non è facile reagire. Lo sconforto è sempre dietro l'angolo, pronto ad assalirmi.

Cercando un sorriso che stenta a farsi vedere, esco dalla mia cabina e m'incammino per i lussuosissimi corridoi della Blue Royale. Ripenso a quando questa nave rappresentava una minaccia, un nemico da evitare. Oggi è diventata una nuova casa ed unica speranza di salvezza per Jack. Nemmeno nei miei sogni migliori l'avrei mai potuto credere.

Verso l'estremità del corridoio comincio a correre. Salgo sul ponte, proprio come facevo sulla Perla Nera e mi appoggio al parapetto. Sola. Sembra che tutto, anche il mare, abbia perso l'intensità e la bellezza di quei giorni, come se ogni cosa che mi circonda si fosse spenta.

Sebastiano mi raggiunge con due tazze fumanti di caffè. Quel caratteristico profumo e il suo sapore dolce-amaro, mi liberano dal peso di una notte difficile.

"E così ... eccoci qui" mi dice simulando un brindisi.

"Mi fa un certo effetto pensarti come un pirata."

"Anche a me" ammette "con la differenza che tu lo sei davvero. Hai ritrovato te stessa e il tuo mondo."

"Mi sei mancato."

"Angel, so che cosa stai pensando ..."

"No, Sebastiano, non lo sai" sorrido "quando ti ho visto lasciare la nostra casa, credevo che non ti avrei mai più rivisto. Mentre ora sei qui e ne sono felice. È un miracolo!"

"Non avrei mai dovuto lasciarti sola. Sono stato un vigliacco!"

"Hai avuto paura e hai deciso di affrontarla."

"Lasciandoti nelle mani di un folle?!"

"Hai fatto quello che potevi."

"Non mi giustificare, Angel!" Si volta per non mostrarmi i suoi occhi "non lo merito."

"Sebastiano, io non ti porto rancore. Ormai è tutto finito e fa parte di un passato che non tornerà. Perché tormentarti?"

Mi avvicino e noto sulle sue spalle, lungo tutto il braccio destro, cicatrici e lividi di ogni genere. Ferite che fanno parte di questo mestiere. Mi guarda profondamente e inizia a parlarmi con tono solenne. Mi descrive gli ultimi eventi con una foga tale da darmi l'impressione che stia cercando di strapparsi dalla mente quei ricordi. Il suo sorriso si spegne e il suo volto diventa una maschera di terrore quando comprendo che vorrebbe parlarmi di Jack e di quanto accaduto. A quel punto lo fermo. Non voglio che vada oltre. Lui afferra la mia mano. Ci guardiamo in silenzio. Io cerco una spiegazione a ciò che è accaduto, mentre lui cerca di allontanarne la visione. Avverto che c'è talmente tanto male in tutto questo che anche il più spietato dei pirati ne ha una giusta paura.

Sposto lo sguardo al grande ponte della Blue Royale ed eccolo là, l'albero maestro. Quello stesso albero al quale sono stata legata per fare da esca a Jack. Dio, sono tormentata da tutti questi ricordi. Fortuna vuole ci sono molti volti nuovi e bizzarri che circolano sull'affollato ponte. Mi distraggo e prendo ad osservarne qualcuno. Certi appaiono seri ed impostati. Altri, invece, sono, al contrario, trasandati e anonimi. Ma trovo che siano molto più singolari. Quando Chris nota il mio interesse mi sorride avvicinandosi.

"Buongiorno, Angel! Come ti senti questa mattina?"

"Non meglio di ieri, ma sicuramente peggio di domani."

"Hai bisogno di tempo per ambientarti. Perché non cominci a fare la conoscenza con il nuovo equipaggio? Come si fa te lo ricordi! Giusto?"

Sorrido. "Oggi ho bisogno del tuo aiuto."

Sebastiano si congeda e ci lascia percorrere il ponte. Chris non ha perso il suo ruolo di cicerone. Indica uno ad uno i nuovi amici chiamandoli per nome. Elenca le loro caratteristiche, pregi e difetti, così che anch'io possa conoscerli. Alcuni si avvicinano, si presentano, mi stringono la mano.

Come Albert. Un tizio giovanile coi capelli rossi, il viso tondo e lentigginoso che ispira simpatia. Gabbiere anche lui, come Chris, imbarcato su questa nave da pochi mesi. In passato ha lavorato come mozzo su navi mercantili. Un po' meno affabile è Scott. Da tutti definito "il gigante". Merito del suo fisico possente e di una statura decisamente fuori dal comune. Indossa dei pantaloni strappati al ginocchio e una maglia ridotta a brandelli, dove è possibile vedere un corpo disseminato di tatuaggi. Noto che non ha ferite di nessun genere. Si aggira tra i mozzi impartendo ordini in tono duro e minaccioso, ma leggo del buono nei suoi occhi.

Mentre si solleva all'improvviso un vento fastidioso, Sam e Peter cascano dalle sartie di prua, finendo proprio davanti a me. Sorrido e li saluto.

"Che gioia vederti sorridere!"

"Sei così pallido, Sam. Sicuro di stare bene?"

"Solo un po' di mal di mare …"

"Eh già …" aggiunge Peter "anche in questo non è cambiato!"

"Abbiamo tentato in ogni modo di guarirlo" interviene Chris beffardo.

"Ma il mal di mare non è mica una malattia?!"

"Nel tuo caso direi che è più una sindrome incurabile!"

Ridono, si punzecchiano, scherzano, ma i loro cuori mentono. Li conosco troppo bene e so di quanto tormento e quanta amarezza siano pieni.

"Dov'è Nick?" chiedo ai ragazzi quando finiscono di schernirsi e spintonarsi.

"Da quando la Blue Royale ci ha soccorsi, passa le sue giornate in cima all'albero maestro" risponde Peter.

"E perché?"

"Non lo sappiamo. È diventato sfuggevole e taciturno" dice Sam.

"Non parla quasi più con nessuno" aggiunge Chris "nemmeno con noi. Se ne sta lassù a fissare l'oceano in attesa di qualcosa."

"O forse ha paura di qualcosa!"

Guardo negli occhi i miei fidati compagni.

"Angel, ciò che è accaduto ha scosso gli animi di tutti" mi parla Chris in tono schietto, "ognuno di noi sta ancora cercando una ragione ed è quello che sta facendo anche Nick. Sai quanto lui fosse legato a Jack."

Accetto di buon grado la spiegazione di Chris senza controbattere. Capisco il suo stato d'animo e quello dei compagni. Mi riesce difficile, però, credere alle sue parole. Guardo lassù e vedo Nick. Il buon saggio Nick, con le sue credenze di mare che hanno sempre incantato tutti, ora sento che nasconde qualcosa. Lui sa. È avvolto da un'aura di mistero, ma io so che nessuno, a parte lui, è realmente a conoscenza di quanto accaduto a Jack.

"Dunque tu devi essere la famosa Angel!"

Spunta un uomo in divisa che ha tutta l'aria di essere un ufficiale. Non avevo ancora visto uno degli uomini di Warley (quelli che contano) così da vicino.

"Angel, ti presento Philip Gordon. Ammiraglio della Blue Royale."

Faccio un lieve inchino mentre lo osservo rapita. È così diverso dagli altri. Indossa eleganti calzoni blu infilati dentro un paio di stivali di pelle nera talmente puliti e ben curati che scintillano. Indossa una camicia bianca fresca di bucato, leggermente sbottonata che lascia intravedere un ampio torace abbronzato. Al collo porta una catena d'oro con degli amuleti. I capelli grigio-argento gli arrivano alle spalle: lisci, liberi al vento, ma ben pettinati, fanno da cornice a un bel viso e occhi marrone scuro che brillano come raggi di sole sull'acqua.

"Una volta ho chiesto di te ai tuoi amici e dal modo in cui ti hanno descritta ho capito che dovevi essere una giovane donna straordinaria" avvampo intimorita "e ora che ti vedo di persona posso solo verificarlo con i miei occhi."

"Vi sono grata per le belle parole, Signor Gordon."

"Al tuo servizio, mia cara" s'inchina, accennando un baciamano.

"Puoi chiamarmi semplicemente Philip. La mia cabina è proprio a fianco del commodoro* Warley."

Chris nota il mio imbarazzo. Mi prende sotto braccio con discrezione. Liquida il bell'ufficiale con due parole di congedo e ci eclissiamo con rapidità. Appena nascosti dietro una parete scoppio in una risata.

"Quell'ufficiale non perde tempo, eh!?"

"Però, qualcosa ha ottenuto da te: ti ha fatta ridere ... e anche arrossire!"

"Già...!"

"Ridere fa bene all'anima e riscalda anche il cuore più addolorato."

Una voce cavernosa ci raggiunge dalla scala sotto di noi. Ci guardiamo perplessi. Chris scende, fermandosi ai primi gradini, si sporge per vedere meglio. Laggiù non c'è molta luce e nemmeno una candela accesa ad illuminare la scala.

"Avvicinati" dice ancora la voce.

"Come?"

"Avvicinati! Non avere paura, non ti mangio."

"Maurice! Siete voi?"

"Bravo ragazzo! Vieni giù, sento che sei in buona compagnia."

"Qui con me c'è Angel, la moglie di Jack."

"Angel!"

---

*COMMODORO: ufficiale incaricato del comando di una divisione navale nelle marine anglosassoni.

Sento chiamare il mio nome e mi avvicino senza timore. Seduto in un angolo, sul ciglio dell'ultimo gradino, c'è un uomo in età avanzata, curvo su sé stesso e con uno strano berretto che gli copre il capo.

Chris posa la sua mano sulla mia spalla e me lo presenta.

"Angel, lui è Maurice. Ti puoi fidare. È un vecchio marinaio che ha navigato per i sette mari tanto a lungo da conoscere a menadito ogni rotta e ogni angolo più remoto e nascosto."

L'anziano bucaniere si volta lentamente. Le labbra socchiuse in un sorriso timido e incerto, mentre i suoi occhi, con le pupille bianche come la neve, vagano nel vuoto. È cieco. Resto mortificata, incapace di distogliere lo sguardo da quegli occhi bianchi. La faccia abbronzata e irsuta di baffi. Un faccino lungo e pallido simile ad un uovo invecchiato, due cespuglietti di capelli grigi sopra le orecchie ed è totalmente privo di espressione.

"Da giovane è stato fiociniere a bordo di una fra le prime baleniere che si avventurarono oltre i confini del nuovo mondo. Dico bene, Maurice?"

"Dici bene, ragazzo! Hai una buona parlantina."

"Non temere" mi sussurra Chris "fate due chiacchiere mentre io verifico se hanno bisogno di me sul ponte" e si allontana con un'espressione rassicurante.

"Ti aspettavo, Angel!"

"Dite a me?" chiedo con un filo di voce "aspettavate me?"

"Ho atteso a lungo il tuo arrivo, sapendo che quel giorno, prima o poi, sarebbe arrivato."

"Per quale ragione?"

"Mancavi solo tu all'appello."

Aggrotto la fronte. "Perdonate, temo di non capire."

"Come il tuo compagno ha appena affermato, io conosco ogni angolo più remoto e recondito di questi mari."

"Che cosa c'entra questo con me?"

"Ciò include tutte le sue le creature e tu sei una di loro."

"Continuo a non capire …"

"Una sirena! Quella che ancora dovevo incontrare nella mia lunga vita. Di sicuro, una bellissima sirena."
"Ma io non ..."
"Le ho conosciute tutte, sai?"
"Siete in errore!"
"Hai liberato Jack da Kimera, non è così?"
"Sì. È così."
"E lei non ti ha lasciato un segno?"
Un brivido freddo mi percorre la schiena mentre porto la mia mano sul polso sinistro dove il morso di Kimera mi ha lasciato un segno indelebile.
"Ecco ..."
"Come immaginavo: *Angel Pirate*."
Impallidisco. "Ma voi come fate a sapere ..."
"Aspetta e vedrai, è solo questione di tempo."
"Ma io non sono una sirena."
"Niente ma. Non ci sono ma. Il nostro destino è già scritto e niente e nessuno lo potrà mai cambiare."
"Che intendete dire?"
Maurice gira lo sguardo, pur non vedendo altro che buio. Segue la mia voce e si avvicina.
"Dentro di te non scorre solo il sangue di un pirata. Dal momento che hai salvato Jack, sei entrata in stretto contatto con una sirena e questo ti ha resa una di loro. La tua indole presto emergerà dandoti la capacità di trovare ciò di cui sei alla ricerca."
"Io sono solo un pirata."
"E allora dimmi, pirata: qual è la cosa che più desideri al mondo?"
Vengo colta da una trepidazione insolita e un brivido d'inquietudine corre lungo la mia schiena.
"Ha a che fare con Jack?" lo aggredisco quando comprendo che quest'uomo sa già troppe cose di me e della mia vita "lui è ancora vivo, non è così? Sapete dove si trova?"
"Mhmm ... impari in fretta!"
"Chi siete voi?!"

"Mio padre diceva sempre che Dio ci toglie ciò che più ci sta a cuore per ricordarci di non dare mai nulla per scontato, soprattutto l'amore."

"Dove si trova?"

Mi appoggio al suo pastrano logoro, entrando in contatto con lui e la mia rabbia lo scuote.

"Il tuo cuore già lo sa."

"Dovete dirmelo!"

"Non io, ma tu. Devi solo abituarti a prestare più attenzione ai segnali che si trovano già dentro di te."

Le sue parole mi confondono e non riesco a riflettere con lucidità. Così riverso i miei pensieri a cascata in cerca di risposte che non arriveranno.

"C'è Kimera con lui ora!?"

Maurice ciondola il capo.

"Ditemi dove sono, vi prego!"

Si alza dallo scalino "adesso è ancora presto."

"Ma io ho bisogno di sapere!"

"Io non conosco le risposte. Solo tu le hai."

"In questo momento ho solo tanti dubbi e molte paure."

"Se permetterai a dubbi e paure d'insinuarsi dentro di te, non potrai avere il cuore libero per far entrare la luce."

"La luce?" abbasso le braccia disarmata.

"Aspetta e vedrai."

Il vecchio pirata mi dà una pacca sulla spalla avviandosi con passo pesante nel buio del corridoio sotto coperta. Mi lascia immobile, con la mano ancora sul mio polso e mille domande che mi bombardano la testa. Kimera mi ha segnata per sempre. Liberarsi dalla sua maledizione non è servito a liberarsi di lei. Col mio sguardo puntato verso quel corridoio buio, continuo a pormi domande. Domande alle quali, però, non so dare risposta alcuna.

7.

UN ATTIMO FRA TANTI

Questo mare in fermento fa perdere l'orizzonte. Mi porta a guardare, a cercare più in là, lontano, dove il pensiero si perde di nuovo nei ricordi di lei.

Lei. Su un piccolo banco di sabbia bianca a mezzo miglio dalla riva. Lei. Nuda tra le onde, dove l'alta marea lambiva il suo corpo, come se anche il mare la desiderasse. E probabilmente era proprio così! Come la desideravo io, come la desidero ancora.

Non importa semmai uscirò da questo posto maledetto, dimenticato da Dio. Ora è solo lei che mi tiene in vita. Lei, che mi lascia credere ancora in una speranza lontana, ma viva e reale. Chiudo gli occhi su questo pensiero e la mente si perde.

Bisogna tenersi stretti i propri ricordi, perché capita di averne bisogno in una giornata senza sole. Anche se vorrei che tu non fossi fatta solo di ricordi. Vorrei che non fosse rimasto di noi solo una favola e continuare a vivere questo sogno con te senza svegliarmi. Come quel giorno, tra i più belli della mia vita. Un giorno che sembrava uguale a tanti altri. Con te, che al levare del sole camminavi sul ponte indaffarata. Mai ferma tu, che sapevi essere sempre allegra anche quando il lavoro costava fatica. Volevi sentirti utile, le nostre proteste non servivano e così abbiamo deciso di lasciarti fare, per non perdere dai nostri occhi quel sorriso. Anche quando il caldo pareva insopportabile e le vele stanche non si gonfiavano col vento. Anche nei momenti più difficili, non ti perdevi d'animo e donavi un po' della tua forza a chi ne aveva bisogno.

Quel giorno eri tu ad averne bisogno. E ci siamo stati tutti per te. Davanti al mare, persa con lo sguardo nell'orizzonte, ti sei improvvisamente lasciata andare. Ma io ero lì, a pochi passi da te e come al nostro primo incontro sono riuscito ad afferrarti appena in tempo. Improvvisamente tutti erano attorno a te: Nick, Steve, Chris e anche John.

Quando hai ripreso i sensi sorridevi come se nulla fosse accaduto. Eppure, qualcosa era successo. Fu il medico a volersi accertare a tutti i costi delle tue condizioni di salute, nonostante il tuo disappunto. In quell'attesa, ho temuto per la tua salute. In quel momento ho avuto paura. La stessa paura che provai la notte in cui ci incontrammo. Paura che fossi di nuovo in pericolo. Che la vita in mare con me fosse troppo dura. Troppo faticosa per te, ancora così fragile. E aspettavo. Aspettavo con ansia su quel ponte come se non ci fossi stato mai prima di quel giorno, perché intorno tutto stava assumendo una luce diversa.

"Capitano!"
"Ebbene, Steve?"
"Ora potete andare da lei."
"Come sta?"
"Le sue condizioni sono stabili, ma sarà necessario prendere delle decisioni circa la sua permanenza in nave."
"Così mi allarmate."
"E' un momento delicato."
"Che intendete?"
"Non potrà più vivere in mare."
"Che cosa dite, Steve? Ne soffrirebbe, il mare è la sua vita!"
"Lo è stata fino ad ora, ma le cose cambiano."
"E' tanto grave?"
"Dipende ..."
"Non vi comprendo."
"Perdonatemi, se fossi in voi non me ne starei qui a perdermi in chiacchiere. Sarà lei stessa a dirvelo."
Si allontana. Mi precipito all'interno della cabina.

Quel momento lo ricordo come un attimo fra tanti. Un'immagine timida, nascosta nella penombra. Una visione di lei come molte altre, ma che apparteneva a quell'insolito capace di generare emozioni difficili da descrivere e che ancora scorrono dentro di me.

"Angel ..."
Mi avvicino, mi aspettava, sorride. Un sorriso che esprime tutta la sua felicità, attraverso uno sguardo nuovo, diverso.
"Amore mio ..."
"Tesoro, come ti senti?"
"Sto bene, Jack."
"Ma prima, però ..."
"Non è nulla ... è già passato."
"Sì, ma Steve ha detto che ..."
"Che cosa?"
"Che non potrai più vivere in mare."
"Il solito dottore ... esagera sempre, ma con giusta ragione."
"Allora è vero?"
"È vero ... ma non sarà per sempre."
"Angel ..."
"Jack ... avremo un bambino."

Chissà che sguardo devo aver fatto in quell'istante in cui mi sono sentito pervadere da pura emozione e magia. E chissà lei come deve essersi sentita mentre attendeva il mio arrivo, sapendo di avere una notizia tanto speciale da darmi. Una notizia che avrebbe comunicato solo a me e che, di colpo, avrebbe stravolto le nostre vite. Fu come sentirsi trasportare in un'altra dimensione, in un mondo parallelo, dove tutto appare mitico, assoluto, come quando ti senti al centro di un evento.

"Jack ..."
Lei mi guarda. Prende le mie mani. Le bacia.
"Jack ..."
Non riesce a dire altro che il mio nome, lo ripete più volte.
"Un bambino hai detto? Avremo un figlio nostro?"
Gli sguardi, le espressioni, l'imbarazzo teneramente infantile.
"Non sei felice?"

"Felice? È un miracolo! Il nostro miracolo, Angel. Mi hai tolto il fiato, le parole ..."
"Jack!"
La prendo stringendola tra le braccia. Chiudo gli occhi. Ascolto il suo respiro quando inizio a pensare che non è solo di uno, ma due, cercando di percepire quanto amore scaturisca ogni volta che siamo vicini e che ora, grazie a quell'amore, sta crescendo qualcosa di unico e prezioso. Vorrei parlarle. Capire come si senta. Coprirla di attenzioni e farle mille domande. E parlare ancora con lei facendo progetti per il futuro. Ma domani. Ora è meglio lasciarci nel silenzio dell'attesa e della meraviglia, così come solo i giorni speciali sanno donare. Abbandonarci a una nuova notte insieme, da passare sognando, immaginando. Con il sorriso più bello, grazie al quale tutto è ancora possibile.

Ed è già notte. Una notte senza luna. Una notte dove è facile perdersi, anche con lo sguardo che non può andare oltre e resta inchiodato lì, a tutto questo buio.

8.

NON PIÙ AMICI

"Angel! ... Angel, sono io, Sebastiano!"
"Che vuoi?"
"Posso entrare?"
Niente. Non c'è risposta.
"Prova a bussare ..." suggerisce Chris accanto a me.
Toc! Toc!
La porta si apre appena ed Angel fa capolino dallo spiraglio con gli occhi gonfi e arrossati. Pallida in viso e con enormi borse sotto gli occhi.
"Eccola la mia dormigliona!!" e con la mano le arruffo i capelli.
"Smettila!" seccata si scosta con un gesto di stizza "lo sai che lo detesto!"
"Sei rimasta sempre la stessa, sorellina!"
"Se per questo anche tu non sei cambiato affatto."
"Hai l'aria stravolta. Che succede?"
Solleva leggermente le spalle e sospira.
"Nulla che tu non sappia già" si volta e guarda alla sua destra verso l'interno della stanza "Mary ha dormito poco e male. Che ore sono?"
"E' giorno da un po'" sfodero un sorriso smagliante nella speranza di addolcirla "io e Chris siamo passati a vedere come stai. Sul ponte sta per iniziare una parata di giovani ufficiali. Ti va di venire con noi ad assistere?"
Scuote la testa "ora non mi va. Vi raggiungerò dopo" e chiude la porta.
"Te l'avevo detto che alla mattina non è proprio un angioletto!"

☠☠☠

Il sole si leva alto nel cielo e cavalca il mare con la sua luce che invade l'infinito tappeto d'acqua con i riflessi abbaglianti delle lievi increspature, scivola sullo scafo dorato della nave più sontuosa che abbia mai solcato quei mari. Gli intarsi accuratamente dipinti in oro brillano come diamanti sotto il sole impertinente. Giocano con il piacevole contrasto del blu marino, fino a salire sui corpi intagliati di sinuose sirene a definire le ringhiere del parapetto e guardano l'elegante tavolato del ponte. Un lungo corridoio di legno scuro, lucido e ben curato che si vanta di vernice fresca. I giovani ufficiali, con le loro importanti divise, sfilano fieri sotto gli occhi severi e orgogliosi del loro comandante. Seguiti dagli sguardi attenti e anche un po' invidiosi dei tenenti, che magari per un soffio non sono passati di grado. Ben disposti, dietro di loro, i sottotenenti tengono a bada gli altri membri dell'equipaggio che rivestono cariche differenti, ma non meno importanti.

    L'intero equipaggio è accorso per assistere alla manifestazione. Fosse anche solo per approfittare di un'ora libera dal duro lavoro quotidiano.

    Ci sono Sam e Peter, uniti ad un numeroso e scomposto gruppo di mozzi di tutte le età, ospiti come loro della nave più ammirata e temuta.

    C'è Nick Zimmer, ex nostromo della Perla Nera, declassato a semplice vedetta per carenza di personale. Scruta l'orizzonte con profondi respiri, come se volesse assaggiare il vento, percepirne il sapore.

    E c'è anche lei, Angel. Arriva in ritardo facendo capolino da una balconata del ponte superiore e si ferma a metà scala per non essere notata.

    C'è Sebastiano che si accorge subito della presenza della sorella. Forse perché la stava aspettando da un po' ed era ansioso di vederla comparire da un momento all'altro.

    Poi c'è lui. Lui che l'aspetta da sempre. Lui che la sogna, che le ha dedicato mille pensieri. Lui che ha fatto tante scommesse con sé stesso e con il tempo. Lui, improvvisamente timido, che sta ancora cercando il coraggio di esporsi per paura di ferirsi. Per non opporsi al ricordo di colui che fu un amico e non soltanto il suo capitano. Lui che non ne ha mai parlato con nessuno, perché considera il suo sentimento scomodo, invadente, inappropriato in un momento in cui molti soffrono ancora per la perdita subita.

    Lui. Chris.

La osserva da lontano, dietro il ponte di prua. La vede bene da lì, benché lei, dalla parte opposta, sia lontana e non possa accorgersi di quanto lui la stia cercando con tutto il desiderio che si può mettere in uno sguardo. Non può sapere quanto vorrebbe che lei si guardasse attorno, che si accorgesse di quella presenza confusa tra gli schieramenti di uomini in divisa. Una presenza ansiosa e riservata che contiene amore. Un amore che pensa, osserva, spera, desidera. Illusione di un sogno che non si avvererà. Un sogno che non crede in sé stesso fino in fondo. E la corrente ha colpito inesorabile, solo che Chris ancora non lo sa, perché è stanco di aspettare. Aspettare senza avere paura di domani, cercando luce dove ora è buio, come nel suo cuore. Ora vuole la sua luce. E così quel desiderio lo spinge più in là, dove crede di vedere una nuova vita. La sua vita che deve e vuole continuare. Il desiderio lo spinge più in là, dove non aveva ancora trovato il coraggio di arrivare e, dopo lunghi giorni di muta osservazione, si avvicina. Non attende nemmeno la fine della parata, perché ormai ha deciso. Ignaro di ciò che lo circondi corre attraversando il ponte. Passa di fianco a Sebastiano. Lo nota. Chris con un balzo salta la ringhiera ed è lì, sulla scalinata, di fianco a lei. Sebastiano si sofferma ad osservare la scena per qualche minuto e vede chiaramente che Chris non ha gli occhi di un amico quando si avvicina e guarda Angel.

"Una bellissima mattinata, vero?"
"Non per me, Chris. Sono tanto stanca."
"A causa di Mary?"
"Sì, anche."
"Dove l'hai lasciata?"
"In cabina con Anna. Si è addormentata, finalmente!"
"Il mare la rende irrequieta?"
"Credo piuttosto che avverta la mia agitazione."
Cambio discorso sperando di riuscire a distrarla.
"Hey! Ti ricordi quando ti arrampicavi lassù?"
Alzo gli occhi al cielo, indico la cima dell'albero maestro.

"Era il mio posto preferito."
"Dai, saliamo!"
"Ora?"
"Conosci momento migliore?"

Agile e scattante come un gatto la guardo arrampicarsi senza più paura. L'esperienza l'ha portata a farla sembrare, per lei, la cosa più normale del mondo. In un attimo è in cima all'albero maestro. Con lo sguardo rincorre il filo dell'orizzonte. I suoi lunghi capelli si perdono mossi dal vento e alcuni riccioli ribelli ballano e si agitano insieme a chissà quali riflessioni. Proprio come allora, in quel giorno lontano, ma oggi, accanto a lei, ci sono io.

"Un bel posto per allontanare i pensieri! Non trovi?"
"Ci sono pensieri difficili da scacciare."
"Provaci, Angel."
Mi guarda "Sì, forse hai ragione."

Il vento sposta i suoi lunghi capelli contro il mio viso e sono invaso dal loro intenso profumo.

In questo irripetibile istante si crea l'atmosfera di un tempo. Il tempo in cui eravamo vicini, complici, quando parlarsi era semplice.

"Angel, voglio che tu sappia che come oggi mi trovi qui al tuo fianco a sostenerti e incoraggiarti, così ci sarò sempre, se tu lo vorrai."
"Che cosa stai cercando di dirmi?"
"Non sappiamo come andrà a finire quest'avventura. Ne sei consapevole, vero?"

Scruta l'orizzonte, ma non sta guardando nulla. È la sua mente che galoppa per fuggire ad una verità che non vuole affrontare.

"Non l'ho mai fatto, Chris."
"Per questo vorrei che non ti dimenticassi di me."
"Come potrei dimenticarmi di te?"
"Allora saprai anche quanto tu sia importante per me."
"Certamente."
"Io non ti abbandonerò mai."

Gli occhi di Chris sono intensi, il suo sguardo è cambiato. Il suo modo di parlarmi non ha il tono del grande, vecchio amico di sempre.

"E tu lo farai? Mi abbandonerai, Angel?"

La sua voce è profonda quando mi parla con intensità.

"Io? No, ma …"

"Non aggiungere altro, lascia che ti spieghi."

Gli permetto di continuare e il mio sorriso lo tranquillizza, ma ora trema e quel brivido temo non sia provocato solo dal vento fresco di quassù.

"In tutto il tempo in cui siamo stati lontani non ho fatto che pensare a te. Mi sono sentito solo e smarrito e ho capito una cosa. Ho capito che tu sei speciale per me."

"Certo, Chris! Anche tu sei speciale per me…"

"Io ti ho sempre amata, Angel!"

"Chris …"

"Ti amo, ora più che mai. E voglio dividere ciò che rimane della nostra vita con te."

"Chris, io …"

"Voglio esserci per farti sorridere, per vederti ancora felice, per darti quella sicurezza che hai perso e il mio appoggio nei momenti difficili. Non sei sola, non più."

Si avvicina e io mi ritraggo.

"Aspetta, Chris! Tutto questo non è possibile."

Mi sento in difficoltà. Come se stessi dando un pugno in faccia al mio migliore amico. Le sue parole, i suoi gesti così concreti e decisi mi colgono impreparata. Tutto mi sarei aspettata da questo ragazzo dolce e altruista, ma non che mi amasse fino al punto di arrivare a dedicarmi tutta la sua vita. Una vita che merita di più di uno schiaffo. Che ha bisogno di una donna dal cuore libero, da donare interamente e senza riserve. Il mio non lo è. Non potrà mai più esserlo. Fosse anche solo per l'amore che Jack mi ha donato e che sua figlia mi continuerà per sempre a ricordare.

Questo lui lo sa? O non gli interessa? È pronto a passarci sopra pur di avermi al suo fianco? Sì. E non è giusto.

"Non posso …"

"Angel, non ti sto chiedendo di farlo subito. Saprò aspettare! Mi amerai col tempo."

"Aspettare non servirà."

"Perché dici questo?"

"È vero, io ho bisogno di te. E hai ragione anche quando dici che sono sola. Tu sei da sempre il mio appoggio più grande, un aiuto essenziale, una presenza indispensabile. Ma vedi …" distolgo lo sguardo, socchiudo gli occhi e guardo lontano per paura di ciò che sto per dire. Perché fa male. "In te io vedo un buon amico, un fratello, una presenza essenziale, ma …"

Rimane per qualche istante in silenzio. Continua a guardarmi e a sorridermi come se la mia reazione non l'abbia affatto sorpreso.

"Perdonami, ora non sono pronta e forse, non lo sarò mai."

"Non hai nulla da farti perdonare. Forse non è il momento adatto. Sono stato troppo impaziente, mentre tu hai bisogno di tempo. Vieni, scendiamo. L'aria si sta facendo fredda."

"Chris!" mi rivolge quegli occhi immensamente blu come il mare. "Ti ringrazio. So che a te non basta più, ma voglio che tu sappia quanto ti voglio bene."

Annuisce. "Lo so" e con sguardo triste, ma non rassegnato, mi aiuta a scendere.

Mentre con un passo dopo l'altro mi aggrappo alle sartie*, trovo difficoltà per via della mia ingombrante gonna che si infila continuamente tra le gambe e sotto i piedi ad ogni movimento.

Comincio a rimpiangere i miei cari abiti da pirata. Così come rimpiango il felice periodo vissuto sulla Perla Nera con Jack e i miei compagni. Quando tutto era semplice, naturale. Quel periodo degli inseparabili amici Chris e Angel, da oggi finito per sempre.

---

*SARTIA: è la cima, o il cavo, utilizzata nelle imbarcazioni a vela per sorreggere l'albero

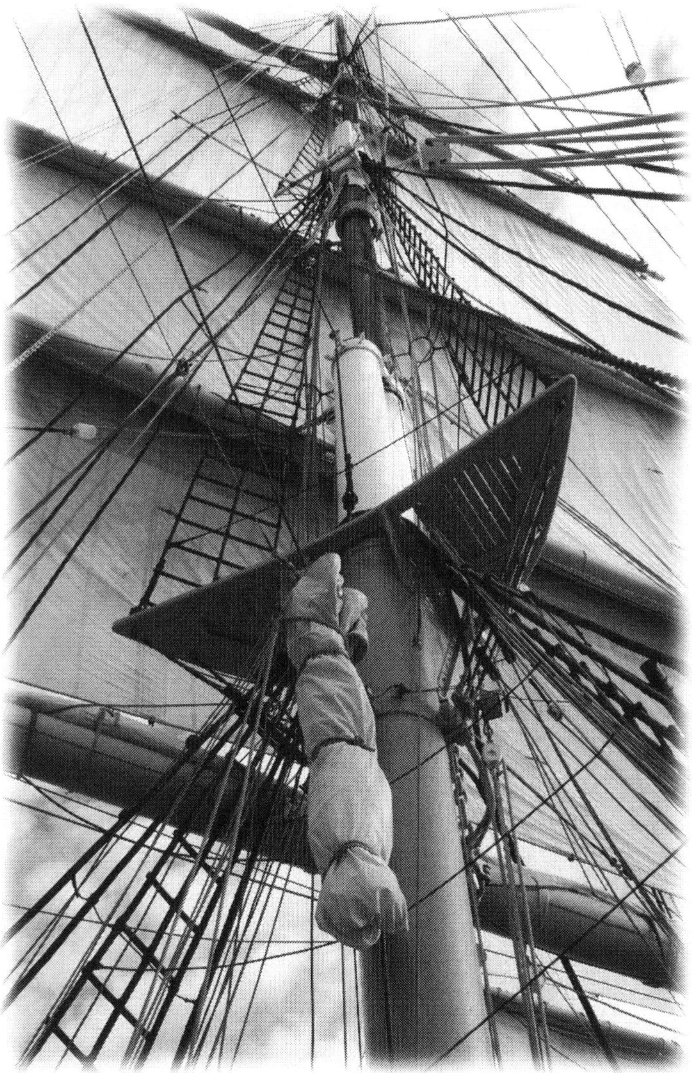

9.

JACK & ANGEL

Angel ... ora là fuori minaccia un temporale. Sta per cadere la pioggia. Un altro malinconico viaggio per me. Stavolta fatto di cielo che precipita a terra, nel mare e ogni goccia si tinge d'azzurro. Correndo indietro nel tempo, cercando colori, sapori, attimi, piccoli tratti che nascondono l'ombra di quel sorriso, di quella voce dolce e sussurrata. La tua voce, amore. Unica e bella come nessun'altra. Che continuo a sentire dentro di me e della quale non potranno mai privarmi, come invece hanno fatto con tutto il resto. Mi hanno tolto i miei bottini, la mia nave, il mio equipaggio, la vita stessa. Perché la vita ormai è fatta solo di te e per te. Privandomi così dell'unico diritto che troppo spesso mi sono negato da solo: quello di amare. Ma sai una cosa? Che tu ci creda o no, io ti amo e continuerò ad amarti. Perché dentro mi sento libero. Ho ancora la mia libertà. Quella che mi permette di riempire l'anima della verità che mi circonda. E mi dà speranza. Perché il mondo è pieno di luoghi magici e di sogni nascosti, belli, speciali, unici, come ogni mio pensiero rivolto a te. Sono qui, reali dentro di noi, per noi e per ogni essere vivente che ha intenzione di dare alla vita una possibilità.

Solo ora capisco che i miei tesori non sono fatti delle tante cose materiali che possedevo, ma solo del bisogno di possederne pochissime. Come ora, dove l'unica cosa che posso tenere con me sono i ricordi legati al nostro amore che va oltre, perché più grande del mare, dell'oceano intero.

Nel raggiungere questa consapevolezza, comprendo a pieno la natura vera della libertà e posso sentirmi felice in ogni momento della mia vita.

E tu sei qui! Qui con me. *Ti amo, amore.*

Jack ... ci sono tante cose che vorrei dirti, tanti momenti che dobbiamo ancora vivere e condividere con nostra figlia che è così piccola. Non può esser finito tutto così, non posso crederlo, non è reale. Reale è il nostro amore infinito e forte. Quella forza che sento e che ci tiene uniti, quella stessa forza che mi sta dicendo che tu sei vivo e mi ami, mi cerchi. Sento questo richiamo continuo. Di giorno, di notte, in ogni momento e vorrei che mi indicasse la via per raggiungerti, la strada migliore da intraprendere.

In questo momento difficile, non tutti coloro che mi stanno aiutando credono nella possibilità di trovarti ancora vivo. Io, però, non voglio scoraggiarmi. Perché, se così fosse, avvertirei una sensazione di smarrimento, un vuoto, mentre sento solo una grande energia. Un'energia irrefrenabile che mi dice che tu ci sei, sei vivo e stai soffrendo. Io qui, chissà quanto lontana, che non so come fare per alleviare il tuo dolore e poterti dire: sto arrivando! Aspettami! Tra non molto saremo di nuovo insieme e tutto tornerà come prima. Riprenderemo la nostra vita da dove bruscamente è stata interrotta. Ma più lo penso, più mi assale l'ansia nel sentirmi, in realtà, così fragile davanti all'ignoto.

Allora mi metto di fronte al mare, dentro me stessa. Ascolto il rumore delle onde che s'infrangono sullo scafo e inizio a cantare come non ho mai saputo fare prima. La voce esce da sola, sospinta da una magia. Un canto al mare e per il mare, così armonico e melodioso da meravigliare anche me, ci sto bene, lo sento mio, come se non avessi fatto altro nella vita. Avverto una dimensione parallela che ci permette di vivere ogni nostro desiderio. Il canto si fa più intenso. Un mondo a parte, dove noi siamo insieme senza ostacoli. La mia voce è mite e soave. Un nido che ci protegge e ci fa sentire uniti, così come fanno le sirene quando cercano il loro amato. E in questo sogno impalpabile, che nessuno oltre a noi può vedere, quello che vogliamo si avvera, in un eterno miracolo di fantasia.

E tu sei qui, qui con me. *Ti amo, amore.*

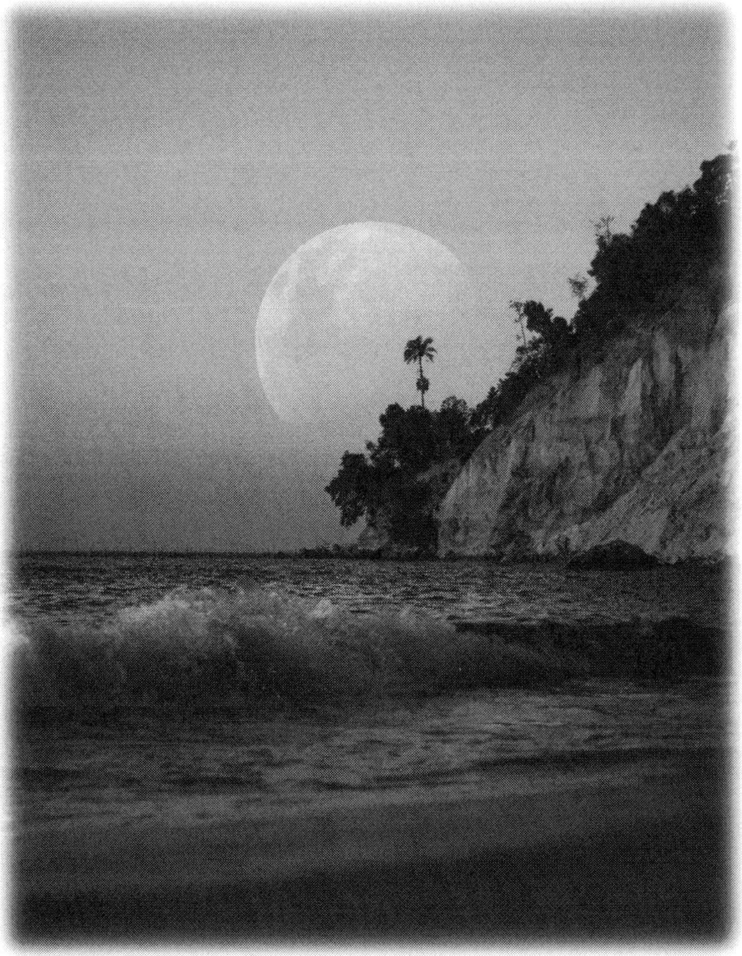

10.

KIMERA

Un canto vivace invade ciò che di me è rimasto. Gli occhi sbarrati quando capisco che quelle voci non sono date dalla mia immaginazione. Provengono dal mare. Riconosco la loro particolarità, mite e singolare.

Torno a guardare laggiù, sotto la scogliera. È l'alba. Il sole si sta levando e il mare sotto di me luccica come bronzo. Non è un sogno, è come sospettavo: le sirene.

L'eco delle loro voci risuona per miglia sul mare indolente. Cantano alla prigione. Chiamano me.

Tra le increspature delle onde, si lasciano portare dall'acqua. Le onde ribelli si schiantano sugli scogli e nel ritrarsi, una schiuma bianca invade la roccia nuda, svelando le loro figure leggendarie. Tra loro anche Kimera.

Rammento l'ultima volta che mi sono trovato fra le sue braccia. Ne ho scontato la pena per mesi, prima di essere liberato dalla sua maledizione grazie a lei, Angel, l'unica in grado di sconfiggerla.

Continuano a cantare arricciando la loro lunga coda. Piegano le grandi pinne oscillando col corpo. I lunghi capelli investiti dal vento danzano attorno ai corpi. Fili d'oro nero luccicano accarezzando i visi. Scivolano lungo i fianchi, tra i seni, su quella pelle nivea. Sono semplicemente fantastiche.

"Jack! ... Jack!"

Ti sento, ma non rispondo. Non m'incanti più!

"Jack! ... Jack!"

Porto le mani alle orecchie per non sentire quel richiamo che risuona fin dentro di me e scuote tutto il mio essere.

"Jack! ... Jack!"

Le voci si moltiplicano e nonostante la mia volontà di ferro, non riesco ad evitare di incantarmi.

"Jack, siamo qui per liberarti! Jack, non temere, non ti sarà fatto alcun male!"

"Jack, devi venire via con noi, subito! Jack! Angel è in pericolo!"

Mi arrampico davanti all'apertura che dà sulla sommità del promontorio, afferro le grosse sbarre stringendo con tutta la mia forza. Spinte dall'acqua le sirene sono arrivate quassù. Mi osservano in silenzio.

Guardo Kimera. Quegli occhi inumani, lucidi come uno specchio, penetranti fino a far paura. Non mi fido di lei, ma ritengo non sia la cosa più importante. Sostenendo a lungo il suo sguardo, appaiono davanti a me gli occhi di Angel. Sento pervadere una sgradevole sensazione e l'ansia mi assale. Stringo forte le sbarre, con una forza che non credevo di avere.

"Tirami fuori di qui!"

☠ ☠ ☠

Mi sveglio colta da un brutto sogno. Ho bisogno di qualche istante per ricordare dove mi trovi e che cosa mi sia accaduto. Lascio l'elegante letto della mia cabina e vado verso la culla di vimini ornata di pizzo bianco, dove trovo Mary ancora profondamente addormentata. Mi piombano addosso tutti i ricordi come una doccia gelata. E ancora mi chiedo se si tratti di ricordi o di sogni fatti in una notte tormentata. La parata sul ponte principale, la salita in cima all'albero maestro, la dichiarazione di Chris, fino alla serata trascorsa a prua dove, travolta dallo sconforto, ho iniziato a cantare offrendo al mare una preghiera. È nitida la visione di questi avvenimenti, tanto da poterli considerare reali.

Apro la tenda di feltro che oscura l'oblò accanto al mio letto e una luce dorata riempie la piccola e raffinata cabina. Quel velo mistico e protettivo mi colma di tranquillità e non riesco a sopprimere un senso di esaltazione. Prendo dalla nicchia dove tengo raccolti i miei abiti il mio preferito, quello celeste e mi vesto assaporando l'invitante profumo che filtra tra le tavole della porta. Vaniglia, cacao e una scia di tortino di patate appena sfornato.

Mary mi chiama, si è svegliata. Sorride e agita le gambine. In pochi secondi la copertina ricamata si ritrova attorcigliata sul fondo della culla. E lei, sempre più impaziente, non vede l'ora di essere presa in braccio. L'accontento e penso che sia per entrambe ora di colazione.

☠☠☠

"Fa piuttosto freddo stamani!"
"Hey, guarda laggiù!"
"Di che si tratta?"
"Non saprei ancora di preciso."
"Guarda!"
"Sembra un vascello non ben identificato."
"Ce n'è uno anche da questa parte. Guarda!"
"Calma Scott! Potrebbero essere alleati!"
"Ancora non vedo le bandiere, ma da qui sembrano sloops*! Troppo piccole per trattarsi di navi alleate."
"Che vuoi dire?"
"Sto cercando di dire, Sam, che ci stanno circondando. Guarda! Ora ce n'è anche una sulla nostra quarta di babordo!"
"Ma che diavolo fanno?!"
"Non lo so, ma non mi piace!"
"Sono d'accordo!"
"Svelto! Chiama Nick, dobbiamo avvertire il capitano!"

☠☠☠

Nel piatto fumante di poco fa, non c'è rimasto quasi più nulla. Solo un paio di cucchiaiate e sarà vuoto. Oggi Mary era davvero affamata.

"Cvedo ne foglia ancova ..." esclama Anna che non ha ancora imparato bene la lingua. È una giovane donna dalla pelle color ruggine. Anche se indigena conosce le buone maniere e parla correttamente inglese. L'italiano, però ...

---

*SLOOP: tipo di veliero attrezzato con un albero a vele auriche e bompresso con fiocchi, impiegato nei sec.XVII e XVIII dagli Inglesi nell'America sett.

"No, Anna. Meglio di no. Ci manca solo un'indigestione e non dormirò per altre due notti."
"Pviù tavdi dare lei forse un po' di latte?"
"Forse, ma per il momento basta così."
"Fa povtave piatto anche per te?"
"Sì. Ti ringrazio."
Non ho il tempo di pregustare il sapore della mia colazione che avverto sul ponte un gran trambusto. Gli uomini agitati stringono i pugni imprecando. Qualcosa non va. Credo si tratti di un avvistamento poco amichevole. Esco dalla sala da pranzo e vedo Warley arrivare di corsa dal corridoio della sua stanza e fiondarsi sulle scale che portano al ponte. Lo seguo. La prima cosa che vedo è un vascello che ci affianca. È talmente vicino da riuscire a distinguere le facce dei marinai riuniti a prua. La piccola nave solleva una bianca onda prodiera innalzandosi sulle creste. Le vele sono piene e tese, dato che navigano stringendo il vento. La prua ha ornamenti avorio e la fiancata punteggiata da una scacchiera di bocche di cannone nettamente inferiore a quelle della Blue Royale. Alzo lo sguardo. Da un pennone posto nella parte più alta dello scafo sventola una bandiera a me sconosciuta, ma che l'equipaggio di Warley pare riconoscere molto bene. Ce ne sono altre tre che spuntano da angolazioni diverse. Ora vedo i marinai correre sul ponte superiore e armare i cannoni. Ci attaccano.
"Angel, che ci fai qui sul ponte? Mettiti al riparo sotto coperta! Svelta!" ordina Warley in tono calmo, ma perentorio.
"Sì, capitano!"
Corro via stringendo forte Mary. Uno sbuffo di fumo compare sulla prua* di una delle tre navi e una palla si tuffa in mare a due dozzine di piedi sopravvento*. Il rombo del cannone risuona cupo, correndo sul mare. Vedo Warley rivolgersi rabbiosamente ai suoi ufficiali.

---

*PRUA: estremità anteriore della nave o di un'imbarcazione.

*SOPRAVVENTO: dalla parte da cui soffia il vento (riferito alla posizione di chi osserva). con riferimento al vantaggio costituito dal trovarsi nelle battaglie navali sopravvento rispetto al nemico.

"Stringete il vento e bracciate il pennone* o farete una brutta fine, razza di sottospecie di mozzi!"

L'eco della sua voce si sente danzare per miglia sul mare ancora calmo. Riecco lo spietato capitan Warley di cui avevo quasi sentito la mancanza.

Apro il boccaporto* e mi ci tuffo dentro proprio quando un colpo esplode, accompagnato da una fumata densa. Subito una seconda palla viene spedita sulla prua della Blue Royale. Si diffonde un odore di polvere da sparo e parecchio fumo. Avverto i gemiti della nave mentre mi infilo nei dormitori della ciurma, nel cuore della nave. Mary è apparentemente tranquilla tra le mie braccia, anche se il rombo dei cannoni la fa tremare. Stringe forte un lembo del mio vestito quando avverte gli allarmanti scricchiolii che si levano dai legni della nave.

"Angel, ti ho vista scendere, è tutto a posto? La bambina sta bene?"

Sbuco da sotto un letto.

"Chris, ma che succede?"

"Siamo attacati da tre sloops pirata. Si tratta di ex alleati di Warley che si stanno ribellando!"

"No, dove vai?" gli grido mentre fa per allontanarsi e mi aggrappo con forza alla sua camicia. "Resta con me, ho paura, Chris!"

"Dov'è Anna?"

"L'ultima volta che l'ho vista era nella cambusa di poppa."

"La cerco e le dico di raggiungerti."

"No, no, aspetta, non lasciarci sole!"

"Ora non posso. C'è bisogno anche di me lassù. Voi rimanete qua e tenetevi forte. Ci sarà un bello scontro. A dopo."

"Giuramelo, Chris!" richiamo la sua attenzione con occhi supplichevoli e lui si ferma per guardarmi. "Giurami che ci vediamo dopo."

---

*BRACCIARE IL PENNONE: nelle manovre dei velieri a vele quadre, orientare i pennoni rispetto al vento, per mezzo delle apposite cime dette bracci, con movimento angolare (brandeggio).
*BOCCAPORTO: ognuna delle grandi aperture praticate nei ponti delle navi per dare accesso alle stive o ad altri locali interni.

Annuisce con un cenno del capo. "Stanne certa, Angel" e prima di lasciarmi mi dà un bacio leggero, tra la guancia e le labbra. Poi scappa via.

☠☠☠

La baia, vista da quaggiù, ha un aspetto meno lugubre che dalle inferriate della mia cella. Il mare mi invita a tuffarmi, come le sirene che, indisturbate, saltano tra le onde. Mi guardano. Sorridono. Tranne lei.
"Devo considerarlo un onore o l'ennesimo tranello, mia cara?"
"E' così che mi ringrazi dopo che ti ho salvato la vita un'altra volta?"
"I tuoi eroici salvataggi hanno un prezzo troppo caro, Kimera! Non è mia intenzione pagarne uno altrettanto salato un'altra volta! Comprendi?"
"Sei in errore, Jack!"
"Dov'è Angel?"
"Non so esattamente dove si possa trovare in questo momento."
"Posso dirtelo io: Angel si trova a Isla Celeste, dove l'ho lasciata."
"So per certo che è in mare."
"E come lo sai?"
"Attraverso la conchiglia e grazie al tatuaggio delineato dal mio morso, lei ha acquisito parte delle nostre caratteristiche."
"Vale a dire?"
"Possiamo comunicare. Ho avvertito la sua presenza in mare e l'ho sentita cantare."
"E quali altre particolarità avrebbe acquisito da te?!"
"Se volesse potrebbe nuotare per ore sommersa senza patirne alcuna conseguenza, attirare a sé ciò che più desidera attraverso il suo canto, capire chi e che cosa si muova in mare. Ma lei tutto questo ancora non lo sa."
"Capisco. Bene, ti ringrazio ancora per l'aiuto, ma ora è meglio se continuo le mie ricerche da solo."

"Non è lontana, Jack! Dobbiamo fare in fretta, il pericolo è imminente!"

"Lascia fare a me. Da qui in poi non è più un problema tuo. La troverò!"

"E come? Senza una nave ti sarà impossibile!"

"Sto limando i dettagli."

"Sfortunatamente tu non nuoti come noi!"

"Già. Fortuna vuole che non sia un pesce!"

"Lei ti crede morto, Jack!"

Mi volto sorpreso e a quelle parole cado nello sconforto.

"Che vai farneticando?"

"Ha saputo della tua morte da Warley."

"Warley hai detto?"

Ancora lui tra i piedi. Com'è possibile che tra tutti i miei nemici in mare, compaiano sempre quelli meno graditi?

"Quindi ..." riflettó "se è come dichiari, ora lei si trova in mare, imbarcata con Warley sulla Blue Royale!?"

"Lui e parte del tuo equipaggio rimasto indenne."

Dopo un inutile e vano tentativo di liberarmi delle sirene, capisco che senza di loro non andrò lontano.

"Come posso trovarla?"

"Resta con noi, Jack! Quando Angel canterà ancora, e so che lo farà, avremo la rotta per raggiungerla."

"Come puoi esserne tanto certa?"

"Allora la tua esperienza con me non ti è servita a nulla, Jack?!"

"Ho preferito dimenticare."

"Canterà! Lo farà, perché ti ama e ti sta cercando. Userà tutta la sua energia in quel canto e da quell'energia noi trarremo la via per ricondurti da lei. Allora: ti fidi di me?"

"Ho scelta?"

"No, se vuoi ritrovarla."

"Come farete a portarmi da lei?"

"Di questo non ti devi preoccupare. Recupereremo la tua nave in men che non si dica."

Richiama a sé le altre sirene. Si spostano offrendomi un appoggio sicuro sul quale aggrapparmi. Dopo qualche secondo sono sospeso in acqua. Dal mare emergono tre grandi conchiglie dalle quali l'acqua fluttua a cascata. Le sirene mi sospingono su di esse formando un'originale imbarcazione. Di sicuro un mezzo sul quale non mi è mai capitato di viaggiare.

"Siete pronte? Partiamo!" ordina Kimera.

Mi lascio portare in mare aperto e l'esaltazione di aver ritrovato il mio mondo mi fa sorridere. L'imbarcazione guadagna la marea e sono presto sulla cresta dell'onda.

"Resta solo da augurarsi che non scoppi un temporale!"

12.

JACKIE STELLA MARY

Acquattata nelle stive, in ascolto delle tre navi che scatenano la loro furia contro la Blue Royale e per tutto quell'interminabile lasso di tempo, non faccio altro che chiudere la mia piccola Mary in un forte abbraccio. Per proteggerla e custodirla lontana dal quel fragore terrificante che tanto fece inorridire anche me, la prima volta che l'ho udito. Il tuono dei cannoni, gli scoppi dei moschetti, il suono delle sciabole e le urla dei rivali che si affrontano. Giungono a noi come un'eco. Chiudo gli occhi e cerco di ascoltare solo il respiro di mia figlia. Come quando dalla mia pancia cercavo di carpire ogni suo più piccolo movimento. E vorrei che fosse ancora così. Dentro di me la sentivo al sicuro. Quando respirava di me e dei miei sogni. Sogni conservati per lei, per darle un futuro. Una vita da difendere. Giurai a me stessa che avrei sempre continuato a farlo, dal primo istante in cui seppi della sua esistenza, quando Jack scelse per lei Isla Celeste come il luogo perfetto in cui sarebbe nata e cresciuta. E ora rivedo quei momenti. Attimi di pura felicità senza confini. Rivedo la nostra spiaggia bianca. Quella spiaggia con la sabbia calda. Sento il tepore del sole. Vedo gli occhi degli abitanti dell'isola, uno per uno; i volti, i sorrisi, le voci. Le notti sulla spiaggia attorno al falò. Il calore del fuoco e la sua luce magica che rischiarava la notte. E quella notte, fatta di momenti che ora sembrano così lontani.

"Hai già pensato a come si chiamerà?"
Jack accarezza la mia pancia diventata ingombrante.
Io guardo il fuoco e mi accoccolo più vicina a lui, tra le sue braccia.
"Prima occorrerebbe sapere se stiamo parlando di un lui o di una lei."

"Ho sentito dire che le future mamme abbiano una capacità innata di capirlo prima del tempo."
"Ho un'idea, ma non vorrei sembrarti troppo di parte."
"Femmina?"
"Eh già."
"Sarebbe bellissimo!"
"Sul serio? Ne saresti felice?"
"Non dovrei?"
"Un padre desidera un maschio."

"E dove sta scritto? Un padre desidera un figlio dalla donna che ama. Maschio o femmina non fa alcuna differenza. Non per questo l'amerò di meno. L'amore non fa differenze."

Sorrido, grata a Jack e alle sue parole.

"Supponendo che sia femmina" continua *"immagino che tu abbia già qualche nome per la mente. O no?"*

Un nome per mia figlia, il segno con il quale si vorrebbe dare un ordine al mondo. Una specie di ancoraggio. Un modo per confermare quello che ci circonda. Serve un nome. Un piccolo marchio

che per sempre andrà a contraddistinguere una vita. E non una vita qualunque. Dopo qualche istante arriva così, senza un motivo. O forse in sé ha tutti i motivi del mondo, ma lo scoprirò solo poi.
"Stella."
"Stella ..." *riflette e guarda il cielo.* "Mi piace, suona bene."
"Però non basta. Deve avere qualcosa di noi."
"Che cosa intendi?"
"Un segno inequivocabile che la contraddistingua come nostra figlia."
"Tipo ... stella del mare?"
"Intendevo qualcosa di più pratico, non so, come: Jackie!"
Jack sorride tra sé "che buffo!"
"Che cosa?"
"Mio padre mi ha sempre chiamato così."
"Ecco, lo vedi! Questo per me ha già un significato. Si chiamerà Jackie Stella."
"Così ha solo qualcosa di mio, però!"
"Beh, il primo l'ho scelto io!"
"Per nostra figlia vorrei qualcosa di più profondo, meno banale."
"Io ho detto Stella pensando al nome della Madonna protettrice dei marinai e di chiunque affidi la propria vita al mare."
"Mi sembra di ricordare che il suo nome completo sia Stella Maris."
"Precisamente."
Per alcuni istanti è assorto nei suoi pensieri, mentre il fuoco alle nostre spalle scoppietta allegramente.
"Tua madre si chiamava Mary, giusto?"
"Sì, giusto."
"Che ne pensi di Stella Mary?"
"Oh, Jack, è stupendo! Porterà un nome che ci ricorderà dei nostri genitori."

Jack s'incupisce e guarda lontano, altrove, con uno sguardo del quale solo poi ne capirò il significato, ma è solo un attimo. Le sue attenzioni tornano su di me, insieme al suo sorriso.
"*Allora è deciso. Se sarà femmina si chiamerà Jackie Stella Mary.*"

E così è stato. Dopo circa un mese da quel giorno, stringevo tra le braccia nostra figlia che si rivelò essere proprio una bambina.

È calato di nuovo il silenzio e i cannoni hanno smesso di fare paura. Mary riapre lentamente gli occhi e muove una manina. Il resto del suo corpo è ancora immobile. Ha paura che un altro tuono o altre grida, possano tornare a spaventarla. Invece, tutto tace improvvisamente e sono io che ho paura. Ignara di ciò che potrebbe essere accaduto là fuori. Temo per la vita dei miei compagni e per la nostra.

Che cosa sarà successo? Quale sarà, d'ora in poi, la nostra sorte?

☠☠☠

"State bene?"
Una musica mi rincuora. È dolce e soave come il silenzio che ora circonda la nave. È la voce di Chris che con una mano scosta la coperta che avevo usato per coprire il nostro nascondiglio. È tornato da noi, ha mantenuto la promessa. Gli butto le braccia al collo e lo stringo forte.
"Ho avuto tanta paura!" esclamo in un singhiozzo liberatorio. "Ho temuto per la tua sorte e quella dei nostri compagni."
"Anche se erano tre navi, il nostro equipaggio è di gran lunga più numeroso e non è stato difficile sconfiggerle."
"Quindi ora è tutto finito?"
Sorride e annuisce piano. "Sì! È tutto finito. Potete uscire."
Mi volto verso Mary che, ignara di quanto accaduto, sta facendo l'ennesimo tentativo di alzarsi in piedi. Il pizzo del suo morbido vestitino spunta fuori dalla gonnellina di velluto azzurro, facendola sembrare un fiore.
"Guarda, Chris!"

Le sue gambe riescono finalmente a sostenerla. E lei, un po' barcollante, stacca le mani dal pavimento e si porta dritta in piedi. Stringo il braccio di Chris e continuo a guardarla sbalordita. Lei ride soddisfatta, agita le sue manine in aria ed emette qualche grido di gioia.

"Oh, Chris … l'hai vista?!"
"Sì. È stupefacente!"
"È vero! Brava, Mary!"
"Brava, piccola. Ora vieni!"

Entrambi la incoraggiamo a fare un piccolo passo in avanti per raggiungerci. Lei è ancora ferma lì, in piedi e felice. Batte le manine in segno di vittoria. Poi si sbilancia in avanti, ma non cade. Io e Chris continuiamo a chiamarla con parole rassicuranti. È un momento incredibile ed esaltante. E infine, eccola! Prende la rincorsa e si lancia. Due piccoli passi, uno dopo l'altro, che segnano una svolta. Due brevi istanti che ripagano di una lunga attesa dopo tanta fatica. Di molti tentativi andati a vuoto, di minuscole speranze finite in fumo. E ora il sogno si è avverato. Quando mi raggiunge cade raggiante tra le mie braccia, dove ha sempre trovato appoggio e sicurezza. La stringo commossa.

È stato uno degli eventi più belli a cui abbia mai assistito" esclama Chris "ma dico, l'hai vista? Fino a pochi minuti fa era un mucchietto di ossa inerme. Poi, tutto a un tratto … pouf! Si alza in piedi e cammina! È incredibile! Davvero incredibile."

Alla mia gioia si unisce l'emozione sincera di Chris e mentre Mary ride, colma di un nuovo entusiasmo, noi ci guardiamo senza parole.

13.

BAIA DI OCRA COKE

La baia è a poche miglia di fronte a noi. Anche se qui il fondale è troppo basso per raggiungere la terra ferma, le sirene riescono ad arrivarci senza alcuna difficoltà e metto piede sul suolo sabbioso passando inosservato.

Un piccolo arcipelago di isole irraggiungibili per qualsiasi nave. Sono talmente piccole e numerose che sarebbe impossibile inserirle in una qualsiasi carta di navigazione. Molte di loro non sono mai state esplorate e nessuna imbarcazione ha mai gettato l'ancora vicino a queste acque. Solo alcuni pirati e corsari conoscono questi luoghi, perché se ne servono come rifugio e nascondiglio. La baia di Ocra coke è un luogo desolato, dove pochi marinai osano avvicinarsi. L'accesso è reso possibile solo dall'uso di scialuppe con le quali però, si rischia l'esposizione ad un probabile attacco nemico. Ribattezzata da alcuni marinai "terra di nessuno", in realtà qui si nasconde il covo di un ricco e spregevole pirata. Nessuno lo ha mai visto. Queste isole sono pressoché disabitate e prive di vegetazione. Pare che il suo nascondiglio si trovi sepolto nella sabbia, incastonato nel cunicolo di un profondo pozzo. La flotta è guidata dal capitano Assad, lo stesso che ci ha attaccato e catturato, allo scopo di impadronirsi del maggior numero di navi pirata e con esse i suoi comandanti, per poi giustiziarli dopo mesi di agonia nelle prigioni di Jabr 'Isam Jail. Sono certo che non agisca da solo, ma ancora non mi è chiaro per conto di chi costui svolga tale missione.

"Jack, da questa parte!"

Kimera indica un'insenatura dietro la quale si erge una giogaia di sabbia. Ha un qualcosa di sinistro e di poco naturale. Come se fosse stata costruita per mano di qualcuno e non di certo da parte del mare. Continuo a camminare girando attorno alla montagna bianca. Improvvisamente una nebbiolina trasparente sale dal mare e avvolge tutto ciò che mi circonda.

Mi trovo in una seconda insenatura più grande della precedente, dove intravedo delle vele. Diverse vele, una accanto all'altra.

"Jack, fa' attenzione!"

Di Kimera scorgo ormai solo la voce, avvolto quasi completamente da una nube di vapore acqueo. Mi guida fino ad una lingua di sabbia dove sono arenate una lunga fila di navi. Tra loro anche la Perla. Spunta dalla nebbia come un gigante ferito, la sua carena nera e la polena* sono preda di molluschi divoratori che l'hanno resa quasi irriconoscibile. Trovandola fuori dall'acqua ho modo di controllarla. Lo scafo non ha subìto gravi danni e sembra pronta per navigare, anche se per un tratto breve e in acque non troppo profonde. Ci sono diverse falle in ricordo di quando fu vittima di quell'ultimo, fatale attacco. Porta chiare le impronte dei grappini e le ferite inferte dai numerosi cannoni. In tutta la mia carriera di pirata, giuro di non aver mai subìto un'aggressione tanto violenta e spietata.

"Jack, presto! Recupera la tua nave. Dobbiamo andarcene e alla svelta!"

"I miei complimenti! Senza di voi non sarebbe stato possibile."

"Lascia a dopo i tuoi convenevoli e lasciamo questo posto!"

"Mi spieghi come ce ne andiamo da qui con la mia nave completamente arenata e nessuno a manovrarla?"

"Dunque ancora dubiti di me?"

"Non è la mancanza di fiducia il nostro problema, ora!"

"Rimettiti al comando della Perla, capitano! A portarla ci penseremo noi fin dove potrai racimolare una ciurma."

"Tortuga?"

"Tortuga!"

---

*POLENA: decorazione lignea, spesso figura femminile o di animale, che si trovava sulla prua delle navi dal XVI al XIX secolo. La pratica fu introdotta inizialmente nei galeoni, ma anche navi più antiche avevano spesso alcune decorazioni nella prua

☠☠☠

La calma è stata ripristinata in ogni angolo della nave. Dopo aver lasciato in cabina Mary che si è concessa un meritato pisolino, scendo sul ponte ancora in subbuglio. La nebbia creata dalla polvere da sparo dei cannoni non si è ancora dissolta. Ci sono pezzi di legni e schegge ovunque, pozze di sangue sul tavolato, vele a brandelli. I feriti sono già stati soccorsi dall'efficiente medico di bordo, mentre i caduti vengono avvolti in un pesante tessuto grigio. Le tre navi nemiche, ridotte a cumuli di macerie fumanti, sono ancora collegate alla Blue Royale con del sartiame.

Capitan Warley è in piedi al centro del ponte e con la sua spada scintillante tiene immobilizzato un uomo che ha tutta l'aria di essere il nemico appena sconfitto.

"Non mi sei piaciuto per niente! Eri un uomo di principio. Non so dove tu sia stato a marcire per tutto questo tempo, ma gli anni che hai passato lontano dalla mia nave ti hanno fatto diventare una schifosa canaglia!"

"Capitano …"

"Ah! Osi chiamarmi ancora capitano! Sono spiacente, ma per te sono soltanto un rivale di cui non ti sei nemmeno dimostrato all'altezza!"

Si volta verso i suoi uomini disposti a semicerchio attorno a lui.

"Uomini! Catturate i sopravvissuti e sbatteteli in cella! Di questo codardo lasciate che me ne occupi personalmente."

Lo prende per il collo e lo trascina a prua. Li seguono il nostromo e altri due ufficiali. Quando capisco cosa stia per accadere mi volto giusto in tempo per vedere i prigionieri scendere nel boccaporto che porta alle prigioni. Poi mi arrivano il rumore secco della frusta e le urla dell'ex capitano sconfitto come una doccia gelata. A certe cose non riuscirò mai ad abituarmi.

14.

UN PIRATA

Il malcapitato che ha avuto il coraggio e la sfrontatezza di sfidare Warley e la sua potente nave, viene sbattuto in cella con ciò che rimane della sua ciurma.

Angel è seduta ai piedi dello scalone centrale con uno sguardo pietrificato. Dopo essere stato torturato porta dei segni profondi sui polsi e sulle caviglie. Il torace e la schiena solcati da spaventosi tagli ancora sanguinanti. Capitan Warley sa essere molto crudele quando qualcuno osa mettersi contro di lui e sa perfettamente, come ogni pirata che si rispetti, come farla pagare. Dopo aver castigato l'ennesimo rivale, resta a contemplare i danni delle tre carcasse di quelle che furono sloops pirata. Gli ufficiali stanno ripescando parti ancora buone e recuperabili dei relitti. Quella più grande, usata per l'attacco da poppa e che ora fa da zavorra alla Blue Royale, sembra messa meglio delle altre. Salto sulle sartie arrampicandomi quanto basta per vedere meglio la situazione.

"Capitano! Se permettete siamo pronti per liberarci delle carcasse, signore!"

"Non ancora!"

Warley osserva i relitti con attenzione. Gli ufficiali studiano l'atteggiamento del loro comandante. Difficile, se non addirittura impossibile, carpirne le intenzioni. Prende a passeggiare su e giù per il ponte ancora sudicio. È completamente assorto, con una mano sotto il mento tra la sua bianca e rada barba ispida e l'altra nascosta dietro la schiena. Lo sguardo basso e fisso verso l'ignoto. A questo punto gli ufficiali e anche Angel, che è ancora seduta ai piedi delle scale, lo osservano perplessi e incuriositi, nella trepida attesa di un suo possibile ordine.

Si solleva un vento leggero e favorevole che potrebbe agevolarci per la partenza. Il fumo si è quasi del tutto dissolto e le piume dei sontuosi cappelli degli ufficiali danzano allegre. C'è una sorta d'immobilità generale da parte dell'equipaggio, mozzi compresi, che nel vedere il capitano tanto concentrato, hanno il timore di una mossa sbagliata o di provocare un semplice rumore che potrebbe risultare inappropriato. Improvvisamente Warley smette di passeggiare e si blocca di colpo. Alza lo sguardo con un insolito ghigno.

"Affondate i due relitti!"
Gli ufficiali scattano. "Due, signore?!"
"Quella la teniamo!" Indica la sloop rimasta a poppa.
"Sì, signore!"
"Signor Handry!"
"Sì, signore!" È la risposta del suo primo ufficiale.
"Angel Morgan!"
Perché avrà chiamato Angel con un tono così autoritario proprio non me lo spiego.
"Signore!"
Prontamente risponde e senza esitare si avvicina sull'attenti.
Ora la maggior parte di noi è raggruppata ad osservare la scena con attenta curiosità e un pizzico di timore. Si avverte il peso dell'attesa, non potendo immaginare che cosa stia per accadere. Gli sguardi incerti e attoniti pendono dalle parole che usciranno dalla bocca di Warley.

"Signor Handry, vi ordino di reclutare il maggior numero di braccia abili, affinché la sloop recuperata possa passare subito al raddobbo che la riporterà a nuovo splendore."

"Sì, signore!"

"Inoltre, vi affido questa donna" alle ultime parole mi lascio scivolare velocemente dalle sartie a cui sono appeso, piombando sul ponte per poter ascoltare meglio.

Il volto dell'ufficiale è interdetto.

"Signore?!"

"Non fate l'insulso quando avete capito perfettamente!"

Lo sguardo di Warley si posa su Angel che è ancora ferma al suo cospetto in attesa di istruzioni.

"Vi affido Miss Sparrow! Ma tutti voi qui la chiamerete semplicemente Morgan" dice appoggiando fiero la sua grande mano capace di ricoprirle entrambe le spalle. "Da questo momento dovrete considerarla vostra allieva a tutti gli effetti. Seguirà lo stesso programma di addestramento destinato ai giovani allievi ufficiali, entrerà a far parte della vostra squadra e, per quanto vi sarà possibile, le insegnerete tutto quello che ancora non conosce. Credete di esserne in grado, signor Handry?"

Il primo ufficiale batte il tacco dei suoi stivali. "Certamente, signore!"

"Bene! Avete tre settimane per trasformare quest'esile donna in un temerario ed esperto corsaro."

"Non temete, signore. Quanto appena chiesto sarà eseguito."

Angel e l'ufficiale si scambiano un'occhiata sgomenta, cercando di non far trasparire alcuna emozione e incassano l'ordine con misurata indifferenza.

Il capitano si sposta di fronte a Angel per guardarla bene negli occhi.

"So che puoi farcela, piccola! E so anche che lo vuoi più di qualsiasi altra cosa al mondo. Essere un vero pirata, un marinaio esperto e pronto a solcare i sette mari e oltre. Sbaglio forse?"

"Capitano! Ciò che mi state offrendo va oltre ogni mio umano desiderio e vi ringrazio, ne sono onorata ma … chi si occuperà di mia figlia?"

"Non hai forse quell' indigena che si occupa di lei durante il giorno?"

"Sì, signore! Ma io sono sua madre."

Warley dà un calcio a del cordame disperso sul tavolato.

"Non puoi essere madre e pirata!" risponde seccato "devi fare una scelta!"

"Nulla mi vieta di essere entrambe le cose, signore!" Ribatte Angel con animosità e convinzione.

"L'addestramento sarà duro! Molto più di quanto la tua breve esperienza possa farti credere. Come farai? Spiegamelo!"

Ora la voce di Warley ha quasi assunto un tono paterno.

"Seguirò l'addestramento di giorno e starò con mia figlia la sera. È un problema per voi, Signor Handry?"

Il primo ufficiale non sa dove voltarsi e chi guardare per trovare una risposta adeguata alla situazione da lui ritenuta già sufficientemente assurda. Incrocia lo sguardo degli altri ufficiali, poi quello del comandante che rimane impassibile, fino a cadere su quello serio di Angel in attesa e decide di affrontare la situazione con diplomazia.

"Dovrebbe esserlo, Miss Morgan?"

"Naturalmente no! Non trascurerò il mio dovere, in questo potete starne certo."

È ormai chiaro che anche un marinaio di forte esperienza e carattere come Herald Handry, diventa improvvisamente incapace di elaborare un ragionamento che abbia un senso. E questo accade immancabilmente quando su di una nave ci si trova ad avere a che fare con una donna. Se poi questa donna è Angel, fragile, dolce, forte e pronta a tutto, chiunque ci resta secco.

"E sia!" Tuona Warley.

"Questo mi aiuterà a salvare Jack?"

Warley disegna con un dito il suo profilo.

"Più di quanto tu creda."

"Bene, capitano! La vostra fiducia sarà ben riposta."
"Ed è esattamente questo che volevo sentirti dire, Angel!"
"Non vi deluderò!"
Il comandante solleva con un dito il mento di Angel.
"Non ne dubito! Ma per prima cosa devi smetterla di tenere lo sguardo basso in presenza di un marinaio. Ora sei uno di loro. Impara a guardare tutti negli occhi."
"Capitano, sarà più semplice di quanto crediate."
Warley se ne va senza farsi mancare il suo solito ghigno che si traduce in un'espressione di gradimento. Angel rimane a contemplare gli ufficiali radunati in cerchio attorno a lei che la fissano atterriti.

"Miss Morgan" si fa avanti l'ufficiale Gordon con la volontà di spezzare l'atmosfera "il nostro capitano non avrebbe potuto fare scelta migliore" lei si volta e sul suo viso si disegna un'espressione di gratitudine e sollievo "sono certo che quanto richiesto troverà terreno fertile nelle vostre capacità e tutti gli ufficiali dovranno darmi ragione."

Dopo un misurato inchino, ricambiato con garbo, anche Philip Gordon abbandona il ponte, indugiando sullo sguardo di Angel ancora fisso su di lui.

Non riesco a dare un senso a tutto questo, ma, probabilmente un senso ce l'ha. Altrimenti Angel non sarebbe tanto convinta mentre guarda Warley con gli occhi lucidi di gioia e soddisfazione. Ed io, in piedi accanto a Sebastiano, è come se stessi inutilmente tentando di assorbire il colpo giunto da questa inaspettata novità. Forse è timore, una sorta di senso di protezione che ho sviluppato amando Angel e che ora mi fa sentire più preoccupato che fiero. Perché, semmai dovesse accaderle qualcosa, sentirei tutto il peso di quella scelta ricadere anche su di me. Sento che è mio compito proteggerla. È istintivo, non ha una spiegazione logica. È così e basta.

Anche negli occhi di Sebastiano si è disegnato un velo d'incertezza e paura. Anche per lui vedere la sorella così esposta non rappresenta solo orgoglio. Col tempo sto imparando a capire che amarla significa accettare anche questo suo lato che io definisco oscuro. Quel lato in cui affiora la sua personalità più libera e forte. Quello che la rende temeraria e sprezzante del pericolo. La parte del suo carattere che dimentica quell'incredibile dolcezza e fragilità. Quella in cui emerge in modo chiaro ciò che è davvero e che da sempre è stata: un pirata.

La mia nave sfreccia col vento in poppa come un gabbiano di nuovo libero dopo mesi di prigionia in cui non ha atteso altro che la fine. Le vele nere gonfiate dalla bonaccia sono uno spettacolo che non mi stancherò mai di ammirare. In alto, sul ponte del cassero, respiro profondamente l'aria salmastra che mi riempie i polmoni e mi fa sentire ancora vivo. Le code delle sirene luccicano sotto il sole illuminando di riflessi dorati le onde del mare. Mi seguono e continueranno a farlo, ma la loro presenza non mi disturba. Non rappresentano un ostacolo. Le osservo mentre schizzano come delfini tra le onde, attratto e rassicurato dalla loro presenza. Sorrido. Innanzi a me il mare e il cielo terso, libero dalle nubi, libero dalle tempeste. Libero, come me.

15.

ADDESTRAMENTO

Primo giorno di addestramento.
Si apre sotto un cielo schierato di nuvole nere che formano una cupa cortina, rotta solo dal bagliore livido di qualche lampo in lontananza. Il mare pare si stia alleando col vento, divenuto più freddo e irrequieto, pronti entrambi a un'imminente burrasca che non fa presagire nulla di buono. Timida e impacciata in questi nuovi abiti da allievo, mi ci mancava solo una prova a bruciapelo sopra coperta nel bel mezzo di un temporale.

Prima di lasciare il ponte di corridoio del mio alloggio, lancio un'ultima occhiata ad Anna che, portando in braccio la mia Mary, si dirige verso le scale per raggiungere il piano superiore dove si trova la cabina del capitano. Lì, su preciso invito del comandante Warley, Mary e Anna trascorreranno le ore della giornata, mentre io sarò impegnata col mio addestramento. Mary si potrà muovere liberamente (la cabina di Warley occupa un intero piano del grande castello di poppa, che corrisponde a tutti e quaranta gli alloggi degli allievi nel piano sottostante) e giocare nello spazioso salone con Anna. Posta in posizione centrale e sicura, è il punto più riparato della nave, a dispetto degli eventi atmosferici o di eventuali attacchi.

Appena fuori, sul castello di prua, incontro lo sguardo severo del primo ufficiale che attendeva impaziente il mio arrivo. Sollevo il viso in modo fiero, proprio come Warley mi ha ordinato di fare e lo guardo dritto negli occhi. Ho modo così di osservarlo meglio. È piuttosto basso di statura. Il suo portamento serio e solenne lo fanno apparire più vecchio d'età, anche se i suoi anni non devono essere più di ventotto. Il suo volto è disseminato da una grande quantità di lentiggini, lievemente nascoste da insulsi baffetti e il mento così sfuggente che occorre guardarlo due volte per individuarlo. Da sotto il suo tricorno si possono distinguere capelli rosso mattone spruzzati di grigio.

"Non aspettavamo che lei, Miss Morgan!" Esordisce con sarcasmo, ma il mio umore non potrebbe essere dei migliori nonostante la mattinata cupa e decido di non dare peso al suo atteggiamento.

"Chiedo scusa signore. Non si ripeterà."

"In fila con gli altri!" Ordina in tono piatto.

Gli allievi, con la loro impeccabile divisa, sono già tutti schierati sul lucido tavolato. Mi unisco un po' esitante a loro e, notando che sono disposti in ordine di altezza, mi infilo più o meno nel mezzo.

"Bene uomini! Dato che voi non sapete ancora assolutamente nulla su come si governi una nave, inizierete con l'osservare il lavoro dei vostri colleghi. Come potete vedere è in arrivo tempo instabile, questo significa solo una cosa: pronti ad ogni evenienza e a collaborare col resto dell'equipaggio. Il tempo poco favorevole in mare può essere letale, specie a chi, come voi, ha poca esperienza. In situazioni come questa si richiede la massima e assoluta attenzione, non dovete farvi sfuggire nulla. Ogni mossa in coperta sarà fondamentale per la vostra sopravvivenza."

Si sposta a sopravvento e indica i gabbieri che riducono la velatura. Così si deve fare non appena si avverte anche solo una piccola minaccia di burrasca. Me lo diceva sempre Chris. Serve per evitare di mettersi in situazione di pericolo durante la tempesta, rischiando di finire incartati nelle vele o peggio di cadere da un albero.

"Loro sono i gabbieri, addetti alla gestione della velatura. Come vedete stanno riducendo al minimo l'apertura delle vele per evitare che si strappino col vento."

Certo che, per essere un primo ufficiale addetto agli allievi, è stato un po' sbrigativo nella sua spiegazione.

"Lentamente e con ordine avviciniamoci per osservare meglio."

Sotto l'albero di mezzana cinque giovani gabbieri si stanno dando un gran da fare. Tra loro anche Albert che, aggrappato saldamente a una sartia, stacca l'altro braccio e lo solleva per salutarmi. Lo ricambio pacatamente, senza dare troppo nell'occhio.

"Attorno alla velatura si trova il sartiame. Sono funi che dallo scafo o dalla coffa, salgono all'albero per sostenerlo lateralmente."

Continua col fornire spiegazioni tecniche per me del tutto irrilevanti dato che, grazie a Chris, conosco perfettamente la velatura e gli alberi di una nave. Tuttavia, ascolto senza perdere il filo del discorso prestando una discreta attenzione, fosse anche per rispetto a chi, senza dubbio, ha più esperienza di me. Intanto osservo gli allievi, i miei compagni. Sono tutti molto giovani, quasi bambini. Alcuni non superano i dodici anni e con tutta probabilità sono orfani che trovano nelle navi ammiraglie, come la Blue Royale, la loro unica casa. Qui hanno cibo, un posto dove dormire e qualcuno che si occupi di loro con la possibilità di apprendere un lavoro. I rischi non mancano, ma è pur sempre meglio che lottare ogni giorno per sopravvivere. Somigliano un po' a me e nei loro sguardi leggo il ricordo della mia fuga da Genova. Un ricordo ormai lontano, anche se il tempo non ha lenito quella ferita.

Di colpo in coperta c'è grande animazione. Balzo sulle sartie e mi arrampico per un breve tratto. Da qui ho modo di dominare la scena. I gabbieri vengono chiamati sotto coperta, i marinai si affrettano a bracciare i pennoni*, mentre il timone viene messo alla banda*. Poco dopo la nave corre a sette nodi con un bel vento al traverso. Warley sale rapidamente sulla coffa di maestra. Poi un richiamo acuto, che quasi mi aspettavo.

---

*TIMONE ALLA BANDA: dare tutto timone.
*COFFA: piattaforma semicircolare che si trova quasi sulla sommità di ogni albero dei velieri a vele quadre, con la parte rotonda rivolta verso prua.

"Morgan!! Che ci fate lassù?!!"

"Perdonate, signore! Da qui posso vedere i movimenti in coperta!"

"Non mi sembrava di aver accennato a nulla che imitasse scimmie o altro. Sbaglio forse?!"

Scivolo giù dal cordame e piombo con viso affranto di fronte ad Handry, mentre scorgo il capitano avvolto dal suo tipico ghigno.

"Come avete detto voi, signor Handry, non ci doveva sfuggire assolutamente nulla. Ogni mossa in coperta è da considerarsi fondamentale. Sbaglio forse?!"

Dalla coffa* giunge tuonante la risata di Warley.

"Ah ah ah! È un fucile carico, signor Handry! Spero che voi sappiate maneggiarlo!!"

Handry risponde senza perdere la sua diplomazia.

"Pertanto, d'ora in poi, dovrò documentarmi sul genere di animale preferito da Morgan! Giusto, capitano?"

La risposta di Warley è un'altra sonora e scandita risata.

Handry torna a rivolgersi a me in tono più severo.

"E' troppo chiedervi di tornare con il resto del gruppo, miss Morgan?!!"

"Sì, signore!"

Obbedisco senza repliche.

Non sono abituata e tutto questo rigore non lo comprendo. Sulla Perla Nera la vita era facile e scandita da ritmi più umani e tolleranti.

Si ricomincia con la lezione sulle vele e il resto. Vengono passati in rassegna tutti e tre gli alberi della nave e per ognuno c'è la sua spiegazione teorica. Uff! Sbuffo un po'. Credevo che ci sarebbe stata molto più pratica che teoria, anche perché, obiettivamente, tante parole al vento servono a ben poco su una nave.

Devo ammettere che la Blue Royale, nave ammiraglia da trentadue cannoni, richiede molto più lavoro e le mansioni a bordo, ben ripartite in modo scrupoloso tra gli uomini del suo equipaggio, non si imparano in pochi giorni.

"E qui vedete un imbroglio di cima eseguito alla perfezione!"

"Grazie, signore!"

Chi poteva essere ad averlo eseguito così bene, se non Chris.

"Un ottimo lavoro, anche con la carbonera!"

Su quest'ultima affermazione dell'ufficiale si sente un allievo ridere di gusto. La sua risata coinvolge anche altri due ragazzi vicino a lui. Ovviamente questo atteggiamento non è tollerato e vengono richiamati all'ordine.

"Forse Signor Dankworth, visto che avete tanta voglia di ridere, potrebbe rinfrescarci la memoria sul perché questa vela porti un nome che a voi risulta tanto buffo!"

Dankworth scatta sull'attenti e risponde al primo ufficiale senza esitazione: "Sì, signore! La carbonera è la vela di straglio di gabbia che si trova sopra le cucine."

"Molto bene. Per questa volta siete scusato del vostro atteggiamento, purché non abbia a ripetersi."

Quello che ancora non capisco è perché su questa nave tutti tendano a darsi del VOI. Anche a chi, come in questo caso, non è nemmeno da considerarsi un adulto. Tutte queste formalità mi mettono a disagio. Possiamo andare d'accordo e collaborare tra noi senza troppe cerimonie e comunque, rispettando le gerarchie che giustamente devono esistere. Alla fine non siamo parte di una grande famiglia? Io ho sempre vissuto così il clima sulla Perla, ma le navi militari hanno altre regole, altre abitudini.

"Va tutto bene, Angel?"

Chris, senza farsi notare troppo, si avvicina a me con sguardo attento e preoccupato.

Sospiro. "Diciamo che mi adatto."

"Conta su di me, d'accordo?"

"Non preoccuparti Chris, me la so cavare."

"Lo so" aggiunge con un sospiro rassegnato. "Allora a dopo!" si allontana senza mancare di dedicarmi un ultimo fugace sguardo "buona fortuna!"

Sorrido e sparisce sotto coperta dove gli altri gabbieri si erano già imbucati da un pezzo.

"Vela in vista!" annuncia la vedetta dall'alto della sua postazione.

"Bene uomini!"

Il primo ufficiale interrompe la sua lezione.

"Abbiamo un cambiamento di programma" dirige il suo sguardo dove la vedetta ha dato le coordinate dell'avvistamento.

"Forza! Andate a dare un'occhiata!"

Il gruppetto di allievi sale sul cassero dirigendo l'oculare dei loro strumenti verso quella direzione. Li seguo entusiasta e con attenzione mi unisco a loro sull'impavesata. Handry fa subito cadere il suo sguardo distorto su di me che non ho ancora in mano lo strumento, come invece hanno già fatto i miei compagni. Mi affretto ad afferrare un cannocchiale e fisso il punto dell'avvistamento.

"Vedete tutti bene?"

Con la coda dell'occhio spio la vedetta sull'albero maestro per captare se ci siano segnali di pericolo, ma Nick, abile e pressoché infallibile, resta in attesa, mentre la nostra nave accorcia la distanza e la visione si fa nitida.

"Guardate bene" continua il primo ufficiale "è una nave da guerra. Ora si tratta di stabilire se siano nemici o alleati."

Le parole di Handry non mi convincono. È un'imbarcazione dallo scafo largo e tozzo, quindi lenta. Un due alberi senza bocche laterali per i cannoni. Una nave da guerra ci avrebbe a sua volta già avvistati, lanciando i tipici segnali marittimi per comunicare con noi. Se si fosse trattato di una nave nemica che non voleva essere attaccata, avrebbe issato la propria bandiera dandosi alla fuga. Il fatto che siano rimasti sulla loro rotta senza un minimo segno, mi fa scartare a priori l'ipotesi della nave da guerra.

"Perdonate signore!"

"Sì, Morgan."

"A me sembra piuttosto una baleniera."

Proprio in quell'istante si odono le urla di Nick piovere dalla cima dell'albero maestro.

"E' una baleniera, capitano!"

"Ignoriamola e avanti tutta sulla nostra rotta!" risponde Warley.

Non so bene perché, ma a volte la rivalità o, per meglio dire, l'antipatia tra due persone è innata. Io non sopporto il primo ufficiale, anche se non so spiegarmi il motivo. Così come lui non sopporta me e, questo, direi che è abbastanza chiaro. Il suo sguardo cupo mi fa credere che si senta offeso e non era certo nelle mie intenzioni, anzi, volevo solo far bene il mio lavoro di allievo, pensando che sarebbe stato apprezzato. Invece, Handry interpreta ogni mio gesto come un'offesa personale. Lo capisco dal suo sguardo e da come si rivolge agli altri, come se io non facessi parte del gruppo, così da rendere ostile anche l'atteggiamento degli allievi nei miei riguardi.

☠☠☠

Scorro a fianco di una scogliera ripida. Una serie di rocce grette e rugose si susseguono lungo un breve perimetro che delimita i confini della baia di Tortuga. Un'isola da me sempre considerata come porto sicuro. Un luogo dove non solo amavo rifugiarmi, ma dove ritrovavo me stesso, in quella che consideravo come una casa, una famiglia. Ora tutto ciò che emana è solo tristezza e solitudine.

L'atmosfera ciarliera e sconsiderata di questo luogo, gli uomini ubriachi, le donne con una disponibilità ignobile, il chiacchiericcio sciocco ed inutile, mi danno noia. I suoni rimbombano nella mia testa fino a indurmi ad abbandonare la locanda ed infilarmi in una zona più tranquilla e nascosta, il più possibile lontana da quel frastuono. Percorro un tratto di banchina isolato e decido di sedermi sui gradini che si tuffano nell'acqua scura del porto. Anche qui è infestato da pirati intenti a legare le navi agli ormeggi o a litigare con osti che vendono il vino troppo caro. Così mi allontano, spingendomi fino alla spiaggia di Bagah. Una striscia di sabbia non molto lunga, difesa dal mare da una naturale catena di scogli che impediscono il passaggio di qualunque nave. Mi siedo al buio, sulla sabbia fredda. È come se la libertà, o meglio, l'uscita da quel luogo di oppressione e il recupero della mia amata nave, non fossero sufficienti a farmi ritornare il Capitan Jack di una volta. Odio confessarlo, ma mi sento solo. Per la prima volta nella mia esistenza, sento che mi manca qualcosa per poter andare avanti e la risposta non è difficile da trovare. So benissimo che cosa mi manchi e conosco la disperazione al pensiero di non sapere nemmeno da dove iniziare per ritrovarla. Sollevo lo sguardo e da una nuvola passeggera spunta la luna. La osservo come se fosse la prima volta che la vedo e mi domando se in questo momento anche lei stia facendo la stessa cosa.

"Ti trovo bene, Jack!"

Immerso nelle mie riflessioni, una voce alle mie spalle mi coglie impreparato. Scorgo solo un'ombra avvicinarsi e mi metto sulla difensiva.

"Non è necessario, Jack!"

L'ombra scura scompare e lascia posto ad un uomo dalla statura media che mi guarda con un ghigno amichevole.

"O almeno, non con me."

"John?!" Esclamo esitando. "John … John Calamy?!" stringo gli occhi con una chiara espressione di sbigottimento. "Per la miseria, che ci fate qui? Credevo di avervi lasciato sulla Perla con il resto dell'equipaggio!"

Sospira. "La fortuna ha giocato in mio favore e me la sono cavata. E vedo con piacere che ve la siete cavata anche voi, capitano."

"Stento a credere che siate davvero voi, John."

"Da quando hai smesso di riconoscere i tuoi ufficiali?"

"Da quando ho smesso di averne!"

"Ma la Perla è qui a quanto pare. L'avete recuperata! E ora avete recuperato anche me."

"Come siete giunto fin qui?"

"Il destino … immagino."

"Con voi è stato più magnanimo."

"Non pensavo vi avrei mai più rivisto."

"Ma come, John? Ci sono mille risorse in mare e inoltre … sono il Capitano Jack Sparrow! … comprendi?"

Sorride. Ho visto poche volte sorridere John e questa è una di quelle rare occasioni.

"Già! Come dimenticarlo?"

"Bene, John! Visto che non per puro caso vi trovate proprio qui a Tortuga e visto che per puro caso io necessiterei urgentemente di una ciurma e che per un caso casuale voi siete anche il mio primo ufficiale, direi che possiamo ritenerci fortunati e metterci al lavoro per ripopolare la Perla Nera. Voi che ne pensate?"

Riflette e ne segue uno sguardo d'intesa che mi fa capire che tra noi non è cambiato nulla.

"È accettabile. Ho già adocchiato diverse reclute che fanno proprio al caso nostro. Ma, perdonate l'ardire, dove siamo diretti questa volta?"

Il mio sguardo s'incupisce e perdo lo slancio di poco fa.

"Dobbiamo trovare Angel."

Anche la mia voce è mesta, composta.

"Angel?!" John si stupisce. "Credevo fosse al sicuro a Isla Celeste!"

"Lo credevo anch'io. Invece ha saputo da Warley della mia scomparsa ed è partita per cercarmi."

"Partita? Con Warley?" il tono di John non nasconde un evidente stupore.

"Già."

"E dove la troveremo, Jack? Sai meglio di me che questi mari sono immensi e pericolosi."

"Conosco le rotte di Warley. Ci basterà metterci sulla loro scia."

Ci incamminiamo lungo il molo verso il punto di attracco della Perla Nera. L'aria va rinfrescando e in lontananza scorgo dei lampi che squarciano il cielo.

"Lo scafo è ridotto parecchio male."

Anche se avvolta dal buio, John si rende conto dei danni e fa un rapido calcolo dei lavori di raddobbo necessari a renderla idonea per un'ottima navigazione.

"Domattina presto recluterò il numero necessario di uomini per manovrare la Perla, procederemo con i lavori urgenti per renderla agibile e prenderemo il largo domattina stessa. Non c'è un minuto da perdere, Jack!"

Gli tendo la mano in segno di gratitudine e ritrovata collaborazione. "Sono d'accordo, John!"

Nostro malgrado ci sorridiamo.

Lo invito a riprendere posto in quella che da sempre fu la sua cabina, mentre io resto sul pontile scrutando di continuo l'orizzonte, come se potesse darmi una risposta.

È scesa la notte. Le bandiere delle altre navi si agitano nella brezza argentea del chiaro di luna. Rimango colpito da quanto appaia diverso questo posto senza la nebbia. In tutte le notti in cui sono stato qui, l'isola era avvolta dalla bruma e aveva un aspetto incorporeo, come se fosse sospesa nel tempo. Questa sera, invece, sotto il cielo illuminato dalla luna piena, riesco perfino a scorgere dal ponte della nave le case sparse e seminascoste tra la vegetazione frastagliata e anche i punti dove la roccia nuda si fa spazio fra gli arbusti.

Le stelle brillano nel cielo e la mia luna curiosa galleggia appena sopra l'orizzonte. Dall'oceano si alza una foschia che sa di sale e brina. Il temporale si allontana e almeno per oggi ha deciso di non scaricare la sua ira su di noi. In altre circostanze avrei trovato quell'atmosfera confortante e anche romantica, ma adesso mi risulta quanto mai estranea.

☠☠☠

Non è stato facile continuare a seguire le lezioni di Handry con tutta la classe contro. È stata una giornata dura, causa anche il mal tempo che, nonostante ci abbia risparmiato una burrasca, ha continuato a tenerci sospesi come se fosse pronta a scaricarsi sulla Blue Royale da un momento all'altro. Ceno con Mary e Anna nella cabina del capitano. Zuppa di pesce appena pescato e pane abbrustolito. Terminata la cena lascio che Anna mi preceda con Mary, mentre io mi concedo due passi sul ponte. Avverto la necessità di respirare l'aria fredda della notte. Questo genere di passeggiate ha da sempre un potere calmante su di me.

"Miss Morgan!"

Convinta di essere sola, mi volto di scatto trovando gli occhi sorpresi di Philip Gordon piantati su di me.

"Va tutto bene?"

Mi chiede meravigliato quando il resto della ciurma, vedette a parte, si è già ritirato da ore. Lui non può sapere che sulla Perla Nera ero libera di vagare per la nave a qualsiasi ora del giorno e della notte. Non può sapere che quei momenti li conservo nel cuore come un oracolo e li ricerco per trovare un po' di pace. Non può sapere che, per me, la vicinanza del mare, dell'acqua, dell'odore dell'aria salmastra sono un analgesico contro qualsiasi genere di stress.

"Chiedo scusa signor Gordon, stavo solo prendendo un po' d'aria."

"Potete chiamarmi Philip, miss Morgan" dichiara "e …sì, il ponte a quest'ora è un luogo magnifico dove rifugiarsi dopo una brutta giornata."

"Non ho avuto una brutta giornata" lo correggo.

"Volete forse intendere che vi siete divertita con gli allievi?"

"No, non intendevo questo."

"Vedete miss Morgan …"

"Angel …" lo interrompo "se voi siete Philip, io sono semplicemente Angel."

"La ringrazio del privilegio concesso" e china appena il capo.

Philip Gordon è uno degli ufficiali più degni di ricoprire questo ruolo. È serio, elegante, composto e molto educato.

"Angel, il ruolo che il capitano ha scelto per voi, temo sia alquanto riduttivo per le vostre competenze, ma troppo gravoso per il vostro fisico. Avrei trovato più adatto un diverso tipo di addestramento."

"Che intendete dire?"

"Voi siete una donna sveglia e capace, in possesso di tutte le qualità necessarie, ma ho la convinzione che un addestramento fisico proverebbe troppo la vostra esile corporatura. Capite che cosa voglio dire?"

"Lo capisco" dichiaro "ma non dovete darvi pensiero. Così come ho ricevuto un'istruzione valida sulla Perla Nera, allo stesso modo sono stata abituata a prove fisiche importanti. Posso farcela."

"La vostra determinazione è ammirevole, Angel. Tuttavia permettetemi di nutrire dubbi al riguardo."

"Non crede di preoccuparsi un po' troppo, Philip?"

"Solo per il suo bene, Angel."

"Mi lasci tentare, devo e posso farcela, ma se nessuno crede in me, come potrò farlo io?"

Philip mi osserva disarmato.

"Si guardi le spalle, Angel. Deve credermi quando le dico che non sarà facile."

"Nulla è semplice a questo mondo, Philip."

"Farò come mi chiede, ma a un patto ..."

"D'accordo, quale?"

"Accetterà il mio aiuto qualora dovesse diventare necessario. Intesi?"

Lascio quelle parole sospese per un breve istante.

"La prego, Angel" insiste.

"E va bene, Philip. Accetto."

"Bene, ne sono lieto." Solleva il suo tricorno* con un breve inchino. "Le auguro una buona notte, Angel" si volta e si allontana.

"Philip ...!"

"Mi dica ..." risponde, bloccandosi con ancora il suo tricorno tra le dita.

"Grazie."

Si rimette il suo cappello sotto uno splendente sorriso e lascia il ponte.

Al rientro nella mia cabina sento il bisogno di stare sola. Mi siedo alla finestra e guardo il mare: onde appena percettibili nel buio e la luna che fa capolino dietro una nuvola passeggera. Ripenso alla giornata appena trascorsa e al modo di farmi accettare dal gruppo e da Handry, senza per forza dar ragione a tutte le sue stupidaggini. Credo fortemente in quest'incarico che mi ha affidato il comandante e non voglio deluderlo, ma, soprattutto, non posso deludere me stessa. Voglio dimostrare il mio valore e fare in modo che anche gli altri lo percepiscano.

---

*TRICORNO: stile di copricapo che era molto popolare nel corso del XVIII secolo, tanto da essere nelle rappresentazioni quasi un segno identificativo di episodi ambientati in questo secolo. La caratteristica distintiva del cappello è che i tre lati del bordo sono rialzati e attaccati, allacciati o abbottonati in modo da formare un triangolo attorno alla corona. Il cappello era tipicamente indossato con una punta rivolta in avanti, sebbene non fosse affatto insolito per i soldati, che spesso portavano un fucile o un moschetto sulla spalla sinistra, indossare il tricorno puntato sopra il loro sopracciglio sinistro.

Ho un gran desiderio di imparare, come quando la mamma mi insegnava a leggere e scrivere. Questa ora è la mia scuola, dalla quale, ne sono certa, uscirò con ottimi risultati.

I pensieri vagano nel buio della sera, si intrecciano e mi portano a Jack. Chissà dove si troverà in questo momento. Jack! Chissà se anche tu mi pensi. Qualche dubbio mi assale, una leggera perplessità legata alla paura di non farcela in questo mondo così duro che troppe volte ci volta le spalle.

Anna entra nella mia cabina. Porta tra le braccia la piccola Mary appena addormentata. La posa nella culla, mentre io scosto le lenzuola bianche di lino e un profumo di lavanda mi invade. Con voce sommessa la ringrazio e lei si allontana timida ed educata.

Mi lascio andare senza più forze sul mio letto, immobile, con i muscoli irrigiditi e dolenti. Chiudo gli occhi. Il lento beccheggio della nave mi rilassa, così come il cigolio dei legni, il tonfo sordo di un barile che rotola nella stiva. Tutti suoni familiari, perfino gradevoli.

16.

GRADO PER GRADO

Il grado di marinaio esperto mi viene conferito dopo pochissimi giorni dall'inizio del mio addestramento. Naturalmente, la notizia, data da Warley in persona, è accolta con non poca disapprovazione da parte del primo ufficiale Handry, il quale continua a sostenere che avrei dovuto adattarmi e seguire il gruppo di allievi grado per grado, nonostante il mio spiccato apprendimento.

Per non farci troppo sangue amaro a vicenda, ho deciso di proseguire le lezioni base col gruppo, anche se le considero esasperanti e noiose. Per diversi giorni non si fa altro che studiare. Solo pura e noiosa teoria. Come si chiamano le parti della nave, come è suddiviso l'equipaggio e i vari compiti che ognuno, a seconda del proprio livello e delle proprie capacità, deve sostenere quotidianamente. I compensi che si ricevono a bordo a seconda dei meriti, dell'età e del lavoro svolto. Perfino un'intera giornata dedicata ad annodare le cime, fortuna e disgrazia di ogni marinaio, così come le definisce Handry. Ovviamente, conoscevo già i nodi grazie al vecchio Tom, pace all'anima sua, che mi ha pazientemente insegnato, ma solo nelle giornate in cui era di buon umore. Il che accadeva abbastanza raramente e così, durante la lezione, scopro che alcuni di essi mi sono ancora sconosciuti, con grande piacere del primo ufficiale. Imparo il nodo margherita che serve per accorciare una cima senza bisogno di tagliarla, il nodo di tonneggio che viene usato per unire due cime di forte spessore e il nodo di scotta, utile per unire due cime di consistenza diversa. Mi diverto e i pensieri prendono forma tra i capi di queste cime, riportano a galla sentimenti e ricordi ancora troppo vivi dentro di me.

I giorni seguenti diventano più interessanti. Dopo una lunga e paziente attesa, si passa all'addestramento con le armi. Ed ecco che mi ritrovo ad apprendere come si carica un cannone e le varie tecniche di mira da utilizzare per farlo rendere al meglio. Mi passano per le mani armi di ogni tipo e grandezza, alcune mai viste prima e per ognuna imparo come maneggiarle e caricarle. Con la spada mi sento a mio agio e non ho alcun problema a difendermi durante gli allenamenti. Destreggiarmi in punta di spada è una disciplina affascinante che ho appreso alla perfezione grazie a lui, Jack. Un velo di tristezza mi sfiora facendomi per un istante abbassare la guardia. Riprendo il controllo delle emozioni, ma è troppo tardi. Uno degli allievi ne approfitta sferrandomi una mossa rapida e impercettibile che mi ferisce una mano. Handry non ci vede più e mi rimprovera sotto lo sguardo severo dei miei compagni. Vengo spedita sotto coperta per farmi medicare. Un'amara delusione che mi urta e guardo la mia mano sperando che la ferita sia solo superficiale. Desidero continuare la mia scuola di marinaio nella miglior forma possibile e con la grinta necessaria.

"Angel!" Philip supera il medico per verificare lui stesso lo stato della mia mano in parte trafitta da un fioretto ben affilato. Quando l'afferra per osservarla urlo per il dolore. "Una brutta ferita."

"Proprio così, ufficiale!" risponde il medico.

"Che cosa ti avevo detto, Angel?" Philip è costernato e mi lascia senza parole per controbattere.

"Guardati le spalle! Qui nessuno ti è troppo amico, specie se si tratta degli allievi. Vedono una minaccia, un essere inferiore e se permetti che questo accada per te sarà la fine, Angel."

Abbasso lo sguardo. Philip si fa passare dal medico tutto il necessario e procede a bendarmi la ferita. Osservo le sue dita che lavorano in silenzio, stringendo i denti.

Fino a quando continuerò a perdere l'attenzione pensando solo al passato e ai miei sentimenti per Jack, non raggiungerò mai il vero scopo per cui sono qui: essere in grado di ritrovarlo. Se mi deconcentro, perdo di vista il mio obiettivo. Lui non vorrebbe questo per me. Devo essere pronta e forte. Questa è la stessa identica cosa che vuole Warley. Non posso continuare ad andare per mare senza la giusta preparazione. Quindi, d'ora in poi, penserò solo a raggiungere il prima possibile la competenza che mi spetta per affrontare questa nuova avventura, senza lasciarmi sopraffare dalla tristezza e dai ricordi. Lascerò i miei pensieri romantici in serbo per la sera. Lì, dove, sola nella mia cabina, ascoltando il respiro di mia figlia, posso permettermi di lasciarmi andare alla malinconia, per ritrovare la forza. È come se per qualche breve istante mi ricaricasse, dandomi il coraggio di andare avanti.

"Ora cerca di riposare" dice Philip quando annoda due lembi delle bende stretti sul mio polso. "Non ci pensare, non volevo essere troppo duro, ma solo metterti di fronte alla realtà."

"Lo capisco, Philip e hai ragione: d'ora in più starò più attenta."

☠ ☠ ☠

"Warley viaggia sempre su questa tratta. Presto o tardi ci imbatteremo nella Blue Royale, capitano. So per certo che difficilmente modifica le sue rotte. Gli ordini della marina britannica e i suoi doveri di corsaro gli impongono di non approfittare della loro clemenza. L'equipaggio gli si potrebbe rivoltare contro."

"D'accordo, John. Mi fido di voi."

Il giorno dopo si apre sotto una cappa di nubi scure e minacciose che si stendono fino oltre l'orizzonte e lasciano filtrare una luce smorta e nebbiosa che fa pensare ad una fredda mattina d'inverno. Non abbiamo chiuso occhio questa notte, troppo occupati a riportare la Perla ad un nuovo e luccicante aspetto, degno di una nave della sua portata.

L'aria frizzante dell'alba pizzica la pelle quando salgo sul ponte del cassero. E per la prima volta rimango spiazzato: sono senza istruzioni da impartire al timoniere. Il mio sguardo perplesso credo che lo impaurisca, al punto da indurlo ad allontanarsi lasciando a me il comando. Non comprendo, non so nulla, né quale rotta io debba seguire. Cado in uno stato confusionale simile alla disperazione.

John cammina sul ponte, il sonoro appoggio dei suoi passi, accentuato dal tacco degli stivali, risuona nitido sulle assi del pavimento. Mi lancia uno sguardo tra l'ironico e il preoccupato.

"Jack, capitano. Non vi riconosco più! Dov'è finito l'eroico Capitan Sparrow, intrepido e giocherellone?"

"Giocherellone?!"

"Andiamo, Jack! Sapete a che cosa mi riferisco."

"Temo si sia perduto in mare lasciando una scialba copia di esso" rispondo scrollando la testa per sdrammatizzare.

"Ma, capitano ..."

Cerco di cambiare discorso nella speranza di vederlo concentrato su altro che non siano il mio malumore e le mie incertezze.

"Ditemi, John, che cosa vi è accaduto?"

Cambia espressione. John non è mai stato molto loquace e temo che non inizierà ad esserlo proprio ora. Ciò nonostante la voglia di aprirsi ha la meglio.

"Da quel terribile giorno ho sopportato sciagure in terra e in mare. L'essere scampato a quell'attacco non mi ha reso immune. Fui addirittura catturato e fatto prigioniero da una tribù selvaggia del nord. Non ricordo nemmeno come sia riuscito a fuggire ..." sorride amaramente, "so solo che mi ritrovai su una zattera in mezzo all'oceano e dopo qualche giorno fui recuperato da una nave corsara diretta a Tortuga, in cerca di sollazzo. Una volta in porto quegli sciagurati mi abbandonarono. Vagai per giorni senza meta in quel posto poco raccomandabile, pensando di non essere mai caduto così in basso e di tutto questo, ciò che ricordo alla perfezione è la sensazione di essere solo e senza speranza alcuna."

Lo ascolto facendo un lieve cenno affermativo col capo. Il sentirsi soli ed abbandonati è la cosa peggiore per qualsiasi marinaio. E mi rammarico pensando che, per me, l'unico vero, grande e tangibile dolore deriva dalla perdita di chi si ama.

"Ero in collera con la ciurma, con me stesso. Stentavo a credere che coloro con cui avevo condiviso gran parte della mia vita, compreso voi capitano, fossero perduti."

John continua a parlare, ma io lo ascolto appena. La mia mente è tornata al passato. A quei momenti che credevo dimenticati.

"Chi altro sa di voi, capitano? Del fatto che siete ancora vivo."

Mi guardo attorno perplesso ed esito a rispondere. Cerco il timoniere che si era nascosto e gli ordino di rimettersi al comando.

"Mantenere la rotta, qualunque essa sia."

"Sì, capitano" risponde esitante.

"Seguitemi, John. Qui ci sono troppe orecchie."

Ci spostiamo nella mia cabina che ha bisogno di una verniciata e di mobili nuovi, ma almeno le vetrate sono state sostituite. Un po' nervoso mi appoggio alla spalliera dell'unica sedia rimasta, poi mi alzo per camminare, quindi torno a sedermi e racconto a John ciò che mi rende inquieto.

"Kimera è tornata."

"Che cosa?!"

"Sono state le sirene a liberarmi."

"Le sirene? E come? Quando?"

Leggo la confusione sul suo viso, tuttavia non ho voglia di entrare nei particolari.

"Solo qualche giorno fa."

"No, capitano. Questo non potete permetterlo! Sapete bene che ogni favore fatto da Kimera comporta un prezzo da pagare."

Mi blocco un istante, con la mente in subbuglio, riluttante ad ammettere questa possibilità.

"E che cosa avrei dovuto fare, John? Ero imprigionato a Jabr 'Isam Jail."

"Dio onnipotente. Ma chi vi ha mandato in quel posto orribile?!"

"Non lo so! Ma so per certo che non ne sarei mai uscito vivo se non fosse stato per il loro aiuto. Dicono di sapere dove si trovi Angel. Sono l'unica speranza rimasta per me."

"Non starete pensando seriamente di fidarvi di loro? Vero?"

Sospiro e cerco di elaborare la risposta.

"Aspetteremo un segnale. Pare siano in contatto con lei."

John mi guarda come se stessi bestemmiando.

"Lo so, è assurdo!"

"Finirete in un mare di guai, capitano. È già accaduto in passato o avete forse dimenticato di che cosa possa essere capace quella creatura?!"

"No, John! Non l'ho dimenticato."

Nella mia mente si agita una ridda di pensieri.

"Ve ne starete qui ad aspettare di ricadere nella sua trappola?"

"Quale altra scelta abbiamo? Ditemi!"

"Per l'amor del cielo, Jack! È un prezzo troppo alto da pagare e non ve lo permetterò!"

"Concediamole il beneficio del dubbio. Un giorno, al massimo due. Se entro questo termine non avrò più notizie, resteremo sulla scia della Blue Royale."

John sospira e si avvicina in segno di rispetto e profonda amicizia.

"Capitano, io vi comprendo, ma fate molta attenzione: è proprio in momenti come questo, quando prevalgono confusione e incertezza, che si commettono gli errori più grossolani."

Apprezzo lo sforzo di John. È come se comprendesse esattamente il pensiero che io ho difficoltà a formulare.

"Tuttavia non intendo obiettare. Voi sapete bene che non è mia abitudine discutere i vostri ordini. Pertanto, faremo come dite. È mio dovere avvertirvi: quelle creature non si arrenderanno tanto facilmente. Tenete gli occhi aperti e dubitate di ogni loro parola, di ogni suggerimento. Promettete che prima di prendere qualsiasi decisione al riguardo, ne parlerete con me."

Mio malgrado sorrido. Aver di nuovo acquisito John come membro del mio equipaggio, mi restituisce un forte senso di sicurezza.

"Promesso, John!"

Un tonfo, seguito da un urlo soffocato e voci inquiete dei mozzi, costringono John a congedarsi. Per lui riportare l'ordine tra gli uomini è un dovere assoluto, nonché cosa assai gradita. Si allontana, lasciandomi solo coi miei tormenti. Scorgo dalla finestra la coda di una sirena emergere dall'acqua per scomparire un attimo dopo dietro un'onda. Sono qui. Mi tengono d'occhio. Dovrei considerarlo un bene? Oppure John ha ragione?

Per la seconda volta, nell'arco di questo breve tempo, mi domando che cosa significhi fidarsi di qualcuno o di qualcosa. Cerco di rimettere insieme i pezzi di una situazione che inizia ad assumere le forme di un rompicapo.

Non fidarmi di Kimera mi sembra un'ipotesi ancora più assurda rispetto al fidarmi di lei. Devo dare credito anche alle parole di John che mi è sempre stato fedele e di certo la sua presenza sarà un valido aiuto. Devo tornare ad affrontare i mari e per questo è bene che tenga i piedi in due scarpe fino a quando la situazione non mi sarà più chiara. Ho bisogno di rivedere Angel e mia figlia più di qualsiasi altra cosa al mondo. Questo è l'unico punto fermo che mi resta.

Mi assale un forte crampo allo stomaco. La fragilità ha il sopravvento e l'instabilità mi perseguita. Non so se prendere a pugni la balaustra con tutta la forza che mi rimane o semplicemente mettermi a piangere.

Di nuovo un'ombra tra le acque e gli occhi luccicanti e scuri di Kimera mi trafiggono l'anima. Ma lei, prima di scomparire, mi fa un cenno affermativo.

La fiducia va guadagnata? Oppure è solo una questione di fede? Non so rispondere. Pur avendoci riflettuto a lungo, mi rendo conto di non conoscere questa risposta.

17.

TOPI DI FOGNA!

Apro gli occhi e il mio primo pensiero è di mettermi a sedere. Mi aggredisce una fitta alla spalla. Sono tutta indolenzita: la schiena anchilosata, il collo dolorante e diverse fitte sparse per il corpo. Inoltre, la mano medicata e fasciata pulsa pesantemente ed ho come la sensazione che voglia esplodere. Dopo solo qualche giorno di addestramento, sono già ridotta in uno stato pietoso. E io che credevo di essere pronta! L'allenamento di ieri con la spada è stato molto duro, più di quanto lo fosse il gioco che facevo sulla Perla con i miei compagni, più di qualsiasi altro fatto prima.

"Angel!"

Vengo raggiunta da Sebastiano non appena metto piede fuori dalla mia cabina. Il suo sguardo cade sul mio braccio fasciato e cambia espressione.

"Tutto bene?"

"Sì, Sebastiano" lo rassicuro toccandomi le bende con la mano "è solo un graffio, non devi preoccuparti per me."

"Mi preoccupo invece."

"Dai, non fare così, non voglio che tu stia in pena per me, so cavarmela, lo sai. E poi durante un addestramento come questo è normale qualche piccolo incidente di percorso."

"E' esattamente questo che non mi piace. Tu non dovresti affrontare tale addestramento, Angel! Non dimenticare che sei una donna e il tuo fisico non è in grado di sopportare situazioni tanto pesanti."

Sorrido divertita. Anche lui con questa storia.

"Sebastiano, non credi di esagerare? Fino a ieri non abbiamo fatto altro che studiare! Ti dirò: finalmente un po' di movimento, altrimenti sarebbe stato una noia tremenda!"

Ma lui non è altrettanto divertito.

"Sorellina, questo non è uno scherzo. Le conseguenze potrebbero essere irreversibili senza le dovute attenzioni."

"Lo so" poso una mano sulla sua spalla "credi forse che non ci abbia pensato?"

"Non pensi a tua figlia? E Jack? Che cosa ti direbbe?"

"Penso continuamente a loro, per questo mi trovo qui!"

"E se non fosse la strada giusta?"

"Jack ha sempre voluto che io fossi capace di difendermi in ogni situazione. Vivere in mare comporta pericoli."

"Esatto! Per questa ragione ti ha portata a Isla Celeste."

Aggrotto la fronte "lui mi vuole libera ..."

"... e lontana da ogni tipo di minaccia!"

"Sebastiano, io sto solo lottando per qualcosa in cui credo! Non mollerò tanto facilmente e Jack questo lo sa."

Sospira. "Già. Ed è proprio questo che mi preoccupa."

☠☠☠

Le parole di mio fratello fungono da monito. Handry mi costringe a proseguire l'allenamento con la spada, sapendo bene che con mano e braccio fasciati mi è praticamente impossibile.

Tanto sa essere indisponente lui, tanto so essere una testarda io. Morirei piuttosto che dargliela vinta!

Affronto l'enorme sfida afferrando la mia spada. Eseguo gli esercizi di riscaldamento senza troppa difficoltà, ma il dolore, con i movimenti, aumenta e si fa lancinante. Divento più lenta e la benda a contatto con la pelle diventa umida. Sto sanguinando, conosco la sensazione. Affronto un avversario dopo l'altro senza badarci troppo. Gli allievi, sotto lo sguardo divertito di Handry, fanno apposta a mettermi in difficoltà, probabilmente sotto suo preciso ordine. Uno dopo l'altro mi attaccano, incuranti dei miei movimenti scomposti. Il braccio non risponde come dovrebbe, ma Handry, anziché porre fine a questo sciocco ed inutile tormento, li incita uno ad uno a colpire in modo scorretto ferendomi più volte in vari punti del corpo. Dalla mia bocca non esce un gemito e continuo a difendermi come posso. Se mi rifiutassi di reagire verrei trafitta.

Gli allenamenti si svolgono nel quadrato, di fronte all'ingresso degli alloggi degli allievi. Pertanto non è possibile a nessun marinaio, neanche di passaggio, scorgere la scena. Mi sento debole, sola e umiliata.

"Signore, non state esagerando?"

Ben, uno degli allievi più anziani, cerca di intervenire in mia difesa.

"Non ancora allievo Wickham!"

"Ma la ragazza sta sanguinando! Lasci che ponga fine a questa tortura!"

"Qui c'è una lezione da imparare!" tuona Handry.

L'allenamento non viene interrotto ed io, ormai esausta, cado a terra inerme. A questo punto nessuno degli allievi se la sente di proseguire. Si scambiano occhiate perplesse. Handry mi si scaglia contro. È una battaglia ad armi impari, dove lui ha la netta superiorità in forza, destrezza e lucidità. Per una frazione di secondo temo per la mia incolumità, ma lui si blocca quasi subito. Voleva intimorirmi e ci è riuscito. Senza pesare le parole infila una serie di umilianti imprecazioni, solo per ferirmi. Io abbasso le difese e cerco di contenere il mio malessere stringendo i pugni e corro via.

Gli allievi ridono, compreso il primo ufficiale che si complimenta con loro, ma il suo spasso è bruscamente messo a tacere dall'intervento di Philip. Riesco solo a scorgere la figura goffa di Handry che indietreggia, colto alla sprovvista dalla punta della spada di Gordon. Non riesco a vedere altro. Tradita dalla mia natura femminile cerco rifugio nella cabina di Warley. Il capitano si accorge della mia presenza quando mi accascio ai piedi dell'ingresso principale. Mi squadra con aria disdicevole e capisco all'istante che nascondermi qui, al cospetto di Warley, lo stesso uomo che mi ha affidata in mano al primo ufficiale Handry, quella stessa persona che ha riposto in me la sua fiducia, non sia stata una grande trovata. Lo sto deludendo e i suoi occhi lo confermano. Appoggio d'istinto una mano sul fianco e mi accorgo che sto sanguinando in più punti.

"Come hai fatto a ridurti in questo stato?" domanda con voce ferma.

Sollevo appena lo sguardo. Sono sudata e i riccioli bagnati escono dalla bandana velando il mio sguardo sofferente.

"Non ero in grado di affrontarli e se ne sono approfittati." Reclamo con un filo di voce.

"Approfittati!!!" Warley lancia un urlo e mi fa sobbalzare.

"Sei diventata improvvisamente debole, Morgan?!"

Sollevo il capo come se stessi guardando dritta negli occhi la morte stessa e inizio a sudare. La voce aggressiva e la sua singolare crudeltà potrebbero davvero terrorizzare chiunque.

"Non ti ho portata sulla mia nave per avere paura, ricordalo!!! Gli anelli deboli vengono sconfitti e qui non c'è posto per le sconfitte. Chi viene sbaragliato tanto in fretta, muore! Non dimenticare nemmeno per un istante che questa vita è fatta di sangue e di dolore. Sangue e dolore, Morgan!! Credi che per tuo padre non fu la stessa cosa?! Se ti lasci sopraffare dall'angoscia ne uscirai perdente! Sempre! È questo che vuoi?" Mi afferra le spalle scuotendomi come una marionetta inerme. "Dimmi: è questo che vuoi?!!!"

"No, signore!" rispondo con foga.

Molla la presa che mi stringeva le spalle e si volta.

"Tu sei una donna e questo significa che ci saranno uomini che faranno di tutto per metterti a disagio e in difficoltà. Lo troveranno normale. Ma se lasci che queste persone lo facciano senza reagire, continueranno a trattarti come una nullità. Per far valere i tuoi diritti dovrai lottare non due, non tre, ma quattro volte tanto un semplice mozzo." Torna verso di me. "Ma è anche vero, Angel, che se io ho voluto questo per te è perché so che ce la puoi fare."

Si avvicina e d'istinto mi chiudo nelle spalle aspettando chissà quale punizione. Invece, lui apre le sue enormi braccia e mi chiama. È un gesto di apertura inaspettato, che si scontra con l'amaro assaporato poco fa. Accolgo la sua volontà di consolarmi e mi getto fra le sue braccia. Ricomincio a piangere. Piango fino a quando il bruciore agli occhi e alla gola diventano insopportabili. Piango fino a quando i miei gemiti e le mie grida non sono udite da tutti i membri di questa nave e si spingono al largo, inghiottite dall'oceano. Piango tanto disperatamente che mi addormento senza rendermene conto tra le braccia di Warley che mi stringono, sostenendomi quando perdo ogni forza ed ogni controllo.

Consumo tutto il mio dolore nell'arco di una notte difficile. Al sorgere di un nuovo giorno, non appena mi sveglio in un'elegante stanza della cabina di Warley, con tutte le ferite curate e bendate, mi sento affamata e un po' malconcia, ma ristabilita e più forte d'animo. Indosso la mia divisa da allievo, anche se controvoglia e con una sorta di timore, convinta a tornare sul luogo del delitto a reclamare i miei diritti e il rispetto che merito. Cerco Warley per le stanze della sua grande cabina fino a quando un inserviente mi comunica che stamane ha lasciato presto il suo alloggio, senza però sapermi dare indicazioni su dove si trovi. Avrei voluto ringraziarlo per il sostegno e l'ospitalità.

Esco all'aria aperta dove incontro un sole spavaldo che brilla e illumina il cielo terso e senza nubi. Avverto le voci degli uomini al lavoro e una sensazione di disagio mi assale. Questa storia dell'addestramento comincia a non piacermi come avevo creduto. Corro nella mia cabina dove trovo Anna con in braccio Mary che si è appena svegliata. Non appena scorge la mia presenza sorride e in un attimo l'angoscia mi abbandona. La sollevo contenta e poi l'abbraccio stretta. Anna dice che ha dormito come un angioletto senza accorgersi della mia mancanza. Meglio così, penso tra me, se ne avesse sofferto mi sarei sentita ancora più male di quanto già non mi senta. Mangio qualcosa con loro anche se ho lo stomaco chiuso e riesco ad ingoiare appena qualche boccone. Anna se ne accorge ma decide di non dire nulla. Ammiro la sua correttezza, anche se in questo momento, il sostegno di un'amica non mi dispiacerebbe. L'ora di scendere sul ponte arriva fin troppo presto e lasciare l'ambiente protetto della mia cabina mi spaventa. Percorro un tratto del ponte di corridoio. Vicino c'è il deposito delle armi e sollevo un fioretto. Quando giungo alla fine del corridoio mi blocco sugli scalini che portano al ponte, restando in parte nascosta dalla piattaforma superiore. Da qui vedo gli allievi che si stanno radunando ed ecco che di nuovo quella sensazione mi aggredisce. Mentre faccio le mie considerazioni, cercando dentro di me il coraggio necessario per raggiungere gli altri, vengo strattonata con violenza per il colletto della casacca da un artiglio di ferro che mi tira verso l'alto, alzandomi senza riguardi. Nello stesso momento qualcuno mi strappa la spada che ho tra le mani. Lancio un urlo e comincio a sferrare calci a destra e a manca senza colpire nient'altro che l'aria. Tutta quella forza che credevo di aver acquisito, non mi serve a nulla. Mi trascinano lungo il tavolato del ponte fino al quadrato come se fossi un sacco, quando scorgo lo sguardo divertito di Handry.

"Lasciatela andare, luridi topi di fogna senza Dio!"

Una voce fende l'aria e mai tale voce mi fu tanto familiare e di sollievo. È Warley, seguito dall'ammiraglio Gordon. Nell'udire la voce perentoria del capitano, gli allievi mi mollano ed io sono libera di allontanarmi. Qui incontro lo sguardo amichevole di Chris che si mette tra me e loro. Warley studia i ragazzi che, rimasti impietriti dalla sua presenza, hanno lo sguardo basso e cercano il primo ufficiale che pare sia svanito nel nulla.

"Signor Condent!"

Chris è in piedi accanto a me.

"Signore!"

"Recuperate quella feccia del primo ufficiale!"

"Sì, signore!"

Philip Gordon lo segue e dopo alcuni minuti Handry fa capolino sul ponte di dritta. Con lui anche il resto degli allievi ignari dell'aggressione. Ha un'aria spavalda e sembra non temere il capitano. Warley affronta la situazione con misurata autorità.

"Signor Handry!"

"Signore!"

"Quando le diedi la carica di primo ufficiale c'era una cosa fondamentale che pretendevo da voi …"

"Sarebbe, signore?"

"Il rispetto! Non solo nei miei riguardi, sarebbe troppo scontato. Ciò che più mi infastidisce è che da voi non sia stato compreso il rispetto universale. Quello nei confronti dei compagni, di coloro che hanno gradi e cariche inferiori alla vostra, di tutto l'equipaggio, specie per chi, come i vostri allievi, deve ancora imparare come stare al mondo. Tutto questo io non lo chiedo, lo pretendo!"

"Sì, signore!"

"Ricoprire una carica tanto importante significa responsabilità e saggezza. Questi valori vanno trasmessi all'intero equipaggio. Se manca questo unico e semplice elemento di base, non è possibile mantenere un ruolo come il suo. Ed è bensì improbabile la convivenza su una nave, signor Handry!"

Il primo ufficiale mantiene lo sguardo fisso sul capitano. Uno sguardo impassibile, dove non traspare alcuna emozione.

"Vi avevo dato un ordine preciso: insegnare a Morgan un mestiere. Vi ho affidato la figlia del mio capitano! Riuscite a comprendere il peso di questa fiducia, signor Handry?"

"Signore …"

"Il fatto che si tratti di una donna, non vi autorizza di certo a fare di lei un oggetto di divertimento personale. Questo è un grossolano errore che insegna ai vostri allievi come essere sleali con il prossimo e verso colui che non è come gli altri. Non è tollerabile. Pertanto vi sollevo dall'incarico."

"Signore?! …"

"Da questo momento in poi sarà l'ammiraglio Gordon ad occuparsi degli allievi, mentre voi trascorrerete il resto delle prossime settimane a meditare sul vostro alquanto disdicevole atteggiamento."

Handry stringe i pugni, non abbassa lo sguardo neanche per una frazione di secondo. È fortemente adirato, ma non può contraddire il capitano.

"Morgan non farà più parte dell'addestramento e vi sarà proibito avere qualunque tipo di contatto con lei. Per quanto riguarda gli allievi coinvolti in questo spiacevole episodio, regrediranno tutti a semplici mozzi e lavoreranno nelle stive fino a nuovo ordine. È tutto. Sparite dalla mia vista, razza di vermi striscianti!"

Da quel giorno il capitano Warley e il suo ammiraglio Gordon, diventano i miei punti di riferimento. Philip mi fa da guida e da maestro, insegnandomi i segreti del mestiere di marinaio più di quanto potesse fare il primo ufficiale Handry. La lotta con la spada e il pugnale non sono più un allenamento, ma una disciplina che ormai domino con perizia, come cucire o cucinare. Passiamo le serate sul ponte del cassero in compagnia del silenzioso nocchiere che ha il compito di trasmettermi la più nobile arte della navigazione, così come Warley ama definirla. Un individuo singolare che se ne sta sempre in disparte, serio in volto e silenzioso. È senza dubbio un nocchiere eccellente che non ha bisogno né di carte nautiche, né di portolani per condurre la nave, orientandosi di giorno col sole e di notte con le stelle. Imparo ad usare il sestante, l'astrolabio, la bussola, il compasso, il quadrante, le clessidre, gli scandagli, i piombini e gli orologi. Posso consultare carte di navigazione molto precise, le migliori che abbia mai visto. Sono considerate beni di grande valore alle quali i pirati, nei loro assalti, ambiscono più che a molti tesori. Studiare la lettura del cielo è un'esperienza a dir poco affascinante. Ho imparato a memoria il nome e la disposizione di tutte le costellazioni e delle stelle più brillanti del firmamento, sapendo bene che osservandole non potrei mai perdermi. Inoltre, Warley mi costringe a studiare la storia, cosa assai meno piacevole per me, dopo aver notato quanto sia ignorante in materia. Anche se ancora non riesco a capire per quale motivo mi faccia studiare tanto, apprezzo l'impegno e la dedizione che mi dedica, senza mai contraddirlo. Taccio e studio, anche controvoglia, pensando a quanto sia inutile tutta quell'istruzione e al tempo che mi fa perdere. Così vanno le cose e ci sono anche alcune giornate in cui sono talmente assorbita da tutto il mio studio, l'addestramento e gli impegni quotidiani, da accorgermi di non aver pensato nemmeno per un secondo a Jack, proseguendo nel mio ruolo di allievo senza perdere un colpo, perché più i giorni passano, più mi rendo conto del mio cambiamento e questo inizia a piacermi. Mi applico senza tregua, credendo in tutto quello che mi viene trasmesso, assorbendo ogni dettaglio, ogni nome, ogni singola parola che esce dalla bocca di Warley, fino al giorno in cui Philip fa capolino nella mia cabina con un'insolita notizia.

18.

CAPITAN MORGAN

"Devi indossare questi!"
Philip si rivolge a me con tono di comando.
"Ordini del capitano!"
In presenza degli allievi deve mantenere quell'aria guardinga e severa ed io annuisco disorientata.
"E vedi di fare in fretta" aggiunge "ci devi raggiungere subito sul ponte di dritta!" Gira i tacchi e sfila con il suo codazzo di cagnolini ammaestrati.
Eseguo quanto mi è stato richiesto senza repliche. Ho imparato a subire per sopravvivere e subire significa anche apprendere, ascoltare, trarne una scuola di vita che servirà in futuro, quando mi troverò un giorno, perché so che succederà, faccia a faccia con chi ha osato portarmi via l'amore della mia vita.
I pantaloni non sono molto diversi da quelli degli allievi, fatta eccezione della cintura in pelle e delle tasche laterali che gli altri non hanno. La camicia, invece, è molto elegante, con particolari femminili che la differenziano da ogni altro tipo di camicia indossata finora. Mi piace in modo particolare il collo ampio, con un gran ricamo e il pizzo sui bordi. Ciò che più mi colpisce, però, è la giacca di velluto rosso con i bottoni d'oro. Li guardo con attenzione rigirandoli tra le dita: è proprio oro! La indosso e assumo un contegno da dominatore dei mari. Mi sento sicura e intraprendente. Sorrido, improvvisamente felice, come non lo sono da tempo e anche fiera di me stessa. Indosso i miei stivali neri, faccio un bel respiro e raggiungo gli altri.
M'investe la luce del sole. Un gruppo di fanti marcia in fila in direzione del ponte principale. Li seguo incuriosita e mi accorgo che l'ufficiale Gordon e tutti i miei compagni sono radunati intorno all'albero maggiore. Mi blocco perplessa, chiedendomi se sia il caso di avvicinarmi a

quell'insolita riunione. Dietro alle piume al vento del cappello di Warley, spunta il viso di Chris e con lui, tutti i miei vecchi e cari amici. Ci sono anche i mozzi, Nick, il nocchiere, i gabbieri, l'intera nave è radunata sul ponte.

"Avanti, Morgan! Che fai? Ti nascondi proprio adesso?"
Sento il peso degli sguardi di tutto l'equipaggio su di me.
"No, signore! Voglio dire, stavo solo pensando ..."
"Non pensare e mettiti sull'attenti di fronte a me, Morgan!"
"Sì, signore!"
In un baleno lo raggiungo, schizzando come una freccia impazzita. Philip mi indica il punto esatto e mi paleso come una bambina in difficoltà. Al cospetto di Warley mi sento tornare piccina. Dopo il saluto, mi viene detto di inginocchiarmi. Ferma ai suoi piedi mi sembra ancora più enorme. Il mio sguardo si fissa sui suoi lucenti stivali neri, nei quali potrei entrare tre volte e il pensiero mi fa piacevolmente sorridere. Warley estrae la spada e l'appoggia sulla mia spalla destra.

"Morgan! Oggi, giorno 14 del mese di luglio 1699, io Edward William Warley, in qualità di capitano della Blue Royale, ti nomino ufficialmente capitano della Lane.G."

Un brivido mi percorre la schiena.

"Che tu possa rendere onore al tuo defunto padre assumendo la sua stessa carica che ti sarà confermata per iscritto dalla marina britannica."

Rinfodera il fioretto e posso sollevare lo sguardo.

"Le mie più sentite congratulazioni, capitan Morgan. È per me un vero piacere affidarti il tuo primo incarico: ti nomino capitano della Lane.G., confiscata a quel traditore che ho avuto la fortuna di catturare. Ora sei libera di sceglierti una bandiera, dettare le tue regole e reclamare la ciurma che più ti aggrada. Se vorrai accettare un consiglio da chi ha non poca esperienza di comando, tratta sempre il tuo equipaggio con imparzialità, ma non concedere eccessiva libertà e sii sempre risoluta nel rispettare la legge alla lettera."

"Sì, signore" la mia voce è spezzata dall'emozione.

"Ed ora, Capitano, ti auguro buona fortuna con il tuo nuovo incarico. Ora sei libera di governare la tua nave come meglio credi e di condurla sulla rotta che ti riporterà dal tuo Jack. O almeno, questo è quello che ti auguro dal più profondo del cuore, Angel."

Mi fa cenno di alzarmi. Sorride, mentre io sono senza parole quando mi appoggia sul capo un cappello bianco con la piuma nera. Uno di quei cappelli da capitano, di panno nero rivestito. Bello, anzi, bellissimo e mi commuovo.

"Ah!" esclama Warley con disprezzo. "Piantala subito con queste debolezze da damigella e vedi di darti da fare! La tua nave ti sta aspettando!"

"Sì" rispondo appena. "Signore."

Dopo un lieve inchino cammino sulla passerella che mi porta dritta a bordo della Lane.G.

Di fronte al pesante incarico conferitomi, cammino lungo il parapetto intarsiato di quella che da oggi è la Mia nave. Fatico a credere a ciò che mi sta accadendo. Appoggio lentamente un piede dopo l'altro sul tavolato di legno chiaro appena posato, come se non volessi rovinarlo, mentre sento crescere in me ciò che fino a questo momento era come addormentato. La sensazione di sentirmi in grado di stare qui. Di essere nel posto giusto, capace di coprire quest'incarico. Di aver lasciato indietro la paura. Una sensazione importante, attraverso la quale sento di acquisire potere. Volgo lo sguardo verso gli amici che mi osservano attenti dal ponte della Blue Royale. Solo Anna, con la piccola Mary, mi ha seguita a bordo. Poi guardo di nuovo la nave. Faccio scorrere la vista fino a prua. Ripulita e rinata a nuovo splendore si può dire che sia davvero una bella nave. È piccola, ma ben curata. Reclama solo una mano di vernice, tenuto conto della corrosione a cui il vento, umido e pregno di salsedine la sottopone quotidianamente. Diversa dalla Perla Nera alla quale sono troppo affezionata per poter reggere un qualsiasi paragone. Diversa anche dalla Blue Royale, da me sempre considerata troppo superba, troppo lussuosa, troppo grande, con uno sfarzo inutile.

Questa nave è semplice, dalle linee morbide. Nella parte posteriore le finestrelle colorate della galleria di poppa riflettono la luce del tiepido sole.

Con un breve giro riesco già a farmi un'idea precisa. È semplice da governare. E certamente Warley avrà tenuto conto anche di questo, quando decise di affidarmela. Venti cannoni da sei libbre costituiscono il suo armamento, insieme a due cannoncini bordeggiabili che possono essere spostati a prua o a poppa e sui due lati del ponte. Un veliero curioso e particolare. Più grande di un brigantino a un solo ponte. Una sloop, ma con attrezzatura a due alberi. I cannoni sono più alti sull'acqua di quelli di un normale veliero e il suo scafo più allungato consente di avvicinarsi alle coste basse e sabbiose senza utilizzare una lancia per raggiungerle. E questi li considero enormi vantaggi.

☠☠☠

Sebastiano è turbato. Leggo nei suoi occhi lucidi una fondata preoccupazione. Non si aspettava una presa di posizione così decisa da parte di Warley, che guarda con una sorta di rassegnata accettazione, imponendosi di sorridere per non rivelare l'inquietudine che lo opprime.

Mi avvicino dandogli un'amichevole pacca sulla spalla.

"Non preoccuparti per lei" tento di sdrammatizzare "è una dura. Dietro quel velo di fragilità si nasconde un pirata temerario e forte come l'elsa della mia spada."

"Dunque l'addestramento cui è stata sottoposta portava a questo?!"

"Non c'è da esserne troppo sorpresi."

"Non lo so, Chris! Forse è troppo per lei."

"Ora stai facendo il fratello iperprotettivo."

"Ma è mia sorella! Una tra le poche cose che mi restano al mondo!"

"Non credere che io non lo sappia" sospiro, soppesando parole ed emozioni. "Per me, invece, è la sola cosa ho al mondo."

Sebastiano si volta a guardarmi come non aveva mai fatto prima, ma non è stupore quello che leggo nei suoi occhi, bensì gratitudine.

"Dunque la difenderai con me."

"A costo della mia stessa vita."

"Non permetterai che le accada mai nulla di male, giusto?"

"Puoi starne certo!"

"Lo avevo capito, sai?"

Faccio un sorriso eloquente.

"Non era poi così difficile. Io non ho nulla da nascondere o di che vergognarmi."

Appoggia la sua mano sulla mia spalla.

"Grazie, amico!"

"Anch'io temo per questo gravoso incarico, ma è la sua vita e solo lei può decidere ciò che è più giusto. Se è questo che vuole, non possiamo essere noi ad impedirlo."

"Ma, se lei ci vorrà, starle accanto sarà il nostro principale incarico."

"Che dici?? Certo che ci vorrà!!"

"Fossi in te non ne sarei tanto sicuro! Te l'ho già detto che non è proprio un angioletto?"

"Mah … forse! Ora però non me ne rammento."

Anche se entrambi nascondiamo bene paure e preoccupazioni, quelle parole sono servite a farci sorridere di nuovo. Ora ci sentiamo più uniti e cerchiamo il coraggio di guardare con ottimismo al futuro, dato dal vicendevole appoggio.

Sorride Angel sul ponte della sua nave e guarda da questa parte, verso di noi. È diversa. Sicura, intrepida, pronta al suo destino, qualunque esso sia. E la vedo non più come vittima, ma con la consapevolezza che il mare la porterà, lei sarà preparata ad affrontarlo senza alcun timore. Quella stessa cognizione in cui lei si riconosce, che si avverte standole accanto e che non solo Warley ha percepito. Ciò che fa di lei un vero comandante.

☠ ☠ ☠

Ora tocca a me dimostrare di che pasta sono fatta. Devo assumere non solo l'aspetto del comandante, ma anche l'atteggiamento consono ad una posizione di rilievo. E ciò include sicuramente non deludere chi per primo ha creduto in me, chi con pazienza si è dedicato alla mia formazione e gli amici che con affetto mi hanno sostenuta e incoraggiata nei momenti bui, quando ero affranta per la fatica e più volte ho creduto di non farcela. Per tutti loro e anche per me, devo dare una prova del mio addestramento ben riuscito e completato. Rifletto. Decido. La mia prima decisione in veste di capitano.

"Signor Gibbs!"

"Sì, capitano!" prontamente risponde al mio richiamo e cammina fiero sulla passerella che collega la mia nave con la Blue Royale. Si avvicina.

"A voi l'incarico di vice comandante. Ho bisogno della vostra facoltà che non è mai venuta meno, della vostra grande esperienza e serietà. Ho bisogno di voi, Nick! Siete con me?"

In silenzio ci fissiamo. Sguardi dolci e confortanti. Gli sguardi familiari, come di un padre verso la figlia.

"Ora e sempre, mio capitano."

"Grazie, Nick. Sapevo di poter contare su di te! Aiutami ora a scegliere la mia ciurma! Ti va?"

"Non solo mi va, ne sono onorato."

Poi si rivolge agli uomini che sono ancora impettiti ad osservarci dal ponte della nave affiancata. Warley non dice nulla, come se si fidasse ciecamente di ogni mia mossa, ogni mia decisione e stento ancora a pensarlo, ma credo sia proprio così.

"Allora! Chi di voi è degno di servire sotto Capitan Angel Morgan?!"

Sono in molti, più di quanti mi aspettassi, a lanciare segnali positivi, perfino esultanti. Il nome di mio padre è ancora capace di influenzare anche il marinaio più vissuto ed esperto. Ci sono mari e terre sconosciute che ci attendono e di sicuro un equipaggio esperto è il modo migliore per affrontarlo.

"Ora Capitano, tocca a voi!"

"Sì, Nick."

Tentenno, ma solo per un breve istante. Abituarsi in fretta alle nuove condizioni, qualunque esse siano. Questo sarà il mio mantra. Scelgo la seconda figura che vorrei al mio fianco.

"Signor Condent!"

"Sì, capitano!"

Anche Chris non perde tempo e si rende subito disponibile.

"Non posso certo guidarla da sola questa nave, se pur piccola! Non trovi?"

"No, signore!"

"Signore?!"

Fa spallucce e arrossisce come un peperone.

"Mi dispiace, volevo dire "Signora"!?!

"Ma andiamo, Chris! Stavo solamente scherzando, come ai vecchi tempi! Non c'è nessun problema, per te sarò sempre e solo Angel" dico strizzando l'occhio. Lui ancora in imbarazzo non vuol dar a vedere che la cosa lo diverte.

"Chris, tu sarai il mio primo ufficiale."

"Ne sei certa, Angel?! Temo di non essere all'altezza di meritare tale titolo."

"Oh, lo meriti invece! Al mio fianco voglio uomini dei quali io possa fidarmi ciecamente. E tu sei tra questi. E poi, per rimanere in tema di titoli meritati, Warley è stato fin troppo benevolo con me."

"Ma che dici, Angel!? Sei matta? Tu sei la figlia di Henry Morgan! Lo hai forse dimenticato? Questo fa di te un ottimo capitano. Chi meglio potrebbe coprire tale incarico? Ora ti senti spaventata, forse anche smarrita, ma è una sensazione momentanea. Presto ti ci abituerai. A quel punto sarai pronta a prendere il posto di tuo padre in questi mari. Degna del tuo ruolo. E noi tutti ti saremo accanto, fieri di te, del nostro capitano. Giusto ragazzi?"

"Ben detto, Chris! E così sarà!" Aggiunge Nick.

"Voglio anche il mio caro fratello Sebastiano" lui mi sorride e corre subito da me. "Sarai il nostromo."

Mi abbraccia. "Grazie, sorellina."

Chiamo, uno ad uno, i miei amici più fidati, coloro che hanno già condiviso il mare con me, quelli di cui non potrei mai fare a meno, nemmeno se lo volessi.

"In ultimo vorrei ..." trattengo il respiro.

Dopo aver soppesato con attenzione ogni membro del mio equipaggio, c'è ancora una figura di spiccata eleganza e risolutezza che ho imparato a stimare in questi mesi di addestramento, che desidero al mio fianco.

"Dunque capitano? Chi manca all'appello?!" mi sprona Warley con il suo vocione, non appena avverte in me un lieve segno di titubanza. So bene che non lo sopporta.

"Chiamo l'ammiraglio Gordon, signore! Se me lo vorrete concedere."

È un azzardo, lo so. Philip rappresenta una presenza di rilevanza anche per Edward Warley e rinunciare a questa figura non credo fosse nei suoi piani.

"Perché?" mi domanda severo.

Cerco di non far trasparire alcuna emozione, ma non è semplice quando si tratta di Philip. Lui è il maggior riferimento che mi resta.

"Ho bisogno di lui, capitano" deglutisco nervosa.

Warley si volta verso il suo ammiraglio e gli domanda direttamente quale sia la sua scelta in merito.

"E voi che mi dite, ammiraglio?"

"Signore, per me è un onore servire sulla Blue Royale" risponde, come sempre, con uno dei suoi eleganti inchini "e voi lo sapete, però ..."

"Però la vostra migliore allieva vi sta aspettando!" conclude lui la frase per Philip, anche lui spiazzato di fronte alla mia stessa difficoltà.
"Che ci fate ancora qui? Raggiungetela!"
"Sì, signore!" Si tocca il cappello e si congeda.
Anche Philip, con mia grande gioia e un briciolo d'incredulità, fa il suo ingresso sulla Lane.G. Mi viene incontro e mi ritrovo avvolta dal suo abbraccio sincero. Si raduna con gli altri proprio mentre Sam, portando le braccia al cielo, invita la ciurma a fare lo stesso.
"A Capitan Morgan!"
E il coro risponde unanime. "A Capitan Morgan!"

CODICE DI PIRATERIA
(che deve essere sottoscritto da ogni membro dell'equipaggio)
ISTITUITO da Angel Morgan

A tutti coloro che occuperanno una qualsiasi carica a bordo della Lane.G.:

I: ogni uomo presente su questa nave, indipendentemente dalla carica occupata, ha libertà di espressione e di parola.

II: ciascuno avrà eguale titolo alle provviste fresche e alle bevande e potrà disporne a proprio piacimento a meno che la scarsità non richieda, per il bene di tutti, il razionamento delle suddette.

III: ogni uomo dell'equipaggio avrà diritto di voto nelle discussioni di comune interesse.

IV: chiunque sarà ritenuto colpevole di furto a danni del capitano o di un compagno verrà punito o abbandonato.

V: chi diserta il proprio posto durante una battaglia subirà la punizione stabilita per lui dalla maggioranza della ciurma.

VI: in caso di attacco alla Lane G. ogni uomo è tenuto ad armarsi nel modo da esso ritenuto più appropriato nel rispetto dei compagni e in nessun caso potrà deporre le armi senza preciso ordine dell'ufficiale in carica

VII: chiunque colpirà un compagno o manchi ad esso di rispetto sarà punito secondo la Legge di Mosè (ovvero 40 frustate meno una sulla schiena nuda)

VIII: chi non terrà le proprie armi pulite e pronte all'uso sarà escluso dalla spartizione del bottino

IX: se un uomo perderà un arto in combattimento, sarà ricompensato con 800 dollari d'argento.

Io sottoscritto..........................
Acconsento di difendere la Lane G., il mio capitano e i miei compagni.
Addì..........................

Fu così che ebbe inizio una nuova era della pirateria. Un'era in cui, tra tutti i marinai, prese vita l'idea di un'ulteriore minaccia. Si parlava del misterioso ritorno del capitano Morgan. In principio come la reincarnazione del defunto pirata tornato dall'inferno per tormentare ogni nave che ebbe la sfortuna d'incrociare il suo passaggio. La Lane.G. esibiva la stessa bandiera che un tempo fu di Morgan. Veniva così avvistata e classificata come tale. Sebbene in molti nutrissero dubbi e false speranze su questo improbabile ritorno, il mito di Morgan era ancora molto forte e presente.

In breve tempo la Lane.G. divenne il terrore dei sette mari e non solo. Tutti si chiedevano che cosa in realtà andasse cercando questa nave fantasma. Nessuno, infatti, aveva mai potuto vedere da vicino alcun membro dell'equipaggio. Nessuno aveva la minima idea di che volto avesse il loro capitano. Ammesso che ci fosse un volto! Il Fantasma, così come veniva nominato nelle famose locande frequentate da bucanieri, si teneva a debita distanza dai propri bersagli. Nessuna nave gli era amica, ma neanche nessuna gli era nemica. Attaccava indistintamente tutte quante. Una volta intercettato come prossimo bersaglio, era pressoché impossibile sfuggirle. Ma non ne depredava alcuna. Né venivano catturate in seguito. Si limitava a seminare il panico con bordate di alto calibro, ma nessuna nave fu mai distrutta. Ne uscivano solo parecchio malconce.

Col passare dei mesi, si raccontava di come Il Fantasma avesse ridotto le navi in questione e soprattutto di come a queste ultime non fosse mai riuscito un contrattacco.

La Lane G. era inafferrabile. Il suo comandante utilizzava una tecnica infallibile. Molto precisa nel tiro. Studiava i bersagli da lontano prima di colpire. Sceglieva condizioni atmosferiche poco favorevoli per i mal capitati. Come la nebbia, meglio se circoscritta, perché creava un velo di protezione. La scarsa visibilità rendeva impossibile una risposta a qualsiasi tipo di attacco. Sembrava conoscere sempre in anticipo il punto debole di ogni avversario ed inspiegabilmente, era sempre quello giusto. Riconoscibile all'istante per la crudeltà messa nelle sue azioni d'attacco. E in quei momenti il mare pareva riflettere gli occhi di Morgan. Uno specchio dorato intriso di rabbia, di dolore, ma non di cattiveria.

Divenne così ragione di timore, ma anche di sfida. Ci furono capitani che non volevano altro che svelare il mistero e smascherare Il Fantasma con l'intero equipaggio.

Ci fu un certo capitano Kramer, al comando della Darcy Star, il quale vantò di essere riuscito a portarsi ad un tiro di cannone dal Fantasma. Se pur per brevi istanti riuscì ad affiancarla. Ed in quel momento scorse, col suo cannocchiale, una figura femminile al comando che impartiva precise direttive d'attacco.

Da quel giorno il racconto del capitano Kramer fece in brevissimo tempo il giro del mondo, spopolando tra tutti i corsari e bucanieri. L'intera pirateria era ormai al corrente che il temuto Capitan Morgan non era altro che ... una donna!

Ma sebbene tali voci destassero interesse, curiosità e anche qualche risata, il mistero fu ben altro che risolto. Al contrario, si infittì ancor più. Fino a che la corsa di notizie arrivò alle orecchie di chi non attendeva altro. Una flotta potente e sconosciuta, era pronta a porre fine a quella che ormai nei mesi era già una leggenda. Per Il Fantasma stavano per terminare i suoi giorni di gloria.

19.

IL CANTO DI ANGEL

La calda luce delle candele e il piacevole profumo del legno, mi accolgono nella mia nuova cabina. Quella del capitano, dove solo in parte affiora il lusso estremo che solo la Blue Royale può vantare.

Mi siedo alla scrivania e apro il mio diario per aggiornarlo, ma come spesso accade, i pensieri corrono più veloci della penna. Così sposto lo sguardo oltre la finestra. Sul mare grigio e tranquillo, dove la leggera foschia gli fa da lenzuolo. Abbasso gli occhi e soffermo lo sguardo sulla coperta di lana color lavanda di cui ho un assoluto bisogno. Freddo? Non so, forse. La raccolgo dal mio letto, me la porto sulle spalle e sto subito meglio. Socchiudo per un attimo gli occhi e mi abbandono al suo tepore. Sorrido nel sentirmi avvolta da quel profumo. Ecco di che cosa avrei bisogno: del profumo di Jack. Le lacrime colmano i miei occhi, guardo le ombre che calano e penso. Mi lascio andare a un lungo pianto, il primo, dopo mesi. Stanca di dover essere forte e di dimostrarlo a coloro che credono in me.

Una strana musica invade la mia cabina. Spalanco gli occhi. Note scure e ondeggianti si mescolano creando armonie ultraterrene. Mi alzo e corro fuori. C'è ancora luce a sufficienza e guardo l'orizzonte. Il ponte inizia a pulsare e tremare. Non capisco che cosa stia accadendo, ma non ho paura. Al contrario, il suono giunge familiare, come se le mie orecchie l'avessero già udito e un irrefrenabile istinto mi porta a unirmi a quel canto.

Mi faccio strada su per la scala che porta alla piattaforma del timone, poi lungo una seconda scala più piccola e ripida che sale fino al ponte di osservazione della Lane.G., la parte più alta della nave aperta sul cielo.

Ricordo di aver già vissuto una sensazione uguale a questa. Inizio a cantare, come se fosse la cosa più naturale del mondo. Canto. Con tutto il fiato che ho in corpo. In me scaturisce qualcosa di incredibilmente forte. Canto. Dando tutto in quelle note che si liberano nell'aria, sfiorano le onde e volano veloci. Canto. E niente diventa più confortante e vero.

☠☠☠

"Avete sentito anche voi?"
"Che cosa?"
"Questo suono! Lo sentite?"
Gli uomini smettono di parlare e di giocare a carte e tendono l'orecchio verso il misterioso suono.
"Sì, ora lo sento!"
"Sì, lo sento anch'io!"
"Sì, anch'io! Ma che cos'è?"
"Ragazzi! Questo è il canto di una sirena!"
"Una sirena hai detto?!"
"Già!"
"Allora siamo in pericolo!"
Chris con un balzo è in piedi e corre verso il boccaporto.
"Chris, dove stai andando? Non hai sentito cos'ha appena detto Nick?"
"Sì, ho sentito, Sam! Ma questa voce la conosco!"
"Chris, aspetta!"
Ma lui si è già dileguato su per le scale. I suoi compagni rimangono immobili a fissarsi per qualche minuto poi, all'unanimità, decidono di seguirlo sul ponte.

☠☠☠

Da quella notte non ho più rivisto Kimera, né le sirene. Inizio a dubitare della loro lealtà e della fiducia che avevo ingenuamente riposto.

Il mio equipaggio mi dà forza. Reagisce bene a questa nuova avventura e, a parte qualche rissa, sono affiatati e ben disposti a qualsiasi evento. Tra loro ci sono elementi già esperti, seppur ancora giovani. Questo mi fa ben sperare e, giorno dopo giorno, sto tornando ad essere il vecchio Jack, uscendo da quel torpore in cui mi ero rifugiato forse per dolore o per sfuggire ad una realtà ancora troppo dura da accettare.

Per quanto malvagia sia la vita, l'errore peggiore che si possa commettere è lasciar perdere, quando sappiamo di avere ancora una missione da compiere.

Mi rimbocco le maniche serbando non solo una nuova speranza nel cuore, ma ingegnandomi su nuovi stratagemmi da adottare e nuove rotte da seguire. Questi pensieri mi accompagnano fino al ponte di dritta dove saluto la vedetta che sarà di guardia questa sera. Una sera che inizia a velare il sole rosso fuoco che si tuffa pigro nel mare. Nemmeno un filo di vento, nemmeno una nuvola all'orizzonte e si prospetta una bella notte di luna piena. Respiro profondamente quando un rumore, molto simile ad un'ondata contro lo scafo, mi distoglie da quell'atmosfera magica. Guardo lungo la fiancata di dritta dove dal pelo dell'acqua, proprio attaccata allo scafo tirato a nuovo, vedo spuntare delle pinne argentee. Una dopo l'altra le sirene fanno capolino fuori dall'acqua. Sono sorpreso nel rivederle. Iniziavo a non pensare più a loro e l'idea non mi dispiaceva affatto. La vedetta le nota.

"Lancio l'allarme, signore?"

"No, Bill! Non è necessario."

Loro mi guardano e io guardo loro, in attesa di veder spuntare Kimera, ma di lei nessuna traccia. Dopo poco indietreggio sperando che se ne vadano senza esibire il loro canto. Sarebbe la rovina e non intendo vedere tutti i miei uomini perdere il senno. Mentre con un velo di preoccupazione mi concentro su come far fronte alla situazione, finisco contro qualcosa che mi fa sobbalzare. Quando mi volto la sorpresa è grande.

"Ci rivediamo, Jack!"

"Kimera! Ma che razza di storia è questa?!"

In piedi di fronte a me c'è Kimera senza pinne. È una donna dai lunghi riccioli neri che scorrono sulle spalle fino a raggiungere i fianchi sottili.

"Non assomigli affatto a Kimera."

"Nessun trucco, Jack!"

La sua voce non mente.

"È la mia natura. Metà donna, metà pesce. Questa sarà la mia sorte, ora e per tutta l'eternità."

"Non capisco."

"Angel. Da quando ha spezzato le catene che ti legavano a me, parte dei lei mi appartiene."

"Che diavolo vai blaterando?"

"C'è stato uno scambio. Anche lei ha ricevuto qualcosa da me."

"Continuo a non capire."

"Non devi capire, Jack! Non temere, non ti farò mai più del male. So che ancora dubiti di me, ma non ce n'è ragione."

"Che ci fai qui?"

"Angel. L'ho sentita cantare, so dov'è."

"Stai mentendo?"

"Ti ripeto, Jack: non hai ragione di dubitare di me. Sono qui per aiutarti."

"Sirene!!!" …. "Allarme!!!"

Uno degli ufficiali si accorge delle sirene che nuotano intorno alla nave e mette in allarme l'equipaggio. Quelli che si trovano sul ponte si armano e corrono vicino al parapetto per riuscire a scorgerle.

"Devo andare o mi cattureranno!"

"Aspetta …"

"Segui la scia argentata e non sbaglierai!"

"Ci guiderete voi?"

Kimera mi guarda intensamente. Annuisce piano.

"Ora hai una rotta, Jack!"

Le voci dei miei uomini si fanno sempre più vicine. Lei scappa via e mentre tenta di andarsene la trattengo per un braccio.

"Come potrò mai sdebitarmi?"

E come se lo sperasse o in un qual modo non stesse aspettando altro, si avvicina e mi bacia senza darmi il tempo di elaborare una qualsiasi reazione sensata. Nulla che possa portarmi a pensare che ci sia qualcosa di sbagliato in questo. Un bacio lungo in cui la sento stringersi contro di me con disperazione, nel quale incontro due labbra morbide e un profumo femminile di mare e salsedine. Poi di colpo di stacca con un'espressione soddisfatta e si tuffa in mare. Mi affaccio per vederla allontanarsi, ma è già sparita nell'acqua scura e nel buio della notte, lasciando solo una lunga scia argentata che risplende sotto i raggi della luna.

☠☠☠

Chris fa capolino dal boccaporto della Lane.G. seguito a ruota dal resto dell'equipaggio. Un cielo stellato si fa strada tra le nubi che iniziano a diradarsi. La notte cala silenziosa accompagnata da una voce lieve. Note dolci che fluttuano nella prima foschia notturna, tenue e delicata come la musica che l'accoglie.

"Chris!"

"Sssst!!!!" lo zittisce subito comportandosi come un ladruncolo alle prime armi.

"Abbassa la voce!" sussurra a Peter. Quest'ultimo a sua volta fa correre la voce agli altri compagni. "Silenzio in coperta!"

"La senti questa voce, Peter?"

"Certamente. Siamo in pericolo!"

"Non la riconosci?"

"Per mia fortuna non ho mai visto una sirena!"

"Questa non è una sirena!"

"E allora che cosa diavolo è?!"

"Non ne sono sicuro…"

Gli uomini si acquattano sotto il cassero e risalgono i primi scalini come gatti. La voce sempre più vicina e ben definita toglie anche l'ultimo dubbio nella mente di Chris.

"E' lei!"

"Lei chi?!"

"Aspettate qui. Tutti fermi!"

Chris striscia lungo gli ultimi scalini, trovandosi proprio ai piedi di Angel. E così la vede cantare, con i capelli sciolti al vento, la pelle bianca e lucida nella luce notturna, gli occhi tersi rivolti all'orizzonte, al cielo e all'infinito. Ne rimane folgorato non riuscendo più a muovere un dito. Vittima dello stesso effetto che ha sui marinai il canto di una sirena. Angel, immersa nelle parole e nella foga del suo canto, un dialogo col mare, non si accorge di lui. Gli uomini, bloccati sul ponte del cassero da Chris, lo vedono immobile ed iniziano a farsi domande. Dalla loro posizione non possono vedere Angel, ma capiscono che qualcosa non va.

"Dobbiamo andare in suo aiuto prima che sia troppo tardi!"

"Come possiamo fare, Peter? Così facendo rischieremmo di fare tutti la stessa fine!"

"Lo farò io" esclama Nick dalla sua posizione. "Voi restate qua sotto fino a nuovo ordine. Sono stato chiaro?"

"Sta attento, Nick!" dice Sam spaventato.

"Credi che non sappia di quale assurdo pericolo stiamo parlando?" risponde Nick serio e concentrato mentre si spinge sopra coperta.

☠☠☠

"Chris! Ripigliati, ragazzo! Hey!!"

Nick mi scuote con violenza fino a quando la vista annebbiata di poco fa, torna lucida come la mia mente. Angel è ancora di fronte a me e un silenzio ci avvolge.

"Andiamo, non è bene che tu stia qui!"

"No, Nick! Non lo vedi? È Angel!"

"Sì, lo so, la vedo. Ma ora non puoi comunicare con lei."

"Perché?"

"Perché rischieresti la vita, ragazzo."

Una voce flebile, ma profonda ci coglie alle spalle. È il vecchio Maurice, in piedi davanti a noi.

"Non è possibile parlare con una sirena" dichiara. "Rischi di cadere vittima del suo incantesimo e della tua stessa curiosità."

"Ma quella non è una sirena! Per la miseria, non la riconoscete? È Angel!!"

"Stai calmo, Chris!" mi intima Nick. "Ora va'."

"No!"

Lascio con foga la presa di Nick che mi stringe il polso. Vuole spedirmi sotto coperta, come se ci fosse qualcosa che non devo vedere, di misterioso, un evento esclusivo del quale io non posso far parte.

"Fate attenzione!" dice Maurice all'improvviso.

Angel fissa il mare come se fosse in un altro mondo. Trema con gli occhi spalancati fino a quando non si regge in piedi. Barcolla ed io l'afferro al volo, prima che possa cadere a terra, ma lei non è svenuta, è cosciente, come se si fosse appena risvegliata da un sonno profondo.

"Chris, aiutami."

"Sono qui, Angel, non temere."

Lei solleva lo sguardo. È pallida, ha gli occhi gonfi e un aspetto impaurito in preda a delle convulsioni.

"Non può stare qui" esclama Nick "portiamola via dal ponte e da questo freddo. Svelto, Chris!"

Nick mi passa una coperta per avvolgerla. Non appena sollevo Angel inerme tra le mie braccia, mi volto per cercare il vecchio Maurice, ma è sparito nel nulla.

Lei si abbandona e chiude gli occhi. Li riapre solo quando avverte il tepore della coperta. Mi guarda a lungo, come se cercasse conforto. Sola e debole come da molto non la vedevo. Non è certo il capitano della Lane.G. in questo momento, ma solo una donna che ha bisogno di qualcuno che possa prendersi cura di lei.

Mi avvicino e le do un bacio sulle labbra che accetta aggrappandosi a me. La lascio fare. È impossibile staccarmi da lei, ha come una forza magnetica. Una bellissima e piacevole aura di benessere nella quale non smetterei mai di stare, ma è solo un dolce momento destinato a finire troppo presto. Si divincola e scappa via piangendo. Corre lungo il ponte fino a quando scompare tra i raggi della luna e la lieve foschia di questa notte. Mentre seguo la sua figura dissolversi, noto che Nick ha visto tutto e ora mi fissa con disappunto.

20.

LANE.G.

Bussano alla porta della mia cabina. Guardo verso Mary che non si è accorta di nulla e continua a dormire. Obson, il giovane allievo acquisito dalla Blue Royale, ha il volto illuminato da una lanterna che tiene in mano.
"Che c'è, Philip?" domando assonnata.
"Due vele in rotta a sud, capitano!" annuncia l'ammiraglio.
"Che ore sono?" domando drizzandomi a sedere.
"Il sole non è ancora sorto, capitano."
Mi stropiccio gli occhi cercando la lucidità necessaria per affrontare la situazione.
"Sarò in coperta tra un istante."
"Sì, signore."
Dopo un paio di minuti sono sul ponte del cassero dove trovo Chris. Ci fissiamo per qualche istante senza dire una parola. Entrambi abbozziamo un sorriso un po' teso. Prendo il mio cannocchiale e cerco di concentrarmi. A sud intravedo due irregolarità grigie all'orizzonte, ma la poca luce non mi permette di focalizzarle.
"Impossibile dire che cosa siano" interviene Chris "ma speriamo che si tratti di mercantili inglesi sospinti nel canale dalla burrasca, nel tentativo di fare rotta verso ovest."
"Speriamo." Esclama Nick avvicinandosi a noi.
"Dobbiamo accostare per vedere meglio" dichiaro con decisione.
"Giusto! Avremo bisogno di maggiore velatura, Chris! Tracciamo la rotta per intercettare quelle navi."
"Sì, signore."
"Chiaramente ai posti di combattimento entro un'ora."
"Sì, signore."

"Voglio una sorveglianza attenta. Non dobbiamo farci sorprendere da un'eventuale fregata di scorta" indico l'orizzonte. "Se si trattasse di corsari inglesi o francesi, l'unico loro desiderio sarebbe quello di attaccare una sloop solitaria come la Lane.G."

"Non temere, capitano" risponde Chris con un sorriso disteso.

"Bene, Chris!"

Questa nave è davvero meravigliosa. Stringe il vento e se necessario, schizza come una freccia. L'ideale per i fondali bassi e soprattutto per sfuggire. Non siamo mai stati presi una volta, ma viceversa, riusciamo a mettere in panne e ad abbordare otto navi su dieci. Un vero successo.

"E' veramente manovriera, signore!" dice Peter dal suo posto al timone. "Volete provare?"

Sorrido. "Ma certo!"

Lanciando un'occhiata a occidente vedo che il sole è quasi del tutto spuntato. Giunge l'alba come una nebbiolina scura dalle profondità prive di luce del mare. Le vele della nave nemica si gonfiano languide con il sopraggiungere della brezza.

"Quella nave deve avere la carena molto sporca!" dico a Chris che mi affianca all'impavesata di dritta.

"Ringraziamo per il rame della Lane.G., capitano!"

È un bene che la mia nave sia stata in precedenza parte della flotta della Marina Britannica. Infatti, tutte le loro navi, anche le più piccole, hanno la carena rivestita di sottili lastre di rame per proteggerle dalle teredini e per impedire che diventino troppo sporche, di conseguenza troppo lente, durante i lunghi mesi di navigazione.

"Capitano."

"Dite, Chris!"

"Mi domandavo: come vi sentite stamani?"

"Molto bene."

"E starete sempre bene?"

Non rispondo. Non mi muovo. Non alzo nemmeno lo sguardo. Con un lieve cenno guarda nella direzione opposta alla mia. Sospira. Vedo le sue mani chiudersi. Non dice nulla e si allontana. Incrocio lo sguardo di

Nick. Scuote la testa e si volta verso di me. Il suo sguardo d'intesa è sufficiente a descrivere la situazione meglio di qualsiasi altra parola.

Torno al timone accanto a Peter e alla mia missione senza più pensare ad altro. Seguo la scia del nostro prossimo abbordaggio. Ancora non so quando troverò chi saprà darmi notizie certe, indizi che mi porteranno da Jack, ma sono certa che il momento non è lontano. Per la maggior parte dei casi le navi catturate vengono poi lasciate immediatamente libere, così come anche i prigionieri. Tutto quello che voglio sono solo informazioni, carte nautiche e qualche provvista per perdere meno tempo possibile nel caso in cui serva rifornirci. L'equipaggio risponde bene, non ci sono problemi a bordo e regna un clima di serenità e collaborazione. La Blue Royale, che fino a qualche giorno fa si attardava come retroguardia, tenendosi a circa mezzo miglio di distanza dalla Lane.G., è ormai fuori e lontana dalle nostre rotte e devo confessare che ci sono momenti in cui ne sento quasi nostalgia. Warley non ha voluto lasciarmi subito sola in mare aperto. Se non fosse stato per lui, chissà dove sarei in questo momento. Forse ancora sulla spiaggia di Isla Celeste ad attendere il ritorno di Jack. Invece, eccomi qua. Per mare ormai da mesi e, per di più, al comando di una nave.

"Ci siamo quasi, capitano!" afferma Nick.

"Prepararsi ai cannoni e tenersi pronti a sferrare un attacco se sarà necessario."

"Sì, signore."

"Obson!"

"Signore!"

Il giovane Roy Obson, un ragazzo di appena dodici anni, è l'unico allievo che ho voluto con me. L'unico che, insieme ad Hadson, non ha mai dimostrato alcuna ostilità nei miei riguardi. È sempre stato mio amico e non pretende niente di più che vivere in mare, in quanto afferma essere la sua unica ragione di vita. Un marinaio, se pur molto giovane, fedele e capace e che non sa nemmeno che cosa significhi la parola tradimento. È leale e mi fido di lui. Mi raggiunge sul cassero.

"Voi e il signor Hadson vi occuperete dei cannoni prodieri sul ponte di batteria." Gli porgo una pistola e i suoi occhi si illuminano di una luce nuova. "Se qualcuno degli uomini nemici, una volta avvenuto l'abbordaggio, cercasse di prendervi la pistola, dovete sparargli. Siete capace di farlo?"

Il ragazzo sembra turbato, ma non spaventato.

"Credo di sì, signore."

"Non basta! La vostra vita, come quella dei vostri compagni, dipenderà anche da questo."

"Lo farò, signore!" risponde determinato tenendo ben stretta l'arma in pugno.

"Buon per voi."

Il ragazzo chiama Hadson e i due si dirigono nel centro della nave dimostrando una risolutezza lodevole, considerando che i marinai sono quasi tutti più grossi di loro.

"Cos'ha detto il comandante?" domandano i marinai al giovane Obson che si sta preparando così come gli ho ordinato.

"Molto probabilmente si tratta di una nave da carico."

La notizia viene accolta con un brusio eccitato di approvazione. L'equipaggio si prepara e mentre io accolgo il nuovo abbordaggio come una speranza in più di avere notizie, sicuramente loro stanno già pensando a quanto racimolare, cercando di portarsi a bordo più cibo e provviste possibili.

Tutto si svolge come da copione. La nave si rivela essere un mercantile e i suoi uomini, dopo i primi avvertimenti, hanno collaborato. Quando incontro le navi considerate nemiche, non mi faccio vedere dal loro equipaggio. Nessuno sa quale sia il mio volto o il mio aspetto. Durante l'attacco e la razzia che i miei uomini sanno abilmente eseguire, vado sempre dritta dal capitano o da qualche vice, lasciando loro ben poca possibilità di reagire. La rabbia e l'energia che mi assale in quei momenti, sono sufficienti per intimorire chiunque. E ho notato che funziona sempre, senza che nessuno di loro noti la mia poca esperienza. Anche se oggi, per l'ennesima volta, sono rimasta a bocca asciutta. D'ora in poi, nonostante l'entusiasmo dei miei uomini, ho compreso che le navi mercantili sono da evitare in quanto a bordo non ci sono altro che onesti commercianti che con i pirati hanno ben poco a che fare. La giornata si conclude con una cena grandiosa preparata in grande stile per festeggiare il grasso bottino. Ovviamente, essendo il capitano, ruolo che in certe circostanze stento ancora a riconoscere come mio, ho il compito di aprire la prima bottiglia del miglior rum che abbiamo mai bevuto (o almeno questo è quanto dicono gli esperti).

Non posso bere come i miei compagni. Ogni volta che accade ne subisco le terribili conseguenze e temo che non mi abituerò mai a quella bevanda squisita fatta con la canna da zucchero che tutti noi chiamiamo rum. Ma il tono festoso fa prendere una brutta piega alla serata. Tanto brutta da non ricordare nemmeno come sia finita, né come io sia arrivata alla mia cabina e nemmeno come abbia fatto a gettarmi sul letto e ad infilarmi sotto le coperte. So solo che questa mattina, al mio risveglio, la nave è già su una nuova rotta, mentre io ho palpitazioni e nausee, mi si rivolta lo stomaco facendomi vomitare l'anima come se fossi in preda ad un attacco di febbre pestilenziale e soffro di un mal di testa tale, che il semplice battere delle onde contro la nave mi infastidisce come un tamburo che rimbomba nelle orecchie. Ecco cosa intendevo. Ed ecco perché, ogni volta, giuro a me stessa che sarà l'ultima.

☠☠☠

Proprio non riesco a concentrarmi come vorrei sulla navigazione e per questa notte ho lasciato a John ogni decisione. Avverto un cambiamento nel tempo, una burrasca della quale scorgo le nubi minacciose e il vento che sta già rinfrescando.

"Dobbiamo avere più mare intorno a noi!" afferma John non appena mi vede fare capolino dalle scale che portano dritte in cima al cassero dove lui sta governando il timone. "Se riuscissimo a doppiare Cartagena avremmo tutto l'oceano che ci serve. Ma se il vento ci sospinge verso costa laggiù" dice indicando le scogliere "potremmo trovarci in difficoltà."

Annuisco, mentre le parole di John giungono a me avvolte da una fitta nube di pensieri che accompagnano le mie inquietudini.

"Questa bagnarola scarroccia terribilmente e la marea non ci favorisce."

"Quale bagnarola?" intervengo spezzando quella coltre di pensieri e alzo la voce, rivestendo nuovamente il ruolo che si addice ad un capitano.

"La Perla Nera è il veliero per eccellenza, la nave più famosa dei Caraibi. Non se lo dimentichi, signor Calamy!"

"Ricordate capitano di questa vostra ultima affermazione, una volta che saremo arenati in quella baia!"

"Abbiate fiducia, John!"

Il sole inizia a divenire vago, in una luce soffocata, mentre il vento da sud-ovest continua a crescere d'intensità. I marosi s'ingrossano a vista d'occhio e ben presto siamo circondati da creste bianche.

"Tutti in coperta!" urlo ai marinai. "Prepararsi, è in arrivo mare grosso."

Come se le mie parole fossero premonitrici, inizia a piovere violentemente e perfino la grandine aggredisce il legno appena ristabilito delle fiancate della Perla. Non capisco se sono le increspature più scure delle onde che mi lasciano intravvedere la coda di una sirena o se si tratta solo della mia immaginazione spinta ormai in ossessione verso una di loro in particolare. Questo pensiero mi indebolisce e mi distrae, tanto da non rendermi conto che il vento è diventato talmente forte da piegare la nave fino ad abbassare la fiancata a livello delle onde più massicce. Perfino con le vele terzarolate* la nave sbanda ad ogni raffica e i miei marinai tengono in mano la scotta nell'eventualità di doverla mollare, per non ridurre la nave a ingavonare*.

"Vento in prua, vento in prua senza fine, chi non ha pagato?!" afferma un marinaio allarmato dalla velocità e violenza con cui ci sta investendo.

---

*VELE TERZAROLATE: la presa dei *terzaroli* è la riduzione della potenza propulsiva della *vela* riducendone la superficie esposta al vento.
*INGAVONARE: nel linguaggio di marina, spostamento accidentale di carichi, immissione di acqua per falla, ecc. la nave si inclina permanentemente su un fianco (anche sino ad avere l'acqua in coperta), rimanendo così in posizione di precario equilibrio, oltremodo pericolosa in quanto può preludere al capovolgimento.

"Finiremo sul fondo del mare!"

"E tutto per colpa tua, maledetto!"

"Se imparassi a lasciar perdere le donne avresti solo da guadagnarci, lurido sciagurato!"

Gli animi si scaldano. Il vento sfavorevole è considerato una punizione provocata da qualcuno di loro che ha lasciato il porto senza aver pagato il conto del bordello. Questi marinai, prima di intraprendere il loro viaggio sulla Perla, hanno speso tutta la paga (e anche più) in alcol e donne di malaffare, prima di imbarcarsi o essere imbarcati con la forza, visto che si tratta di disperati squattrinati e con l'unica speranza di essere raccolti da una nave pirata. John è infastidito dalle loro affermazioni e con determinazione si fa aiutare da un paio di gabbieri e rimedia subito con un abile cambio di mure*.

"Ecco fatto!" esclama John, dimostrando uno spaventoso disprezzo per la superstizione dei marinai e aggiunge: "E ora al diavolo il vento!"

La pioggia ci accompagna per tutta la prima tratta del viaggio fino al punto in cui abbiamo deciso di fare sosta per rifornirci. Piove talmente tanto da costringerci a liberare l'imbarcazione dall'acqua non solo al mattino, ma più volte al giorno.

Specialmente quando su di noi si abbatte un tremendo temporale che ci obbliga ad assicurare saldamente il carico e a mettere l'imbarcazione alla cappa*, ammainando le vele e confidando che Peter governi bene il timone per compensare i movimenti delle onde. Ci si mettono anche Sam e Sebastiano con le loro difficoltà.

----

*MURE: nell'attrezzatura navale, ciascuno dei cavi che servono a tirare verso prora gli angoli inferiori delle grandi vele quadre (trevi), per orientarle opportunamente, in modo da stringere il vento. Si contrappongono ai cavi che servono a tirarle verso poppa, detti scotte.

*IMBARCAZIONE ALLA CAPPA (pagina successiva): consiste nel posizionare la barca in modo tale da avere il mare al mascone, ossia con le onde a 45° rispetto all'asse longitudinale, con una forza propulsiva tale da mantenersi così, senza avanzare o quasi.

Ormai Sam lo conosco bene e so che patisce delle nausee tremende, ma non pensavo che anche Sebastiano fosse ridotto in quello stato. Decido di mandarli nelle stive a controllare le merci poiché questi disturbi, ho avuto modo di notare anche in passato, si trasmettono con molta facilità l'uno all'altro e finiremmo per stare tutti male. Per mia fortuna non so che cosa significhi avere mal di mare. Lo provai solo in un'occasione. Quella sventurata volta in cui Nick, per ordine di Jack, mi rinchiuse nella mia cabina e fui costretta a subire la furia del mare. Chissà perché, nonostante sia un ricordo terribile, ora come ora è quasi piacevole ripensarlo e mi fa sorridere.

Finalmente usciamo dalla tempesta e dopo esserci ben riforniti ed aver riparato con prontezza i danni alla nave, issiamo le vele. Nessuna ombra di una fregata da giorni, nemmeno baleniere o mercantili di passaggio. È come se tutte le altre navi si fossero eclissate dopo gli ultimi scontri poco redditizi. Con questo vento in poppa della passata burrasca, potrebbero essere ovunque e non facilmente avvicinabili, proprio per la velocità con cui permette di viaggiare. Sono già sei giorni di viaggio e nessun abbordaggio in vista. Comincio ad essere impaziente.

Dopo dieci giorni di navigazione a vuoto, con un bel sole splendente e una visibilità ottima, ecco apparire delle vele all'orizzonte.

"Fregata!" urla la vedetta dalla sua postazione.

"Fantastico!"

"Gli ordini, capitano?"

"Vele spiegate e avanti tutta! Pronti all'abbordaggio!"

"Sì, signore!"

21.

ATTACCO ALLA LANE.G.

Il sole non è ancora sorto.

Dal ponte di batteria proviene un insolito trambusto. Scalpiccii e passi veloci che corrono sopra la mia testa sono un segnale che, data l'ora, qualcosa non va'.

Con una fitta nebbia di sonno nella mente mi alzo e accendo una candela. In quel momento bussano alla porta. Vedo la faccia di Sam illuminata dalla lanterna che tiene in mano.

"Vela con rotta a sud, capitano!"

Un momento dopo, sono sul ponte accanto a Chris che mi passa il cannocchiale.

L'orizzonte è di un turchese pallido, sebbene le stelle brillino ancora appiccicate a un cielo velato di qualche nuvola sfrangiata, scura come il fumo. Avverto burrasca nell'aria. L'avvicinarsi di una tempesta si prepara sempre con tracce di umidità, una calma vuota e un mare grigio e spento.

"Suggerimenti, Chris?"

"Non ancora capitano, ma quella bandiera non mi è nuova."

Noto che Chris è terribilmente concentrato, tanto da non mollare nemmeno per un istante il suo cannocchiale con il quale osserva con insistenza quella macchia all'orizzonte, ancora troppo lontana per distinguerne i contorni. Resto in silenzio ed attenta per un tempo infinito, fino a quando Chris torna ad animarsi.

"Angel, quella nave!"

"Dimmi, Chris! Ti ricorda qualcosa? La conosci?"

"E' la stessa nave che ci attaccò il giorno in cui perdemmo la Perla Nera e il suo capitano."

Alle sue parole metto in subbuglio tutto l'equipaggio al quale ordino di prepararsi a far fuoco e ad un imminente abbordaggio. L'animo è di chi non attendeva altro che questo momento, ma la paura affiora, consapevole di un pericolo da non sottovalutare, ma allo stesso tempo, da non evitare. Lì potrebbero trovarsi le risposte che cerco.

L'equipaggio di quella nave uccise gran parte dei miei compagni e amici. Quel comandante catturò la Perla e fece prigioniero Jack. Quindi saprà dove si trova in questo momento! E se fosse ancora su quella nave? Se le mie ricerche stiano per volgere a termine?

Scossa da un'improvvisa lucidità, animo chi già è pronto ai cannoni. L'equipaggio al completo è armato e pronto. Hanno capito che c'è qualcosa di diverso e rispondono a dovere. Chris ha già dato l'ordine di spiegare tutte le vele, ancor prima che fossi io a farlo, come se mi leggesse nel pensiero. E su quest'onda di aggressività, lasciando da parte la ragione, tentiamo in ogni modo di affiancare la nave ormai da tutti considerata il nemico da sconfiggere.

Colpiamo a cannonate la mal capitata brigata per buona parte della notte e finalmente all'alba, lanciamo i grappini di abbordaggio e ci accostiamo alla loro fiancata di dritta.

"Guiderò io la squadra di abbordo, capitano! Ne sarò felice."

"Dove condurrò la mia squadra, Signor Condent?" domanda Sam nel momento in cui vede il gruppo di Chris avvicinarsi alla balaustra e oltrepassarla.

La risposta dell'ufficiale si perde in rombo di cannoni e Sam si trova scaraventato sul ponte, dove rimane per un momento stordito con i rottami del legno della Lane.G. sparsi attorno a lui. Questa volta ho fatto male i miei calcoli. Una seconda nave del tutto inaspettata, spunta all'improvviso attaccando con una tale determinazione che ci è impossibile difendere la Lane.G.. Nel giro di pochi minuti subiamo un assalto senza precedenti. Gran parte del mio equipaggio si trova sulla prima nave nemica in pieno abbordaggio.

Sono stata una sciocca! Presa dalle emozioni, non ho considerato un'ipotesi piuttosto ovvia. E così, mentre noi ci occupiamo della fregata, subiamo l'aggancio di un brigantino spuntato da chissà dove. Mi porto sulla Lane.G. e il mio primo pensiero va a Mary. Devo accertarmi che lei ed Anna siano al sicuro. Nel momento stesso in cui lo penso vengo aggredita da un gruppo di uomini armati fino ai denti. Si parano di fronte a me con sguardo severo e faccio una mossa che non si aspettano. Salto giù direttamente dal cassero e il fato mi porta dritta alle spalle del capitano. La punta della mia spada si va a posizionare al centro della sua schiena e affonda quanto basta per immobilizzarlo.

"Fermo dove siete!"

Questo s'irrigidisce e d'istinto solleva le braccia. La sua ciurma si immobilizza.

"Morgan?!"

"Vi faccio i miei complimenti, capitano!"

Lui tenta di voltarsi, ma la punta della mia lama affonda lacerando parte della sua giacca.

"Ditemi chi siete!"

"Perché dovrei? Siete stati voi a caricare i cannoni!"

"Ditemi chi siete o non scenderete vivo dalla Lane.G.!"

"Allora è vero che siete il diavolo in persona!"

"Diavolo o angelo non fa alcuna differenza. Che cosa state facendo sulla mia nave e perché questo abbordaggio?"

"Non mi lascerò intimorire dalla copia di capitan Morgan in gonnella!"

"Hai fatto male i tuoi calcoli, capitano! Qual è il vostro nome?"

Esita. Lo metto alle strette quando i suoi uomini, circondati dalla mia ciurma e su mio esplicito suggerimento, abbassano le armi in segno di resa.

Lo strattono con una furia che non teme rivali. Tanto che è costretto a ricomporsi dopo aver barcollato roteando su sé stesso.

"Mi chiamo Barton!" dichiara arreso. "Capitan William Barton."

"Siete capitato sulla nave sbagliata."

La lama della mia spada ora luccica sotto il suo mento. Obbligato a guardarmi gli converrà parlare molto poco e solo se strettamente necessario.

"E come temo avrete già notato, non siamo dei poveri balenieri in preda alla sventura."

"Che volete da me?"

"Dovete dirmi all'istante dove si trova Jack e la sua nave."
"Jack!? ... Jack Sparrow?!"
"Esattamente."
"Non so di cosa stiate parlando. Non ho la minima idea di dove possa ..."
"Non mentire!"
La mia voce fende l'aria, cercando rispetto con tono severo.
"Siete stati voi a catturarlo insieme alla Perla Nera e parte dell'equipaggio! Ora mi direte dove si trovano!"
Le mie minacce si appesantiscono. Il capitano inizia davvero a temere per la sua vita, ma tutto questo non sembra servire molto. Lui rimane fermo innanzi a me. Mi guarda fisso. Poi un sospiro. Affronta la sua sorte con troppa convinzione.
"Capitan Morgan, siete in errore. Io non c'entro nulla con questa cattura."
Di nuovo lo aggredisco sentendomi offesa e non credendo ad una sola delle sue parole.
"Parte della mia ciurma era presente al momento dell'attacco e non ci sono dubbi. Hanno riconosciuto questa nave!"
"Può anche darsi che si fosse trattato della mia nave. Sicuramente era questa nave, sì! Ma non ero io al comando."
"Tutte menzogne!" urlo indignata.
Nello stesso istante in cui pronuncio questa frase ho come la scivolosa sensazione che si prova quando una teoria alla quale mi ero affezionata, inizia a vacillare.
"Capitan Morgan!" insiste nel tentativo di difendersi. "C'è una flotta a tutti noi ancora sconosciuta che imperversa in questi mari."
Allento l'affondo per permettergli di respirare.
"Vi ascolto ..."
"Attaccano tutti i vascelli e le fregate sulla loro scia catturandole."
"Continuate."
"A chi non finisce morto in mare durante lo scontro spetta la sorte migliore. Ciò che ne resta dell'equipaggio, infatti, viene rinchiuso nella prigione di Jabr 'Isam Jail."

"Bontà divina!" esclama Nick.

"Cos'è Jabr 'Isam Jail?"

"Un'immensa fortezza costruita su di un enorme scoglio al largo delle coste settentrionali dell'Africa. Chiunque vi entra sa che non ne uscirà mai più!"

Torno a rivolgermi al capitano Barton.

"E le navi? Che fine fanno le navi catturate?!"

"Le navi restano in loro possesso e vengono usate per nuovi attacchi e, successivamente, nel fondo degli abissi."

"E com'è che voi avete ancora la vostra?"

"Essendo una nave ben dotata e molto resistente mi è stata restituita. A patto che io trovi per loro una persona."

"Loro chi?! Con chi diavolo avete a che fare, capitano? Che razza di storia è questa?!"

"Loro! I nostri carcerieri. Nessuno sa chi siano. Agiscono per conto di un certo Re supremo. Costui pare sia molto potente. Vogliono voi! Il mio incarico è quello di catturarvi e consegnarvi ancora viva."

"Vogliono me? Perché?!"

"Perché sono convinti che voi siate la reincarnazione di capitan Morgan tornato dall'inferno. Il suo fantasma venuto a reclamare vendetta in questi mari."

"Perché parlate di vendetta?"

"Pare che Morgan debba ancora saldare torti ricevuti in passato."

"Riferite al vostro affezionato padrone che io non sono un fantasma. Io sono la figlia di Henry Morgan."

"La figlia avete detto?!"

"Proprio così. Morgan era mio padre."

Resta per un momento senza parole, fermo sui suoi pensieri. Lo sguardo fisso, quello di chi ha mille domande che gli corrono per la testa.

"Siete qui per vendicare vostro padre?"

"Mio padre non c'entra nulla con questa storia. Io non faccio del male a nessuno. Attacco solo per rabbia. Sono molto, molto arrabbiata. E di certo i delinquenti di cui mi parlate hanno a che fare anche con mio marito. Non cesserò di seminare panico fino a che lui non sarà ritrovato e liberato."

"Perdonate, temo di non capire. Avete parlato di vostro marito?"

"Non c'è molto da capire, amico mio. Io rivoglio Jack e la sua nave che sono scomparsi mesi orsono e dei quali non si ha più notizie. Nessun avvistamento, niente di niente."

"Come si chiama la nave catturata?"

"La Perla Nera"

"Ma quindi voi state parlando di …"

"Capitan Jack Sparrow!"

Sospira. "Mio Dio! È anche peggio di quanto pensassi."

Torno ad un palmo dal suo naso. Il sibilo della mia spada risuona nel silenzio.

"Aspettate di vedere il resto." Lo spingo fino al limite del parapetto costringendolo a sporgersi all'indietro.

"No, ve ne prego, non fatelo!"

"E perché non dovrei? Ditemi! Non mi stavate forse dando la caccia, capitano? Che cosa dovrei farmene ora di voi?"

"Vi condurrò da Sparrow. Conosco la rotta."

Arriccio il naso e aggrotto la fronte. "Di cosa state parlando?"

"Non dategli retta, capitano!" intona Nick severo "sta mentendo. È una trappola!"

"Non sono le menzogne che mi terranno in vita." contrattacca Barton. "I nostri sono nemici contro i quali non si può vincere da soli. Dobbiamo allearci e creare una flotta che possa neutralizzarli."

"Ah, ah!" la risata sonora e convulsa di Nick si spande su quest'atmosfera gelida e sospesa. "E noi dovremmo crederci?"

"La Baia di Ocra coke nasconde un covo chiamato Ill Fated Cave, al largo delle coste dell'Africa" continua Barton "lo utilizzano come unico contatto con le loro flotte e il mondo esterno. Se quanto affermato da Capitan Morgan è vero, il vostro Jack non può trovarsi che lì, sotto stretta sorveglianza."

"State mentendo!" urla di nuovo Nick adirato. "Capitano! Non darete retta a queste assurdità, vero?"

Il mio sguardo piomba su quello di Barton come un macigno troppo pesante da sostenere. I suoi occhi sono inespressivi e pietrificati dal timore di una mia possibile rivalsa che lo vedrebbe in un secondo cadavere, in rotta verso gli abissi sotto di noi. Eppure mi parla, tentando di giocare la sua ultima carta.

"Ditemi: quale altra scelta avete?" afferma con tono solenne.

In fondo, quest'uomo non è diverso dai tanti marinai e pirati che infestano questi mari. Anche lui, come ogni corsaro che si rispetti, lotta per la sopravvivenza, in oceani infestati da aspri e crudeli banditi il cui unico scopo è seminare panico e distruzione. Dove regna la supremazia ed il potere, comandato da chi si fa strada con le unghie e con i denti sconfiggendo ogni nemico senza la benché minima pietà.

"Signor Condent!"

"Capitano!" Chris si avvicina con rapidità.

"Dite la rotta al mio primo ufficiale." Ordino risoluta. Ma il capitano Barton ha voglia di giocare con la sua vita e tentenna su questo ordine.

"All'istante capitano!"

Non tollero più questo atteggiamento e quest'ultimo geme sotto la lama della mia spada che inizia a farlo sanguinare.

"Rotta est – sud est."

"Ecco vedete che con le buone maniere e un po' di pazienza si può ottenere qualsiasi cosa senza farsi troppo male?"

Sorrido a Chris con un cenno affermativo e lui si allontana impartendo ordini alla ciurma con le coordinate della nuova rotta da seguire.

"Vi farò da guida" esclama il capitano Barton.

Gli concedo solo un brevissimo sguardo. Sento come una collera furiosa gonfiarmi il petto e mi vien voglia di trapassarlo con la mia spada.

"Voi non mi servite più!"

E con lo stivale lo scaravento fuori bordo. Con un urlo soffocato il poveretto finisce in mare con un tuffo a testa in giù. E mi rivolgo agli uomini del suo equipaggio.

"Recuperate il vostro capitano."

Senza farselo ripetere lo seguono in acqua liberando in pochi secondi il ponte della Lane.G.

"Posti di manovra! Raggiungeremo la baia di Ocra coke. Muoversi!"

"Capitano! Siete sicuro di volervi fidare di quest'uomo? E se fosse una trappola?!" Intima Nick dalla sua postazione.

"Nick voi avete perfettamente ragione. Ma anche Barton ha ragione: abbiamo forse scelta? Quali altre possibili alternative avete da fornirmi?"

"Nessuna, capitano, ma …"

"Allora vi chiedo di eseguire gli ordini senza discutere."

"Sì, signore!"

"Quanto a voi, Chris. Prendete un sufficiente numero di uomini che salgano con voi sulla nave di Barton e private l'intero equipaggio di ogni sorta di arma."

Chris mi guarda alquanto sorpreso, ma il mio silenzio finisce per convincerlo. È tale la mia freddezza che Chris mi osserva preoccupato. Lo sono anch'io. Non so che cosa mi stia succedendo e dubito perfino del mio senno, mentre spinti da un buon vento ci dirigiamo verso ill-fated Cave.

22.

ILL-FATED CAVE

Dopo sei giorni di navigazione, ci troviamo di fronte ad una piccolissima isola. L'avvicinamento avviene con la massima cautela. È disabitata, inesplorata e destinata a rimanere tale, perché in quelle acque semibuie di fronte a noi, temo ci siano cose peggiori di stolti bucanieri in agguato, pronti ad afferrare qualsiasi esploratore venuto a ficcare il naso da queste parti.

Capitan Barton, rimasto sulla scia della nostra rotta in rispettoso silenzio, mi ha raggiunta sulla Lane.G. e insieme contempliamo quest'isola senz'anima. Prossimi all'ancoraggio, Barton mi indica un punto preciso dove la vegetazione si distribuisce in maniera meno uniforme e dalle radure si distingue una roccia nuda che cade a strapiombo sul mare, interrotta da un'apertura alta e stretta che ha tutta l'aria di essere l'ingresso di una grotta. Barton spiega per filo e per segno come debba avvenire l'accostamento. Tutt'intorno all'isola si muove un turbinio di correnti molto forti che sospingono le imbarcazioni risucchiandole in un vortice.

Ecco perché quest'isola, se pur affascinante, con una vegetazione rigogliosa capace di attirare per le sue infinite risorse, resta disabitata e inavvicinabile da chiunque. E temo sia proprio questo il motivo che ha portato il presunto Re assoluto, di cui nessuno conosce l'identità, ad appropriarsene indebitamente e farlo diventare una sorta di quartier generale per i suoi loschi affari.

"State molto attenti lassù con la velatura" Barton mette in allerta i gabbieri di entrambe le navi "al mio segnale dovrete ridurla al massimo."

Concentrata a fissare quel minuscolo mucchio di lussureggianti arbusti che potrebbero restituirmi ciò che per me conta più di ogni altra cosa, si ode un grido acuto provenire dall'alto e subito dopo l'albero di trinchetto si spezza sotto il peso di due uomini che, maldestramente e in modo alquanto incauto, stavano arrotolando la vela. I due piombano a terra con un tonfo sordo e le loro grida assordanti sono percepite anche dall'equipaggio della nave di Barton, che si precipita all'impavesata per verificare quanto accaduto. Ma è troppo tardi. Tardi per un loro probabile intervento e per esserci d'aiuto. Tardi per attuare un possibile soccorso, per qualsiasi cosa.

La nave perde il controllo e viene risucchiata in un violento vortice che ci trascina dritti alle porte della grotta. Poi un buio quasi mortale c'investe e ci sentiamo precipitare in un abisso, come le rapide di una cascata che trascinano sempre più giù, con una rapidità da togliere il fiato.

Sul ponte è il panico generale. Chi non viene scaraventato fuori bordo o risucchiato da una potenza anomala, si aggrappa alla prima cosa che gli capita sotto mano, cercando di resistere come può a quella furia violentissima. Avverto sotto i miei piedi una potente spinta capace di sollevarmi. Perdo il controllo del mio corpo e vedo l'acqua sotto di me, prima di essere afferrata e rimessa al sicuro dalle braccia forti del capitano Barton. Ci guardiamo fissi e increduli, come se quel gesto così spontaneo, non fosse realmente voluto dal capitano, ma gli sono grata e il mio debole sorriso gli è di risposta.

"Se vogliamo cavarcela, dobbiamo essere alleati, capitano."

"Sono d'accordo ... capitano."

E come sempre, in tutti i frangenti disperati come questo, il mio pensiero va alla piccola Mary che si trova sotto coperta con Anna. Prego che, a parte qualche livido, non le accada nulla. Che non accada nulla di grave ad entrambe, perché diversamente so che non me lo potrei mai perdonare. È in questi momenti che mi accorgo della mia fragilità, come essere umano, ma soprattutto come donna. Quando emerge la mia sensibilità e torno ad essere la Angel timorosa che adesso, come tutti, si sente preda di un panico sconvolgente e totale. Nella più completa incapacità di realizzare che cosa stia accadendo al mio equipaggio e alla mia nave. Senza alcuna possibilità di reagire o di rimediare.

Dopo una manciata di secondi interminabili tutto si placa e la Lane.G., con un numero di uomini dimezzato, galleggia pigra e apparentemente incolume, in un fiume d'acqua sotterraneo. Solo ora apro gli occhi e sollevo lo sguardo ritrovandomi sconvolta di fronte ad un paesaggio surreale.

Guardo le enormi piante di alghe esalare una specie di foschia. Il fogliame blu-verde si agita lentamente in correnti che temo non abbiano nulla a che vedere con il vento. Per un istante scorgo l'ombra nera della Lane.G. correrci accanto lungo le bianche pareti umide della grotta. Puntando gli occhi verso l'alto mi accorgo che siamo illuminati da fasci di luce spettrale che si accende e si spegne in modo irregolare.

"Capitano!" è Sebastiano. "Tutto bene?"

Afferro la sua mano che mi aiuta a rialzarmi. La folata d'aria mi ha scaraventata a terra come un sacco di farina sul ciglio delle scale.

"Io sto bene, Sebastiano. Ma Mary? Dov'è mia figlia?"

"Non temere, Angel. Ero sotto coperta con lei. Mary e anche Anna stanno bene."

Sorrido per il sollievo e lo ringrazio. "Ma abbiamo perduto buona parte dell'equipaggio!"

"Già." Ammetto tristemente. "Me ne sono resa conto."

Con loro anche il capitano Barton che, dopo avermi prestato il suo aiuto, si è trovato in un punto privo di appigli. I sopravvissuti che si trovavano con me sul ponte sono tutti uomini che in quell'istante, hanno avuto sotto mano un punto fermo cui aggrapparsi.

"Questo posto non mi piace, capitano!" Chris si porta dietro di me. "Angel, te ne prego, ho uno strano presentimento" continua abbassando il tono di voce "mettiti al sicuro sotto coperta!"

Un'altra ondata di luce esplode sopra di noi.

"Sono i fasci di luce di cui parlava il capitano Barton. Ci siamo quasi, Chris! Non rinuncerò proprio ora."

"Dobbiamo stare attenti! Abbiamo il diavolo addosso!" dichiara Nick con la voce roca e lo sguardo talmente turbato da rendere ancora più incisivi i solchi provocati dalle cicatrici che porta sulla fronte.

Ora la luce è diventata una vasta spirale che ruota cambiando colore. Rosso, arancio, marrone, viola e lampeggia di fulmini. Le pareti della grotta scompaiono lasciando posto al turbinio di nuvole e luci. La nave trema e si piega come se ci trovassimo nei pressi delle rapide di una cascata.

"Tenetevi forte!!" urla il nostromo dall'albero di mezzana.

"Diavoli dell'Inferno!" mormora Chris che ora mi tiene a sé stringendomi le spalle.

Davanti ai nostri sguardi impietriti c'è una tromba d'aria: alle estremità si apre un buco grande e profondo. La Lane.G. viene inghiottita in una galleria di spirali di nuvole vorticanti.

Ci inabissiamo in quella gola nuvolosa fino al cuore della tempesta. Il mio stomaco si contorce. Ci portiamo le mani alle orecchie quando iniziano a vibrare e a farci male per l'improvviso sbalzo di pressione. Provo una vertigine nauseante. Quella che si prova guardando dritto nel nero profondo di un abisso.

Una pioggia gelata mi punge il volto e diventa chicchi di grandine che piombano da ogni dove rimbalzando sul tavolato del ponte. Raffiche di vento lo spazzano via ad una velocità fulminea. Altri tuoni e il rumore del vento impetuoso addosso a noi. Nel buio attraversato dai fulmini, rimbomba il suono dei fragori. Saette vibrano e fremono. Vedo le nostre ombre tremolanti sulle nuvole. Nuvole che ora paiono prese dalle convulsioni.

Intanto il mio vice capitano, senza perdere il controllo, prende il timone assecondando i venti e la loro velocità per assicurarsi che la nave non finisca in pezzi. All'improvviso, il rumore e i tremori cessano. Siamo entrati in quello che si può definire l'occhio del ciclone. Una caverna di aria più calma, dove le nuvole ci sorvolano con movimenti lenti e solenni, diversi dalle violente rivoluzioni attraverso le quali siamo appena passati. Altre nuvole bianche strisciano sopra di noi come dei serpenti. Si protendono in avanti, quasi a voler indicarci la strada. Archi e colonne di vapore venati di folgori gialle e blu, scendono a cascata innanzi alla nave per poi dissolversi all'istante al nostro passaggio.

Faccio un bel respiro nell'aria calda e nebbiosa, pensando ancora una volta con convinzione che ne sia valsa la pena. Anche se probabilmente questa è solo la quiete prima della tempesta vera e propria che ci attende laggiù, da qualche parte.

Lo scafo scivola lento su un fiume di acque calde e calme. Troppo calme. Guardo i miei compagni. Sono tutti sul ponte e fissano l'ignoto. Per la prima volta inizio a temere davvero per le loro vite. Come capitano mi hanno fedelmente seguito fino a qui, ma sarà stato giusto? Sfortunatamente ora è troppo tardi per dare spazio a dubbi o ripensamenti. Siamo qui. E l'unico reale pensiero è quello di restare uniti e fare in modo di uscirne vivi, almeno noi.

Un brusco sobbalzo mi fa cadere in avanti.

"La nave si è incagliata, capitano!"

Corro a prua e mi affaccio non credendo ai miei occhi. Il fiume caldo di vapore sul quale stavamo navigando, si confonde fra declivi neri e selvaggi scolpiti dal vento e corrosi dalle onde. Una lingua di terra forma un promontorio frastagliato su cui si trovano i resti di vecchie capanne cadenti ricoperte di alghe. Alcuni tetti sono crollati, mentre le pareti si intravedono ancora tra le grosse alghe blu-verdi.

"Che razza di posto è mai questo?!" esclama Sam avvicinandosi a me e a Chris.

"Non ne ho la più pallida idea" risponde Chris in tono brusco "non ho mai visto niente del genere in vita mia e non mi piace."

"Siamo arrivati!" urla Sebastiano. "E' questo il posto di cui parlava il capitano Barton! Siamo a ill-Fated Cave."

"Ero convinta che si trattasse di una grotta."

"E infatti lo è, capitano. Guardate!"

Sebastiano suggerisce di osservare bene l'ambiente che ci circonda. Non c'è cielo, non c'è luce del sole, ma solo bagliori provocati dall'eccessiva umidità. Quella stessa umidità provocata anche dai vapori dell'acqua del fiume che crea nubi dense.

"A quanto pare c'è molto di più di una semplice caverna." conclude Chris osservando perplesso il promontorio che ospita l'oscuro insediamento. Aggrotta la fronte. Gli occhi di chi non si aspetta nulla di allegro. "Non so come faremo, capitano! Questo posto ha tutta l'aria di celare una giungla selvaggia e pericolosa senza alcuna via d'uscita per di più …"

"Non m'importa!" esclamo. "Di qualunque cosa si tratti non mi lascerò intimorire. Chi scende a terra con me?"

"Capitano! Siete sicuro di volerlo fare?!" chiede Sam con un velo d'incertezza nella voce.

"Certamente, sì!"

Vado sul lato opposto del ponte, raccolgo la mia spada e una serie di armi sotto gli occhi atterriti dell'equipaggio.

"Non permetterò che tu vada sola" interviene Sebastiano.

"E io non chiederò a nessuno di voi di seguirmi contro la propria volontà. Non ho paura!"

La mia determinazione spiazza tutti i presenti. Segue un breve silenzio fatto di sguardi che si rincorrono.

"Ma, capitano!"

"Dunque, chi si unisce a me?"

"Io verrò con voi!" esclama Scott. Uno degli uomini di Warley che si unì al mio equipaggio.

"Bene! Qualcun altro?!"

"Io l'ho già fatto in passato, non ti abbandonerei mai una seconda volta." Si fa avanti Chris.

"E neppure io!" Dichiara Philip.

"Grazie amici."

Cerco mio fratello che mi osserva dalla balaustra e basta uno sguardo per esserci già detti tutto.

"Ti affido mia figlia."

"La proteggerò a costo della mia stessa vita."

"Pazzi!" ci aggredisce Nick con tono severo. "Ve l'ho detto prima e ve lo ripeto: siete pazzi a volervi avventurare là dentro! Vi ci vorrà una persona che conosca la strada e i pericoli che incombono. Quindi seguitemi!"

Lo guardo con occhi stupiti ed increduli. Dunque, Nick conosce questo posto?!

Ci armiamo e seguiamo il vice comandante fuori bordo senza parlare, camminando rigorosamente in fila indiana.

"Attenta a dove metti i piedi!" mi precede Nick.

Sotto le fessure della passerella in legno, acque nere e insidiose lambiscono la roccia nuda e scivolosa.

Il promontorio è spezzato da luci spettrali che lo rendono ancor più inquieto e ostile. Gli uomini di Barton, rimasti sulla Lane.G., seguono ansiosi i nostri passi. Piccole onde brontolano sotto di noi. Una folta macchia di vegetazione con cespugli di alghe viscide, è cresciuta in mezzo alla porta del misterioso insediamento. Ce ne sono ovunque. Si muovono nella foschia come sentinelle silenziose tra gli edifici vuoti. Ragnatele di brina ondeggiano come sporche tende di pizzo nelle finestre cieche. Proprio non capisco! Chi mai può aver vissuto, anche solo per breve tempo, in un posto assurdo come questo? Di qualsiasi bizzarra creatura si fosse trattato, aveva ben poco di umano!

Camminiamo tra le case diroccate. La nebbia si fonde con gli scogli in un continuo flusso di luce. Ci inghiotte una coltre soda e spessa, come neve appena caduta. È fredda. Porto le braccia al petto e continuo a camminare. Fuori dal banco di nebbia l'insediamento è scomparso. Davanti a noi solo acqua e un'articolata catena di scogli.

☠☠☠

Quasi un'ora di silenzioso cammino. E per il momento niente di nuovo. O per lo meno, nulla di più strano o inaspettato che possa metterci all'erta o incutere timore. Solo scogli aspri e umidi, abbandonati da qualsiasi forma vitale. Non un granchio che zampetti per nascondersi. Nemmeno un pesce a guizzare impaurito tra le acque basse e troppo calde per ogni forma di vita. Rabbrividisco al pensiero.

"Allora?!"

Il silenzio, coperto solo dai nostri passi scivolosi, è spezzato dalla potente voce di Scott.

"Qui c'è solo il nulla! Dove ci state portando?"

"Pazienza! … dobbiamo avere pazienza!"

"Pazienza un cavolo!" Il tono di Scott è decisamente adirato "Non mi fido di voi! Ci state portando dritto verso un'imboscata!"

La voce tuona tra le rocce della galleria e la pesante mole di Scott si fa spazio tra gli altri per raggiungere il capofila.

"Bada a te! Se questa è una trappola …!"

"Guardate!"

Scott non ha il tempo di terminare il suo frasario colorito. Chris blocca tutta la comitiva quando scorge una fitta catena di scogli appuntiti emergere davanti a noi.

"Oh no, questa ci mancava."

"Ci vorranno ore per aggirarla!"

"Nient'affatto! Seguitemi" incalza Nick gettando un'occhiata severa a Scott "e senza fare storie!"

"Capitano!" Scott si rivolge a me sperando di essere più fortunato "io suggerisco di …"

"Come ha detto: senza fare storie!" E passo oltre.

In men che non si dica aggiriamo la scogliera, grazie ad un minuscolo e angusto passaggio. Voglio e devo fidarmi di Nick, anche se continuo a domandarmi che tipo di circostanza legata a chissà quale altro mistero abbia potuto condurlo fin qui in passato.

Si scorgono delle luci in lontananza.

"Che cos'è?!"

Tutti alzano lo sguardo. Un grande arco entra nella nostra visuale.

"Sembra un porto!" esclama Sebastiano.

"Quello dietro l'arco? Sì, credo di sì …" risponde Chris.

"Andiamo a dare un'occhiata più da vicino?" suggerisco affiancando Nick.

Tutti lo guardano. Lui è fermo. Fissa l'arco imponente con una strana espressione in viso.

"Che ti prende, Nick?" chiedo con un velo d'apprensione.

"Che ti succede?"

Lui non risponde e osserva. Le pupille paralizzate oltrepassano l'arco e volano sull'acqua. Di certo lui ha già visto e capito a che cosa stiamo andando incontro.

"Lo attraversiamo?" chiede Philip.

"Sentiamo che ne pensa il capitano!" interviene Chris cercando l'approvazione degli altri.

"Volete andare avanti?" continua Sam rivolto a me. "Volete attraversare l'arco capitano?"

"Non faremo nulla senza l'approvazione del mio vice. Mi fido di lui. Nick, dimmi che cosa devo fare!"

Ma non c'è risposta.

23.

OCEANO DI MISTERO

Il pericolo imminente e le luci che si fanno strada nella foschia, non agevolano la nostra missione. Con tutto il rispetto che portiamo al nostro capitano, credo sia giunto il momento di battere in ritirata.

Non ci vuole molto per capire che siamo di fronte ad un esercito. Nick ha sempre avuto fiuto nel riconoscere il pericolo anche da lontano, acconsentendo comunque a farci da guida. Con tutta probabilità, non avrà voluto rinunciare a sentirsi di nuovo al centro dell'attenzione, ma anche per l'affetto profondo che, come tutti noi, lo lega ad Angel. Per lei, chiunque sarebbe disposto a sfidare i mari più tenebrosi. E Nick ne è la prova tangibile.

"Ci attaccano!"

"Sono troppo numerosi, non ce la faremo mai!"

Senza attendere ordini ci rifugiamo nel passaggio tra gli scogli. Ombre e luci non ben definite, perché offuscate dalla nebbia, si fanno numerose e vicine. Le facce degli uomini sono il ritratto di confusione e sgomento quando, da quei barlumi di luce sotto l'arco, scorgono una sagoma conosciuta. Angel strabuzza gli occhi e noto che qualcosa fa breccia nella baraonda di sensazioni. Sì, sembra proprio lui. Le luci calde tra la nebbia lo fanno apparire come una visione.

"Jack!"

"No, Angel!"

Nick perde l'immobilità e si lancia afferrando al volo il capitano, ma lei non accetta quel gesto.

"Lasciami, Nick! Non lo vedi? È Jack! Devo andare da lui!"

"Non è lui!" grida Nick. "Non è Jack!"

"Ma che ti prende?! … Certo che è lui! Non riconosci più il tuo capitano?!"

"Al momento il mio capitano è solo quello che sto tenendo fermo tra le braccia! Fidati di me, non è lui!"

Tutti ci voltiamo a guardarlo con gli occhi che tradiscono un misto di paura, sorpresa e smarrimento. Angel non vuole credergli.

"No, no, no! Lasciami, Nick, lasciami andare da lui!"

Si agita cercando di divincolarsi dalla salda presa di Nick.

"E' un trucco, una trappola per trarti in inganno, cerca di resistere, non devi cascarci!"

"Però sembra proprio lui!" esclama Sam stravolto dall'angoscia.

"Lo hai visto morire, Sam!" gli urla inquieto Nick. E a quelle parole Angel si blocca con la bocca spalancata. "Ricordalo! Tutti quanti voi lo ricordate, eravate presenti! Un colpo di moschetto dritto al cuore e la caduta in mare. Lo abbiamo visto morire! Quello che avete davanti è una visione, il più crudele tra gli inganni!"

Angel si blocca e guarda Nick. Sul suo volto è disegnata l'espressione di chi non solo ha sofferto per mesi, ma che ha riposto fiducia e speranza in colui che ora sta rinnegando ogni sua speranza.

"Nick …"

Mentre gli occhi dei presenti paiono più sicuri, ora sono quelli di Angel che cercano chiarezza. E la sua voce scomposta e tremante ne è la prova.

"Mi avevate detto che Jack era stato fatto prigioniero e fino a questo momento ho creduto e sperato che ci fosse una possibilità di trovarlo ancora vivo!"

Il volto di Nick è pallido d'inquietudine. Angel corre da me.

"Chris, dimmi che cosa è accaduto. La verità!"

Non mi lascia il tempo di rispondere. Arrabbiata, tradita, delusa, sente il bisogno di verificarlo di persona. Corre via, lontano da me, nella direzione sbagliata.

"Capitano, no!"

Inutile ogni tentativo di fermarla. Dopo pochi istanti di terrore allo stato puro, la vediamo scomparire inghiottita da quel muro di nuvole e nebbia. Solo una fugace ombra scura s'intravede tra i bagliori, ma è un attimo. Si è già dissolta nel nulla.

☠ ☠ ☠

Lo chiamo con tutta la voce che ho.

"Jack!" e lui si volta verso di me.

Una cortina invisibile ci separa. La nebbia inizia ad infittirsi. Gli sono vicina. Solo pochi passi ci separano ormai, ma la nebbia è così fitta che non sono più in grado di scorgerlo. Disperatamente tendo le mani verso di lui.

"Aiuto! Che mi succede?!"

Lui dev'essersi accorto, perché anche le sue mani si tendono verso di me. Le scorgo in mezzo a questo velo bianco. Le nostre dita, però, non riescono neanche a sfiorarsi.

"No! Non voglio andare via!"

Continuo lo stesso a cercare di raggiungere le sue mani, anche se è inutile.

Con un rapido e impercettibile movimento vengo risucchiata via. Mi allontano a tutta velocità senza capire come. Ben presto mi trovo circondata dalle onde del vuoto oceano, sentendomi sola come non lo sono mai stata in vita mia e immersa da un silenzio inquietante. Fendo le onde che s'innalzano, poi l'aria e di nuovo l'acqua con il mio corpo. Vengo trascinata sempre più lontano, fuori, verso l'arco. Sento l'acqua sollevarsi tutt'intorno. Oltre l'arco la foschia si infittisce ancor più ma, sopra la mia testa, la luna sbuca dalla coltre di nubi. Un raggio scende fino al mio viso illuminandolo. Cerco di resistere alla furia dell'acqua, ma non posso. Il mare è freddo e perdo le forze. Le onde mi sospingono. Fuori dall'acqua resto sciocccata dall'aria gelida della notte. Mi coglie il panico. Com'è potuto accadere? Come mai mi trovo in balia delle onde senza capacità di reagire?

Ho un'improvvisa visione. Mia madre! In piedi alla luce della luna.

"Mamma!"

La mia voce esce sommessa, soffocata dal fragore delle onde e dal frastuono del mare impetuoso, troppo forte.

Perdo il senso del tempo. Potrebbero essere trascorsi minuti o ore. Passano nella mia mente alcune immagini della mia vita. E c'è mio padre accanto alla mamma, vicino al camino della casa di Genova. Ci sono le colline. C'è il dolore causato da Ettore e l'amore di Jack.

"Jack!"

Le immagini diventano lente fino a interrompersi del tutto. Restano solo le tenebre a impossessarsi di me. Penetrano nella mia testa, nelle mani, nei piedi. Sto giungendo alla fine di qualcosa.

C'è un attimo di nulla. Poi ancora la figura di Jack appare nitida e vicina. Mi prende le spalle e io mi sento avvolta dal suo abbraccio dolce e rassicurante. Perdo conoscenza col sorriso sulle labbra.

Sono bastati brevi istanti e, come in un brutto sogno, ciò che contava di più per me si è dissolto nella nebbia.

Attimi inspiegabili, una manciata di secondi. Il fragore, le luci dell'esercito, la coltre bianca e l'illusione di Jack. Ora tutto è svanito nel nulla e con lui anche Angel.

Ora ci siamo solo noi e le nostre facce atterrite che invano scrutano la foschia. Guardano oltre. Ma non c'è più nulla da vedere o da trovare. Solo silenzio, scogli e la roccia nuda della grotta. Anche l'arco è misteriosamente scomparso. Smaterializzato sotto i nostri occhi.

"Quale maleficio è mai questo, Chris?!"

La voce del mio amico Sam giunge alle mie orecchie, nel mio cervello, come al risveglio da un incubo tremendo che mi ha visto partecipe in prima persona.

"Non lo so, Sam! … Non lo so. Non avevo mai visto niente del genere."

"Dobbiamo tornare indietro" annuncia Scott "alla nave e verificare che al resto dell'equipaggio non sia accaduto nulla."

"Scott ha ragione" interviene Peter "raggiungiamo la Lane.G. e andiamocene da questo posto all'istante!"

"E non pensate ad Angel? La lascerete indifesa?" controbatte Sebastiano con gli occhi inquieti e sgranati.

"Ormai qui non c'è più nulla da fare, ragazzo!" continua Scott. "Qualcosa mi dice che tua sorella è già molto lontana."

"Allora l'abbandoneremo? È così?!"

"No, Sebastiano! Qui nessuno la sta abbandonando!"

"Che ne sarà di lei? Dobbiamo fare qualcosa!"

"Ma non ora! Non è più possibile."

"Dove l'hanno portata? Perché dite che è lontana? Io l'ho vista correre oltre la nebbia, verso l'arco! L'ho vista! È laggiù! Non può essere lontana!"

"Adesso calmati, Sebastiano!"

Intervengo prima che abbia una crisi di nervi. È fortemente scosso per essersi visto inghiottire la sorella in una nube di fumo bianco, senza poter far nulla per aiutarla. E non è il solo.

"Chris, tu ci tieni a lei più di ogni altra cosa. Aiutala, ti prego!"

"Stai tranquillo! Non rinuncerò ad Angel, ma Scott ha ragione. Quello che dobbiamo fare è trovare il modo di lasciare questa caverna e cercarla in mare."

"Ne sei certo?"

"Dopo ciò che è accaduto, non sono più sicuro di niente, ma una cosa è certa: ritroveremo Angel ovunque si trovi e la porteremo in salvo. Questa è una promessa, Sebastiano."

Mi volto verso gli altri con autorità. In assenza di Angel, sento una forte responsabilità. È mio compito assumere il comando.

"Torniamo alla nave!"

"Sì, signore!" è la risposta unanime.

"Signor Zimmer!"

Chiamo il vice-comandante. Lo cerco tra gli uomini. Guardo attraverso gli scogli, ma non lo vedo.

"Nick!"

Anche gli altri iniziano a chiamarlo a voce alta.

"Nick! Dove sei?!"

Le nostre voci rimbalzano, fanno eco nell'ampia arcata della grotta, si rincorrono, ma non c'è risposta. Ancora una volta solo silenzio e di lui più nessuna traccia.

24.

CHI SONO?

La Lane.G. naviga fino all'estremità del lungo passaggio che riporta i pirati all'esterno di Ill Fated Cave. Il mare è una distesa d'acqua placida e accompagna i volti amareggiati, persi nel vuoto. Quel vuoto che lascia la perdita di un capitano e non solo. In lontananza un orizzonte muto che sembra aver perso i suoi naturali colori, che condivide una tragedia e scruta curioso quella nave solitaria con le vele raccolte. Anche il sole velato da una nebbia sottile che pian piano si sta diradando, non vuole disturbare e spia l'equipaggio discretamente, senza permesso. Quel sole che assume un aspetto sfacciato e cerca spazio tra la foschia, si allunga tra le nubi, luminoso e prepotente. Il mare si sveglia, si agita alla prima brezza del mattino ed ecco apparire un orizzonte nitido e sereno. Chris, accovacciato ai piedi dell'albero maestro, alza lo sguardo e si fa scudo con una mano dai raggi impertinenti. Aguzza la sua vista da marinaio e scorge un punto nero avanzare verso di loro.

"Guardate!"

Sebastiano è il primo a dare l'allarme. È chiaro che una fregata con tutte le vele spiegate sta facendo rotta verso di loro e non si risparmia. Deve averli individuati già da un pezzo e sta aumentando la velocità.

"State calmi!" urla Chris all'equipaggio che, ancora sconvolto, si mette subito sulla difensiva. "Potrebbe non essere una nave nemica!"

"Come fate a dirlo?!" urla adirato.

"Manteniamo la calma! Siamo comunque in svantaggio e pensare ad una possibile strategia d'attacco in queste condizioni sarebbe impossibile! Non ci resta che assecondare chiunque sia al comando e sperare che non si tratti di possibili nemici."

"Se così fosse saremmo condannati!" esclama Sebastiano che stringe tra le braccia la piccola Mary.

C'è un attimo sospeso, col fiato corto, in un silenzio insolito e irreale. Tutti contano le miglia che li separano da quella fregata, quando Chris riconosce un particolare, un tratto, un segno inconfondibile che la distingue dalle altre e non crede ai suoi occhi. Si arrampica con la sua spiccata agilità, tipica di un gabbiere, fino in cima alle sartie di dritta e improvvisamente è tutto chiaro.

"E' la Perla Nera!" urla dalla sua posizione.

Un lungo momento di silenzio accompagna l'attesa e la trepidazione di tutti gli uomini della Lane.G., mentre guardano avvicinarsi la Perla Nera. Lo scafo allungato, il cassero con i due tritoni e le vele nere non lasciano alcun dubbio. Quando mancano solo pochi metri, al timone spunta una figura che riconosco ed è incredulità seguita da un'esultazione generale. Il cappello a tricorno, le lunghe ciocche mosse dal vento, il cappotto che ondeggia a ritmo della brezza che lo avvolge e il suo portamento fiero, come ogni capitano al comando della sua nave. Al timone c'è proprio lui: Jack Sparrow.

☠☠☠

Un ronzio, poi un fruscio. Apro gli occhi. Mi sto muovendo. Il terreno scorre come un fiume in piena sotto di me. Ho il mal di mare, pur non trovandomi affatto in mare! Sto viaggiando sulla groppa di un grosso animale. Dalla mia posizione semisdraiata a pancia in giù, riesco a vedere le grosse zampe posteriori. Due grosse e morbide gobbe attorno a me mi trattengono e attutiscono i colpi che provocano questo movimento sconosciuto, simile al susseguirsi di tante piccole onde. Solo dopo diversi istanti di smarrimento, realizzo che mi trovo tra le gobbe di un grosso e alto animale col pelo ispido color albicocca. Alzo lo sguardo. Attorno a me non si muove nulla. Le stelle brillano gelide sopra un'infinita distesa sabbiosa. La luna disegna con la sua luce argentata il susseguirsi di numerose dune, che appaiono come tante onde di un mare di acqua bassa e cheta. Il vento solleva piccoli sbuffi di sabbia dalla sommità delle dune e i granellini corrono lungo i dolci pendii per perdersi nella distesa liscia. Sono avvolta fino ai piedi in una pesante coperta di lana. Avverto il freddo pungente dal naso che mi si è quasi gelato. La pelle del viso tira e gli occhi lacrimano per il vento. Li chiudo, preferisco non vedere. L'andatura pronunciata dell'animale mi dà la nausea. La coperta mi tiene calda, ma nei miei stivali c'è dell'acqua. Capisco di avere i piedi e parte delle gambe bagnate. Poi più nulla e cado di nuovo nel sonno.

Mi sveglio dopo diverse ore, quando le luci dell'alba spuntano dalle dune. Una luce illumina la sabbia e la fa risplendere di un oro intenso. La carovana rallenta fino a fermarsi. Quella terribile sensazione mi abbandona e sospiro di sollievo.

Due grosse mani mi afferrano trascinandomi giù. Scivolo dalla groppa del grosso animale atterrando pesantemente sul suolo sabbioso. Di fronte a me un curioso individuo. Indossa una lunga camicia, tanto da coprirgli le ginocchia, colore marrone. Quasi lo stesso colore della sua pelle. Altre figure simili compaiono alle sue spalle e vengono verso di me afferrandomi. Se ne fossi capace, l'istinto mi porterebbe a fuggire, ma non posso muovermi! Le mie gambe sono prive di vita come due corde bagnate. Cerco di urlare, ma la mia bocca non funziona. Tento di scalciare, sperando di liberarmi o almeno di allentare la loro presa. Faccio di tutto per muovere le mani per graffiare, ma ogni mio sforzo è completamente inutile. Sono paralizzata.

Sto dormendo e mi trovo in un incubo? Tra non molto mi sveglierò e tutto sarà come prima. Questo pensiero mi trova impaurita. Come prima? Che significa? C'era una vita prima di questo? Un qualcosa di mio? Che aveva a che fare con me? Improvvisante mi accorgo di non sapere più chi sono. Non so più dove mi trovo e non conosco queste persone. Che luogo è mai questo? Non so dove sto andando né da dove vengo. Non ho più ricordi.

25.

ABBIAMO UNA ROTTA

"Mi hanno sparato, è vero. Come dimenticare? Un colpo in pieno petto. Lo ricordo come fosse ora. Che cosa sparasse quel fucile non mi è dato sapere. So solo che per il colpo infertomi, persi completamente conoscenza."

Assiepati attorno a Jack, ascoltiamo con attenzione il racconto di un ricordo lontano che aveva lasciato in noi troppe domande senza risposta. Mentre spiega come sia sopravvissuto a quell'ultimo attacco, davanti a noi scorrono ancora le immagini di quel terribile istante.

"Da quel momento non ci fu altro che buio e silenzio. Quando mi risvegliai ero a Jabr 'Isam Jail. Fui tratto in salvo dalle sirene."

"Sirene avete detto? E non hanno chiesto nulla in cambio?"

Jack sospira, consapevole a che cosa Peter stia alludendo. "Ancora no, ma temo che presto mi presenteranno il conto."

"Dove si trovano ora?"

"Sono con noi. Kimera è sempre nei paraggi."

"Eccolo il conto da pagare! Non vi libererete mai di lei!"

"Le sirene sono creature pericolose!"

"Tra non molto le avremo addosso!"

"E' un vero miracolo, capitano!" afferma Sam per placare gli animi e mettere a tacere i sospetti. "Le sirene hanno voluto esservi d'aiuto. Ora state bene e siete di nuovo con noi. Questo è ciò che conta."

"Il potere di Kimera è assoluto. Stiamo parlando di una tra le creature più potenti del mare. Se questo potere è usato a fin di bene, può stravolgere la vita di chiunque si ritrovi ad avere a che fare con lei."

"Non temete, capitano. Noi saremo sempre pronti a difendervi."

"Non occorre difendersi da lei, non più."

"Come fate a esserne così sicuro?"

"Chiamiamolo un tacito consenso da parte di entrambi. Ognuno ha trovato la sua forma di rispetto."

Jack allunga lo sguardo davanti ai suoi uomini, osserva ogni volto, anche quelli a lui sconosciuti.

"Non vedo Nick! Che fine ha fatto?"

L'equipaggio si agita e gli sguardi che si scambiano la dicono lunga.

"Che cosa è accaduto? Perché vi trovate in panne nel bel mezzo dell'oceano?"

"Stavamo seguendo gli ordini del nostro capitano."

"Il vostro capitano? Chi è?" solleva lo sguardo verso l'albero maestro "non conosco questa bandiera."

"E' la bandiera di Morgan ..."

"Quindi è questo Il Fantasma? Siete voi!"

"Si tratta di Angel, signore" mi porto avanti a tutti per vedere meglio Jack "il nostro capitano è Angel."

Gli occhi di Jack cambiano, diventano seri, cupi, di un nero più intenso.

"Che cosa stai dicendo, Chris?!"

"Warley l'ha messa alla prova, ha superato un duro addestramento con gli allievi, guadagnandosi questo titolo."

"Warley non è certo uno che regala ... mio Dio, Angel ..."

"Lei non ha mai smesso di credere che tu fossi ancora vivo, Jack! E di conseguenza non ha mai smesso di cercarti e questa ricerca ci ha condotti fino a qui."

"Che lei mi stesse cercando lo sapevo, ma ..." Jack è senza parole. Troppe domande e schemi che non riesce a mettere in ordine.

"Warley!" esclama "non eravate tutti imbarcati con lui?"

"Sì, signore. È lui che ha dato una nave ad Angel e noi l'abbiamo seguita."

"D'accordo ... e ora? Dove si trova mia moglie?! Perché non è qui con voi?!"

Un gemito lieve richiama la sua attenzione. Tutti si voltano verso la piccola Mary che si fa spazio tra le braccia di Sebastiano che la posa sul tavolato del ponte. E lei, ben dritta e sicura, cammina sollevando le braccia tra le gambe dei marinai che le offrono un appoggio per impedirle di cadere. Jack scorge il viso di sua figlia, i loro occhi si incrociano con uno sguardo d'intesa perfetto ed è un attimo. Lui si china verso di lei e tende le sue braccia. La piccola, senza timore alcuno, si lancia verso suo padre in una corsa sfrenata dove, a soli pochi passi da lui, si ritrova sollevata in aria per poi finire sorridente tra le sue braccia. La scena viene seguita dall'equipaggio commosso che non si lascia mancare un piccolo sorriso. Tra loro c'è un lungo abbraccio, osservato in rispettoso silenzio e per un attimo ognuno di noi dimentica il motivo per cui ci siamo ritrovati tutti qui. Mary ha il potere di cancellare ogni problema e preoccupazione solo con un piccolo gesto. Jack la guarda estasiato. Si ricordava di quanto fosse bella, ma ora che sta crescendo, forme e particolari gli erano ancora estranei. Mary gli accarezza una guancia e poi inizia a giocherellare con i pendagli colorati della sua folta capigliatura.

"Mamm ... mami ..."

"Avete sentito? Tenta di parlare!" esclama Sebastiano.

"Paaaa ... paaaa ..."

"Angel passare molto tempo con piccola e insegnare lei parola!" afferma Anna.

"Mary!" Jack fissa sua figlia negli occhi e tra i due si stabilisce un contatto speciale, un'intesa che solo tra loro possono decifrare. Lui parla alla piccola cercando di percepire qualcosa.

"Mamma!"

"Mamm ... mam ..."

"Dov'è la mamma?"

D'istinto la piccola si volta e indica sicura un punto all'orizzonte, e con la sua mano è come se disegnasse nell'aria una mappa. Jack la fissa per poi stringerla forte a sé. Subito dopo si rivolge all'equipaggio inerme.

"Signori, abbiamo una rotta!"

☠☠☠

Mi trascinano alle porte di un grande e maestoso palazzo. Una luce accecante rimbalza sul bianco dei muri. Porte bianche, finestre bianche e cupole sul soffitto simili a delle torte con la ciliegia, anche queste bianche e candide come panna montata. La gola arde per la sete e gli occhi sono appiccicati, bruciati dal sole e dalla salsedine.

Qui vengo perquisita: svuotano le mie tasche, sfilano le armi dalla mia cintura, mi spogliano, ma non del tutto. Altre mani passano tra i miei capelli. Mi tolgono il foulard e a quel punto allentano la presa. Si avvicina una piccola donna anziana, anche lei con la pelle scura. Porta un abito sgargiante, dai colori vivaci e un copricapo che le nasconde quasi totalmente il viso. Tra le mani rugose ha una tazza. Me la mette davanti alla bocca. Un liquido rovente mi gocciola giù per la gola, lungo il collo e su ciò che rimane dei miei vestiti. Mi sento strozzare e cado in preda al panico, sputando e cadendo a terra ansimante. La donna mi parla in una lingua incomprensibile. Alzo gli occhi e la guardo. È immobile, non credo che voglia farmi del male. Nel giro di pochi secondi capisco che posso muovermi. Con le braccia indolenzite e le gambe formicolanti, riesco a far leva e sollevarmi da terra Facendo appello a quelle poche forze rimaste, scappo via.

Mi rincorrono come lupi affamati. Le gambe non rispondono come vorrei e vengo raggiunta dopo pochi metri. Lunghe dita di uno strano individuo, si chiudono a tenaglia attorno al mio polso. Cado sulla sabbia rovente. Tento di liberarmi dalla presa dibattendomi con forza. L'uomo misterioso si gira. Mi guarda negli occhi. È vestito come gli altri, ma ha un volto sottile che ricorda quello di un falco e una barba bizzarra. Mi solleva in aria senza alcuno sforzo e avvicina il suo viso a pochi centimetri dal mio. Riesco perfino a vedere le pupille dilatate di quegli occhi ardenti di rabbia e l'odore forte e sgradevole che emana la sua pelle scura.

"Non te lo dirò un'altra volta" dice in tono minaccioso. "Resta quieta o te ne pentirai."

Aumenta la pressione sul polso e ho la sensazione che si stia polverizzando come se fosse di creta. Inutile porre resistenza e annuisco nervosamente. L'uomo sorride, ma non c'è compassione in quel sorriso, né cortesia. Mi lascia andare e cado di nuovo nella sabbia. Sabbia infuocata che sprigiona un calore tale da pungermi la pelle. Senza lasciarmi un attimo di tregua, mi afferra di nuovo dal braccio ormai dolente e mi trascina verso una cerchia di persone. La sua tunica si apre. Sotto non porta nessuna camicia e sul suo petto nudo, pende una collana barbarica di piastrine e scaglie di bronzo.

"Alzati!" Grida spingendomi di nuovo al cospetto di quella donna che ha tutta l'aria di una vecchia strega spuntata da un libro di favole.

Oltre all'anziana c'è un cerchio di uomini con degli stracci colorati sulla testa e quegli abiti lunghi fino ai piedi. Portano dei sandali e mi fissano con occhi seri. Tremo e mi guardo attorno impaurita. Due di loro mi afferrano in modo meno irruento e mi obbligano a seguirli all'interno di una tenda dalle pareti chiare, dove al posto del torrido sole c'è una lieve brezza e un'ombra gradevole.

"Dunque è lei?"
"Sì, signore!"
Un uomo avvolto da veli bianchi e lo strano copricapo si avvicina.
"Come ti chiami?"
"Dite a me?"
"A chi altri?" risponde scocciato.
Ci penso un attimo, ma ho un vuoto. "Io … non lo so."
Mi porge una tazza calda con un liquido profumato. Esito per un istante.

"Non temere, non è veleno" il tono nella sua voce si è ammorbidito "qui nessuno vuole farti del male. Bevi!"

Il caldo e le lunghe ore trascorse sulla groppa del cammello, mi hanno disidratata a tal punto da afferrare la tazza e bere tutto d'un fiato quell'intruglio dal sapore dolciastro.

"Hai l'aria di chi ne ha passate parecchie!"
"Non so che cosa mi sia accaduto, né chi io sia. È tutto confuso nella mia mente."

"E' tutto a posto" sorride "stai tornando a casa."

26.

JACK E CHRIS

La burrasca di sud – ovest ha rinfrescato la notte, girando ad ovest – sudovest, ponendo fine ad ogni progresso sulla rotta desiderata. Salgo sulla Lane.G. per assicurarmi che non abbia subito danni. Nonostante la giornata grigia e le nebbie, il ponte è animato da uomini attivi e con buoni propositi. Questo non può che rendermi partecipe del loro entusiasmo e sperare che il maltempo passi alla svelta, lasciandoci liberi di continuare sulla rotta stabilita. Intorno a noi c'è un qualcosa di malinconico e sperduto. Le vele percosse dalla burrasca, sono ancora abbandonate lì, a penzoloni, come uccelli marini con la testa sotto l'ala e la nave avanza lenta, troppo lenta.

"Gabbieri a riva!"

Tra tutti gli uomini che si stanno dando un gran da fare, i gabbieri sono proprio quelli che, al contrario, sembrano ancora bloccati dal freddo e dall'umidità di questa mattina.

Chris mi compare davanti come un fantasma. È pallido, il viso teso e le stesse occhiaie di chi non riesce a prendere sonno da diverse notti.

"Richiama i tuoi compagni e datevi da fare con quelle vele!" gli ordino, cerando di non badare al suo stato pietoso. "Quelle in cattive condizioni srotolatele e portatele al rammendo!"

"Non c'è speranza, vero Jack?"

Aggrotto la fronte in modo interrogativo. "Che vuoi dire?"

"Siamo bloccati qui da questa tempesta che ci gira intorno da giorni! Ma quando riprenderemo la nostra rotta?!"

"Ora calmati! Ti comporti come un mozzo che non ha mai navigato! Sai come funzionano le cose in mare. Ci vuole pazienza, Chris!"

"Dirai la stessa cosa ad Angel quando la rivedremo? Anche lei avrà avuto pazienza?!"

Mi sorprende avvertire tanta emozione nella sua voce. Dunque, è vero! Le mie intuizioni non sono il frutto di sciocche paranoie. Quanto leggo nei suoi occhi racconta molto più di ciò che la mia mente avrebbe potuto formulare.

"La convivenza tra noi potrebbe risultare difficile, ragazzo."

"Non se entrambi vogliamo la stessa cosa."

"E sarebbe?!"

"Portare in salvo Angel, ovvio!"

Mi avvicino per leggere in quegli occhi troppo azzurri e ancora così innocenti.

"E troviamo Angel ... e poi? Che cosa ne sarà di te, Chris?"

La sua espressione è turbata e sbalordita allo stesso tempo.

"Voi che ne dite, capitano?"

In quel momento afferra una spada e me la punta contro.

"Mettila via, ragazzo" rispondo con una tranquillità che sorprende anche me "non è il momento di azioni avventate."

"Che vi prende, capitano? D'improvviso avete dimenticato come funzionano queste cose?!"

Mi volto, dondolo leggermente il capo e lo fisso. "Non ho alcun motivo di battermi con te."

Lo supero creando distanza fra noi. Ma la voce di Peter che urla all'improvviso mi sorprende alle spalle.

"No, Chris! Non farlo!"

Capisco ciò che sta per accadere e nello spazio di un secondo sfodero la spada e mi volto giusto il tempo di ritrovarmi faccia a faccia con il mio rivale, mentre le due armi a contatto stridono nella brezza.

"Non l'hai mai meritata, Jack!"

"E perché dovresti essere tu quello degno di lei?!"

"Sono io quello che le è rimasto accanto!"

"Guardati attorno, ragazzo! Non sei l'unico."

"Ora basta, Chris!" Sebastiano corre verso di noi colpito da questa presa di posizione così forte da parte dell'amico. "Batterti col capitano non servirà!"

"Non ho nulla da perdere!" reclama Chris infuriato.

"Proprio non vuoi capire?"

Anche Philip corre in aiuto ed entrambi tentano di trattenerlo, ma Chris non vuol sentir ragione.

"Ho avuto anche fin troppa pazienza!"

"Insomma, Chris! Torna in te! Che ti prende?!"

"Lasciami, Philip!" urla Chris dandogli una spallata talmente decisa da fargli perdere l'equilibrio.

Philip si sbilancia finendo dritto contro l'impavesata.

"Questa è una questione tra me e Jack!"

"Che cosa vogliamo fare, ragazzo? Ci sfidiamo a un duello fino all'ultimo sangue?" chiedo puntando la spada a colui che non avrei mai nemmeno pensato di colpire con uno schiaffo. "Dove chi resta in vita otterrà l'amore della dama dei suoi sogni?"

"Questo non è un gioco, Jack!"

Chris si scaglia su di me con un'aggressività inaudita.

Anche se contrario a ciò che mi dice il cuore, devo difendermi attaccandolo a mia volta. Gli amici, ancora increduli, tentano il tutto e per tutto per fermarlo. Il primo è Sebastiano, che non ha intenzione di desistere. Si infila tra noi con coraggio e determinazione.

"Chris, che cosa proverebbe Angel se dovessi fare del male a Jack? Ci hai pensato? Rifletti su ciò che stai facendo, per l'amor del cielo!"

"Ti ho già detto di non immischiarti."

"Vuoi davvero infliggere questo dolore alla donna che dici di amare tanto?!"

"Sebastiano levati" gli occhi di Chris sono un tumulto d'inquietudine "levati o combatti."

"Non riesco a credere a ciò che stai facendo!"

"Lascia che siano le nostre spade a deciderlo!"

Con uno scossone lo spinge fuori dall'area di azione e torna risoluto su di me.

È fuori si sé, non l'avevo mai visto così prima d'ora. Non mi resta che accettare la sfida e difendermi, come se fosse un duello contro un qualunque altro nemico.

"Sarebbe stato meglio se fossi morto davvero!"

Stavolta Chris è irremovibile e con la spada a pochi centimetri da me, mi costringe a indietreggiare. Confuso, scivolo sul tavolato bagnato. Questo breve istante di distrazione, permette al mio rivale di avvicinarsi pericolosamente e la sua lama è rasente il mio viso. Resto impassibile aspettando la sua prossima mossa. La cosa lo infastidisce e vedo il suo volto trasformarsi. È ribelle, rabbioso, imbizzarrito come un cavallo pazzo. Si lancia su di me ed è lo scontro.

Salto sull'impavesata e affondo su di lui che si schiva prontamente. È un ottimo spadaccino ed io sono arrugginito dai mesi di prigionia. Devo far fronte ad abilità e scaltrezza, senza far troppo affidamento a gambe e braccia che non rispondono come dovrebbero. Questo lui deve averlo notato, perché sta acquistando sicurezza e le sue sferzate mi mettono in una posizione di netta inferiorità. Corro dal lato opposto del ponte, taglio una fune e lascio che una grossa botte rotoli verso lui. Inciampa nel cordame e guadagno qualche metro. Salgo due scalini e di nuovo lo guardo dall'alto in basso. Lui attacca, senza darmi respiro, roteando su sé stesso esegue una serie di affondi precisi. Allora lascio che si sfoghi, agevolando i suoi attacchi. Salgo un gradino alla volta, fino a trovarmi sul piccolo ponte del cassero di questa nave a due alberi ed è proprio qui che trovo la mia salvezza. Ci giro attorno veloce confondendolo. Colpisce a vuoto fendendo l'aria. I suoi movimenti, causa la tensione e un principio di stanchezza, diventano percettibili e posso così attaccarlo. Infilo la lama della mia spada nella sua giacca, l'arrotolo e chiudo contro la sua schiena immobilizzandolo. Lo spingo contro la trave che sostiene la barra della randa*, rovesciandolo in avanti. Sfilo la lama e colpisco il boma* che rotea come una giostra sul mare. Il povero Chris si ritrova appeso nel vuoto. Solleva lo sguardo impaurito e meravigliato, mentre cerca di tenersi saldo alla presa. Ci guardiamo.

"Io la amo, Jack!"

"Questo lo abbiamo capito tutti. Il punto è un altro: quali confini saresti disposto ad abbattere pur di renderla felice?"

Mi osserva stranito.

"Amore vuol dire anche sacrificio. Significa mettere al primo posto qualcuno che non sia te stesso ed agire sulla base di ciò che è meglio nei confronti di colei che dici di amare. Sei sicuro che nei tuoi atteggiamenti ci sia questo, Chris?"

Riafferro la trave e lo riporto sul ponte con violenza. Quando lo snodo si blocca tramite la trozza*, Chris finisce sbattuto sul tavolato, rotolando in fondo alla scala.

---

*BOMA trave orizzontale incernierata all'albero che tiene ferma la base della randa. Può essere di diverse sezioni, circolari o rettangolari. Il nome deriva da boom che significa asta.
*RANDA vela più grande e più bassa dell'albero di maestra. È montata a poppavia dell'albero ed è tenuta tesa dal boma.
*TROZZA collegamento tra l'albero e il boma. Permette al boma di essere libero di ruotare sia nel piano orizzontale che verticale in base all'andatura e alla regolazione della vela.

Lo raggiungo e mi piazzo di fronte a lui con la mia spada a mezz'aria. L'equipaggio è pietrificato e ci osserva con il fiato sospeso.

"È finita!"

"Che cosa aspetti, Jack? Colpiscimi, ora! Così da non avere più alcun un rivale."

Rinfodero la spada, felice di non averla insanguinata e nemmeno scalfita.

"Io non ho mai avuto rivali, ragazzo."

"Chris!"

Sebastiano, che ha seguito ogni mossa del combattimento, chiama l'amico e tenta di farlo rinsavire. Si avvicina a lui, lo guarda negli occhi, cerca di stabilire un contatto.

"Sebastiano, l'ho fatto per lei" risponde con un filo di voce "in virtù della promessa che ci siamo fatti, ricordi?"

"Non è così che ti farai amare da lei" Sebastiano è serio e deciso "amarla significa rispettarla, Chris. Tu l'hai vista soffrire, hai visto come sono stati questi ultimi mesi per lei, conosci il suo dolore! Come hai potuto pensare che ti avrebbe amato dopo un'azione del genere?"

Sebastiano lo scuote prepotentemente. "Torna in te, amico! Abbiamo una missione da portare a termine!"

Lui osserva Sebastiano e il suo volto si riga di lacrime.

Forse la sua rabbia incontrollata è scaturita dalla consapevolezza che Angel, proprio per il suo carattere leale e il suo passato, mai e poi mai abbandonerebbe ciò in cui crede. Lui sapeva in cuor suo, tutto quello a cui andava incontro, ancor prima di verificarlo a sue spese. E questo dolore portato dentro per mesi interi, è scaturito in rabbia.

Mi avvicino, lui solleva il capo e ci guardiamo.

"Voglio che tu sappia che, per quanto mi riguarda, su questo ponte non è mai accaduto nulla. Tu non rappresenti un nemico, Chris, né tantomeno un rivale da eliminare." Mi chino porgendogli l'arma. "Vatti a dare una ripulita e torna al tuo lavoro."

Rivedo gli occhi di quel marinaio solo e sperduto che salì a bordo tre anni fa. Gli occhi di un orfano a cui era stato negato tutto e che nella mia nave riponeva l'unica speranza di sopravvivere ed avere un giorno un futuro migliore. Occhi azzurro cielo, intenso come il mare. Ti giuro, ragazzo, che quel futuro lo avrai! Un giorno anche tu sarai felice e sorriderai alla vita.

27.

HASSAN

Accolta da un lieve e sconosciuto profumo che inebria tutta la stanza, mi sveglio. Devo aver dormito profondamente, ma per quanto tempo? Che ore sono? Dove mi trovo?

I miei occhi stentano ad aprirsi. Restano a metà tra il sonno e la veglia sotto le palpebre troppo pesanti. Avverto nelle mani un lieve formicolio e delle fitte allo stomaco mai provate prima.

Chissà se è l'effetto di quest'odore inebriante a lasciarmi stordita. C'è una leggera ala di fumo bianco. Sale da terra. In un angolo una specie di braciere in rame, chiuso a cupola con raffinate decorazioni a intarsi.

È strano ma, in un certo senso, mi sento inspiegabilmente contenta. Sono stesa su di un letto morbido, sotto una tenda fatta di corde colorate che lasciano trasparire lo splendore della luce del giorno. Provo una delicata idea di movimento, estremamente riposante, come se mi stessero cullando. Ci sono state diverse traversie nella notte appena trascorsa e i volti di strani individui dagli abiti lunghi fino ai piedi, coi loro colori mescolati, sono l'unico stralcio di vita passata che a malapena riesco a intravedere.

Non sono sicura di trovarmi qui per mia volontà. Questo luogo mi è del tutto estraneo.

Ma il letto dondola o è la mia testa?

Scivolo e sprofondo in un nido di cuscini. Mi rendo conto di essere sospesa. Una corda spessa quanto una sartia, è legata al soffitto. Un grosso nodo fissato saldamente da dove partono tre strisce di stoffe dalle stravaganti fantasie a sostenere un'ampia cesta di vimini nella quale, qualche mano gentile, deve avermi adagiata ancora priva di sensi.

Mi sorprende il fatto che in questa stanza ci sia una quasi totale assenza di arredamento. Il muretto bianco a delineare il perimetro ha incastonate solo due cassapanche in legno. Qualche cesta appesa al soffitto, altre scendono dalle pareti come lampade e cuscini, cuscini colorati distribuiti su tutto il pavimento. Niente tende, niente tavoli, nemmeno una scrivania, nessun armadio. Niente di niente.

Lascio la cesta dondolare assecondando il mio movimento. Non vedo altro, tutto quello che so è questo. Mi sento avvolta da una folta nube grigia, una fitta coltre che m'impedisce di vedere, d'immaginare, di ragionare. Non mi permette nulla, neanche di compiere semplici gesti. Tutto mi costa fatica. Non ho ricordi, né pensieri, solo una porta chiusa alla quale mi è negato l'accesso.

Però, mi sento protetta, è come galleggiare. Come se fossi su una barca, trasportata dal dolce moto ondoso del mare.

Galleggiare ... mare ... onde ... barca ...

Queste parole hanno un suono confortante e familiare, ma non ne comprendo il motivo. La testa mi scoppia e la stanza inizia a ruotare vorticosamente come una giostra. Allora chiudo gli occhi e mi lascio andare, cadendo di nuovo in uno stato d'incoscienza.

☠☠☠

Mi sveglio alle prime luci dell'alba intontito e di malumore. Il sonno è stato pieno di incubi violenti, di immagini crudeli, gran parte delle quali con protagonista sempre lei, Angel, mia moglie e l'inquietudine che si porta via anche la più tenue speranza di rivederla ancora in vita. Mi alzo con le membra irrigidite dal sonno e a passi lenti e pesanti esco sul ponte.

"Buongiorno, capitano!" mi accoglie John, porgendomi un cannocchiale. Senza ricevere risposta si scansa con un lieve cenno del capo. Mi viene incontro Aldrich.

"Capitano!" saluta toccandosi la fronte con le nocche delle mani. "Siamo in navigazione, sospinti da una debole brezza. Velocità due nodi. Rotta sud – sud-ovest, signore."

Le maniere gentili e rispettose di Aldrich, mi tolgono per un istante il malumore e gli concedo un rapido saluto, anche se in cuor mio non mi sento di sorridere, né di parlare.

Faccio un lento giro del ponte esaminando il mare. Nel cielo chiazzato di nuvole alte e sparse, si affaccia una pallida luna al suo ultimo quarto. All'orizzonte ci accoglie un rosso arancione come lava incandescente. Un piccolo inferno verso il quale ci stiamo dirigendo. Ciò che vi troveremo non sarà tanto diverso dai costanti incubi che mi perseguitano. Tutto avrei potuto pensare, ma non che Rodríguez avesse abbandonato, per così dire, il mare e fosse approdato a Casablanca, ponendo il suo dominio in gran parte di quelle terre nel bel mezzo del Sahara. Mi toccherà far ricorso a tutta la mia buona volontà per spacciarmi come suo grande e fedele alleato, quasi un parente. Solo in questo modo, una volta approdati nel porto di Casablanca, potrò assicurarmi una scorta di beduini che lavorano per lui, in grado di solcare quelle terre aride e giungere fino alla sua dimora. Un'oasi florida e ricca dove pare sorga un meraviglioso castello che potrebbe, però, trovarsi a miglia e miglia dalla costa, in quell'entroterra dimenticato da Dio. Ha fama di essere il palazzo più grande del mondo, eletto per soddisfare l'ego smisurato di Hassan, circondato da giardini magnifici, coltivati nel bel mezzo del deserto. Si dice che il sultano possegga un harem con oltre duecento mogli, dalle quali ha avuto più di quattrocento figli. Al suo servizio ci sono quarantamila persone, tra schiavi, servitori e guardie. Per proteggere la sua reggia fece costruire quindicimila miglia di mura. Un'autentica fortezza, impenetrabile per chiunque non abbia un esplicito lasciapassare. Fortunatamente godo di simpatia tra alcuni degli uomini di Hassan e questo mi aiuterà ad arrivare fino a quel castello senza troppe difficoltà. O almeno questo è quello che spero.

Le ragioni che hanno spinto Rodríguez fino ad Angel mi sono ormai fin troppo chiare e ho timore dell'ipotesi, non così remota, che si trovi laggiù, più del diavolo e della morte stessa.

Da quando perse tutto, famiglia compresa, Hassan non si limitò a diventare un semplice corsaro. Negli anni il suo potere si estese a tal punto da farlo diventare uno degli uomini più ricchi e potenti della terra. Senza scrupoli e senza alcuna pietà per nessuno. E tutto questo per vendetta. Temo non si sia mai dimenticato della strage inflitta alla sua città, al suo popolo, alla sua terra. Il tremendo massacro di Maracaibo, opera di un pirata a me fin troppo noto, che seminò panico e distruzione esclusivamente per denaro. Mi sono servite intere notti di riflessione per elaborare questo intricato enigma e ora ogni mio dubbio è crollato. Ma non sarà Angel a pagare per questo! Sii forte, piccola. Stiamo arrivando.

28.

COME UNA PRINCIPESSA

Un rumore improvviso mi fa sobbalzare. Una ragazza è in piedi di fronte a me sul lato opposto della stanza. Ci studiamo per alcuni brevi istanti, lei mi sorride e si avvicina con una piccola caraffa tra le mani. Riempie un bicchiere e me lo porge. L'acqua è a deliziosamente fresca e me la scolo d'un fiato. La ragazza riempie di nuovo il bicchiere. Mentre bevo lascio vagare lo sguardo in questa camera ampia e luminosa. In un angolo c'è una toeletta di vetro specchiato che proietta la luce portandola al centro della stanza. Un fascio di luce color limone che si allunga fin sopra i tappeti e risplende sul mio viso quando abbandono i cuscini comodi.

Mi trovo faccia a faccia con la ragazza dalla pelle olivastra, gli occhi scuri e le labbra rosa. Alle sue spalle ne compare un'altra, con un morbido abito verde che indossa con grazia. Entrambe posano su di me i loro occhi in modo sfuggente. Come se avessero timore nel sostenere un po' più a lungo il mio sguardo. Non parlano. Si limitano a darmi indicazioni a gesti, a sorreggermi quando a fatica tento di stare in piedi e mi aiutano a camminare. Da un baule incastrato nella parete bianca, tolgono numerosi veli delle più svariate forme e colori. Li posano sui tappeti, uno a fianco all'altro, con estrema cura e attenzione. Tornano a me e iniziano a spogliarmi.

I miei vestiti hanno un aroma conosciuto, molto diverso da quello che aleggia in questa stanza. L'unica cosa che potrebbe legarmi a quel passato di cui non è rimasto nulla. Se lascio che me li sottraggano è come se sparisse anche l'ultima parte di me. Li seguo mentre vengono posati in un angolo e d'istinto mi chino a raccoglierli, ma la ragazza con l'abito verde me lo impedisce. Afferra il mio braccio e sono costretta a seguirla, mentre la seconda mi avvolge in un'ampia stola turchese.

Nella stanza adiacente, molto più piccola e raccolta, c'è un profumo inebriante di essenze e una vasca colma d'acqua calda e fiori. Mi immergo tra una sottile nebbiolina di vapore ed è come rinascere. Viene tirata una tenda giallo scuro e una luce dorata mi avvolge. Magicamente mi sento tranquilla, al sicuro. Quel velo di luce mistico e protettivo è magnifico. All'improvviso, nonostante l'orribile sensazione di inquietudine portata dai ricordi che non affiorano, non riesco a sopprimere un senso di esaltazione. Tutt'intorno fiori e candele colorate a completare un quadro nel quale mi sento protagonista, come una principessa.

Dopo il bagno di profumi vengo asciugata con veli morbidi e leggeri. Distribuiscono una crema color panna sulla mia pelle che diventa liscia e profumata. Una polvere bianca ricopre i miei piedi sui quali vengono calzate delle strane, nonché assurde, suole con una corda e delle perle che passano tra le prime due dita del piede. Una ragazza spazzola ripetutamente i miei capelli ribelli aggiungendo dell'altro profumo che usa per inumidire alcune ciocche dalle quali escono lunghe trecce ornate con fili dorati, mentre l'altra si occupa del mio nuovo abbigliamento. Drappeggi fluttuanti e soffici di stoffe accese e luccicanti che mi avvolgono anche il capo, lasciando scoperto solo il viso.

Resto colpita dai particolari più esaltanti che destano in me una forte reazione. Sono certa di non aver mai visto tutto questo, di non aver mai camminato in queste stanze, né di averci dormito o di aver indossato abiti come questi prima di adesso. Sono sicura di non conoscere queste donne e di non aver mai sentito questi profumi. Né di conoscere alcuna delle incomprensibili parole che di tanto in tanto si scambiano tra loro. Tutte queste certezze, però, non rispondono alle mie domande, dove mi manca ogni convinzione su chi io sia e su ciò che realmente abbia vissuto.

Una volta pronta e agghindata lasciamo la stanza per percorrere, in rigoroso silenzio, un lungo corridoio bianco, immerso in una penombra azzurrina. Strette scale in pietra conducono a un reticolo di corridoi e piccole sale circolari, coi muri colorati e una distesa di cuscini sul pavimento. Camminiamo fino ad un'apertura ad arco dove la luce rosata si fa strada. Ed eccoci all'aria aperta, scaldate dal sole al tramonto. Rimango a bocca aperta contemplando il primo scorcio di paesaggio. Un'oasi colorata di diverse tonalità. Dall'immancabile bianco che offre un magnifico contrasto con l'azzurro intenso, come il mare che colora le porte e gli infissi degli edifici più grandi. E poi il giallo, l'arancio, per terminare col rosa, colorano le piccole casette che sorgono tra le palme e i lussureggianti giardini ben curati. Colori resi ancora più nitidi ed intensi dalla calda luce del sole.

Nonostante i giardini mi fossero apparsi già enormi visti dalla terrazza, ora nell'attraversarli risultano ancora più vasti. Non ci sono solo alberi e palme che dall'alto sembravano delimitare i confini dell'oasi, di fatto celano altre casupole più piccole e isolate tra le siepi, ciascuna dipinta con le stesse tonalità delle precedenti.

Lungo il sentiero stretto e sabbioso, enormi fiori dalle forme bizzarre e colori sgargianti, inondano il verde circostante. Poi la vegetazione fatta di alberi ad alto fusto termina improvvisamente per lasciare spazio ad una grande piazza bianca e circolare, dove, al centro, si erge un'imponente fontana. Ma nulla è paragonabile all'indescrivibile bellezza del palazzo che a malapena si nasconde dietro i flutti d'acqua che schizzano nel cielo. Ci avviciniamo e mi sento mortificata al cospetto di tanta semplicità in armonia ad una suprema eleganza e grandezza. Un maestoso palazzo si apre a ventaglio attorno all'ingresso dorato. Tante cupole con una sfera d'oro, sistemate come torte sullo scaffale di un negozio di dolci e la loro immancabile ciliegina.

Oltrepassiamo la soglia. Avverto uno strano senso di pericolo. Come se stessi entrando, senza possibilità di scelta, nella gabbia di un leone. Le due ragazze al mio fianco mi guardano con una tranquillità assoluta.

Leggo franchezza nei loro occhi quando mi sorridono. Un salone di marmo bianco, un corridoio affrescato con figure di angeli e altre creature fantastiche, si apre innanzi a noi. Ne sono affascinata. Un ampio salone circolare sovrastato da una cupola da cui scendono lame di luce. Il pavimento lucido come uno specchio. Noto l'ampio soffitto in legno, molto interessante, come il fondo di una barca rovesciata. Non ho mai visto una luce come questa, che si diffonde sui tappeti preziosi, sul marmo bianco dei pavimenti, sulla paglia delle stuoie. Filtra attraverso il legno intagliato delle grate, traccia il suo disegno sulle colonne di mosaico, sulle porte intarsiate, sulla ricchezza delle stoffe, illuminando fiori e paesaggi dipinti alle pareti. L'azzurro del cielo, il verde delle foglie, delle palme, degli alberi che coi loro rami camminano lungo le pareti fino al giallo del sole. Fiori rosa sul lato opposto, si confondono col rosso del cielo al tramonto. Il più affascinante è sicuramente il dipinto centrale. Riveste l'immensa parete. Domina su tutto il salone un mare in tempesta. Il cielo rabbuiato e le nuvole fitte scaricano raffiche di pioggia sulle onde. Onde alte, grigie, minacciose come belve feroci che stanno per inghiottire un veliero dalla forma allungata ed elegante. Si presenta con colori neutri, per lo più grigio e bianco, al punto da farla sembrare una nave fantasma. Spettacolo da mozzafiato. Un violento contrasto dopo aver scorso muri di acque chete e cieli azzurri, nel fascino di questa luce paradisiaca. Sebbene affascinante, non lascia presagire nulla di buono.

Il mio sguardo scende di nuovo sul pavimento bianco e ancora più in là, sui tappeti dai mille colori che, mescolati, si confondono. Al centro, una miriade di cuscini di seta argentata dà uno strano senso di disordine, curato però nei minimi dettagli. Un gatto col pelo a striature arancioni, acciambellato su di un cuscino verde, si lecca pacatamente una zampa. E poi una figura avvolta in quegli strani abiti a sottoveste indossati un po' da tutti, uomini compresi. Somigliano più a dei tendaggi strappati al loro ruolo ornamentale, per finire arrotolati in qualche maniera attorno a corpi da nascondere. Costui ha addirittura il capo interamente avvolto. Non appena ci avviciniamo al tappeto di cuscini, si alza in piedi e ci raggiunge. Ha un aspetto sinistro mentre si trascina dietro tutti quei chili di stoffa. E il fatto di non poter vedere il suo viso non mi piace. Specie con tutta questa confusione e totale mancanza di lucidità nella mia mente, in un luogo a me sconosciuto. Le ragazze s'inchinano al suo cospetto e mi domando se anch'io debba fare lo stesso, ma più si fa vicino, più il timore della sua presenza cresce e non mi permette di compiere alcun gesto. Finché con una mano scosta il velo che ha sul viso, scoprendo occhi grigio-azzurri, freddi come il ghiaccio. Ho un tuffo al cuore. Uno sguardo che trafigge e dal modo in cui mi osserva, credo si tratti di una persona che mi conosce bene. Se solo riuscissi a ricordarmi chi sono! E chi è costui?!

Prende delicatamente la mia mano nella sua, bianca e gelida. Con un lieve inchino la sfiora con le labbra. Torna a guardarmi sereno e si fa più vicino, così che io possa sentire la sua voce quando mi saluta. Una voce profonda, sinistra come la campana di un vecchio cimitero.

"Bentornata, mia Principessa."

30.

CASABLANCA

"Chi siete?"
D'impulso ritiro la mia mano da quella dell'uomo di fronte a me. Una mano ben curata, dalla pelle liscia e olivastra.
"Principessa? Non ti ricordi di me?"
Scuoto la testa confusa "dovrei?"
Lui sorride mesto "hai avuto una brutta esperienza. Il rapimento ti ha traumatizzata, ma non temere, ora sei di nuovo a casa."
"Rapimento? Sono stata rapita?!"
"Purtroppo sì. Molti anni ci sono voluti per metterci sulle tracce dei tuoi rapitori" si avvicina fissandomi intensamente <anni dolorosi, di pena e tormento nel saperti lontana> riprende la mia mano e la avvolge.
"Io non …"
"Non temere, capisco che tu abbia rimosso ogni particolare di questa terribile esperienza e ne sono lieto. La memoria col tempo riaffiorerà. Ora, però, pensiamo a ricominciare da capo, io e te, insieme."
<Chi sono? Qual è il mio nome?>
<Il tuo nome è Malaika, principessa di Borouj>
Nonostante la sicurezza che distinguo nei suoi occhi e nelle sue parole, non riconosco questo nome come mio, così come l'oasi, questo palazzo, le stanze e le persone, risulta tutto troppo estraneo.
"Permettimi di mostrarti il tuo regno" mi cinge i fianchi con una mano, invitandomi a seguirlo.
"Con la luce del crepuscolo la nostra oasi diventa ancora più affascinante" dichiara mentre entriamo nei giardini interni, dove l'atmosfera suggestiva è di una bellezza surreale.
Mi porge il suo braccio ed io mi ci appoggio con poca convinzione. Passeggiamo tra le fronde, dalle quali ci raggiunge un fresco invitante. Sollevando lo sguardo noto che l'intero perimetro è circondato da enormi

massi che sorreggono delle mura naturali attorno all'oasi. Sono giganti come montagne. Qua e là, guglie luccicanti si ergono verso il cielo.

"Viviamo in questo luogo da qualche anno."

"Perché ci troviamo in un'oasi?"

"Ho scelto di vivere il più lontano possibile dalle coste dell'oceano. Questo luogo lo ritengo più sicuro, specie dopo la tua scomparsa."

"Più sicuro da che cosa?"

"Dai pericoli del mare."

"Il mare rappresenta un pericolo?"

"L'oceano è infestato di cannibali pronti a tutto. È un miracolo che tu sia qui sana e salva."

Mi blocco. "Che cosa mi è accaduto?"

"Sei scomparsa dalla carovana mentre eravamo in fuga."

"In fuga da chi?"

"Dal nemico."

"Quale nemico?"

Le mie domande si fanno più incalzanti, così come la mia voglia di sapere e i nostri sguardi diventano più profondi.

"Colui che ancora ci sta cercando."

"Come avete fatto a trovarmi?"

"Sei tu che hai trovato noi, Malaika. Il tuo istinto ti ha guidato da me, perché questo è il tuo posto."

Abbasso gli occhi sulla sabbia fine e rifletto. Nessuna immagine, nessuna voce, nessun'eco lontana, nulla. Nella mia mente solo il vuoto.

"Non capisco … come posso aver rimosso ogni ricordo? Mi sento come se tutta la mia vita sia stata spazzata via" dichiaro disperata.

"Ora ascoltami" il suo tono si addolcisce e avvicina la sua fronte alla mia. Avverto un profumo soave e ammaliante, dal quale non vorrei staccarmi mai.

"Il passato è passato, che senso ha ricordare? I brutti ricordi è buona cosa che rimangano dove si trovano, così da non provocare più dolore a nessuno di noi. Adesso è solo al futuro che dobbiamo guardare, questo è ciò che conta davvero."

Annuisco.

"Puoi fidarti di me."

Riprendiamo a camminare con l'aria che si rinfresca a ogni passo. Un brivido di freddo mi raggiunge, lui si toglie uno dei teli che tiene sulle spalle e me lo porge. La luna compare in un cielo terso e severo. Le lanterne, distribuite sul sentiero fino ad estendersi lungo tutto il perimetro del palazzo, vengono accese una dopo l'altra e la loro luce fluttuante accarezza l'ambiente.

Camminiamo e parliamo, di tutto e di niente. Gli resto accanto sedotta dal suo profumo, avvinghiata al suo fianco come se fosse la fragranza stessa a ordinarmelo.

Parliamo per un tempo lunghissimo, lui mi racconta parte della sua vita e mi descrive il mio ruolo di principessa di quest'oasi. Parliamo fino a notte fonda, mentre cerco di trovare un punto di incontro con questa persona, ma non lo trovo, nemmeno sforzandomi.

Quando mi riaccompagna all'ingresso della mia stanza, sono grata di vederlo allontanarsi senza avanzare alcun tipo di ulteriore richiesta.

"Aspettate, vi prego!"

Lo richiamo prima di vederlo sparire. Non saprei più raggiungerlo in questo labirinto di stanze. Lui si volta, lento e disinvolto, sembra fluttuare nell'aria come la luce delle candele.

"Se quanto dite è vero, voi chi sareste?"

"Tutto quello che ti ho raccontato questa sera, non ti è servito a ricordarti di me?"

Scuoto il capo "mi dispiace" rispondo mortificata "forse mi serve ancora tempo."

"Il mio nome è Hassam" abbassa lo sguardo "per servirti, mia adorata."

☠☠☠

Mentre percorriamo la strada arsa tra le dune, una pallida luminosità ambrata comincia a tingere le basse nuvole che si addensano sotto la volta del cielo. La mia mente arde d'inquietudine. Acceleriamo il passo con la vana speranza che la fatica fisica plachi i mille interrogativi e timori che agitano gli animi.

L'approdo a Casablanca è stato facile. Jack ha la capacità di trovare alleati ovunque, gli stessi che ora ci stanno conducendo al palazzo di Hassan. Dopo un giorno intero di cammino, siamo obbligati a fare sosta per la notte. Il buio e il freddo del deserto non permettono di continuare, specie quando si leva appena una virgola di luna, che però non è sufficiente a illuminare la strada.

Ed eccoci, sulla sabbia ancora calda, intorno ad un improvvisato falò. La luce dorata si riflette sui nostri volti umidi e brillanti. Le conversazioni attorno al fuoco sono un curioso intrecciarsi di congetture, ammonimenti e storie passate. Hanno tutti mangiato e bevuto in abbondanza e ora, un po' alticci e con la pancia piena, si stanno godendo la serata.

Ma io no. E ora che ci faccio caso, c'è qualcun altro che non sta sbevazzando vicino al fuoco. In un momento di calma del vento mi sembra di udire un parlottare sommesso provenire da una delle tende. Riesco a scorgere Jack seduto nell'oscurità, mentre affila con attenzione un pugnale, con un'espressione di profonda tristezza.

"Jack!"

Ruota appena lo sguardo. "Dimmi, Chris!"

"Domani saremo arrivati?"

Col suo volto impassibile, Jack annuisce in silenzio, mentre contempla incantato la danza delle lingue di fuoco che salgono nel cielo terso, nel freddo di questo deserto.

"Esiste un piano?"

"Non ci sono piani" risponde tornando ad affilare il suo pugnale "né mete, né progetti."

"Allora che cosa faremo?"

"Inventeremo, in attesa di vedere coi nostri occhi quale sia la natura del nemico da arginare."

"Arginare?"

"Non è possibile affrontare l'inaffrontabile. Ci muoveremo da alleati, per poi vedere che accade."

"Capisco …" resto muto per un breve malinconico istante.

"Jack, hai paura?"

Lui si volta e adesso mi guarda attento. Sospira.

"Senza paura, non vi è coraggio."

Nei suoi occhi ritrovo il capitano che credevo di aver perso a causa della mia sventatezza.

"Ora riposa, ragazzo. Ne hai bisogno, come tutti noi."

Lascio la tenda di Jack ed esco nel buio della notte. Una notte troppo fredda per lui, che nemmeno questo fuoco riuscirà a scaldare. Mi guardo attorno e vedo gli uomini predisporsi, aiutati dai beduini che ben sanno come attrezzarsi in un clima come questo. Mi unisco a loro e per un tempo infinito resto immobile a guardare le stelle che s'intravedono di tanto in tanto tra le nubi. Continuo a pensare, sperando che il sonno abbia il sopravvento. Alzo lo sguardo in tempo per vedere un briciolo di nuvola dissolversi, lasciando spazio a una luna increspata.

Ovunque tu sia, Angel, chissà se stai guardando la stessa luna. Ciò significherebbe che non sei troppo lontana e il mio cuore spera dal profondo che sia così.

Un brivido freddo mi pervade quando ci investe una folata di vento gelido. Mi avvolgo nelle coperte rigirandomi più volte da un fianco all'altro, pur sapendo che ogni tentativo è vano e non riuscirò a prendere sonno.

Attraverso l'anticamera e raggiungo la mia stanza che è già stata preparata per accogliermi. Luci soffuse, tende trasparenti che danzano con l'aria davanti alle finestre, celano la luce della luna. Mi affaccio e la osservo, così attenta e lontana, come se potesse darmi le risposte che cerco. Ma anche lei resta immobile, senza parole e senza pensieri, come me.

31.

L' OASI

Il caldo, in certe ore del giorno, è opprimente.
Nemmeno l'ombra delle palme è d'aiuto per trovare sollievo e in alcuni momenti ho l'impressione di non riuscire a respirare.

"Principessa, vi ho preparato dell'altro infuso" esordisce Taiyhha entrando nella mia stanza "vedo che siete assetata."

"Come fate a resistere a queste temperature con tutta quella roba addosso?"

"Ciò che copre il freddo, copre anche il caldo."

Taiyhha, così come tutte le altre donne, indossa diversi strati di pesanti stoffe, mentre io, che mi trovo ancora nella mia stanza, sono rimasta con l'abbigliamento della notte.

Mi porge la tazza di liquido caldo, la trangugio tutta d'un fiato ed è subito un gran sollievo.

"Ora, però, dovrebbe vestirsi, Principessa" dichiara Taiyhha mentre posa la teiera "la stanno aspettando per la lezione di danza."
"Lezione di che cosa?"
Taiyhha schiude le labbra in un impercettibile e disarmante sorriso. È come se fosse già preparata ad ogni mia reazione, al mio stupore, a qualsiasi cosa esca dalla mia bocca.
"Ogni ragazza del regno in età da marito deve saper danzare. È la regola."
Si volta e alle sue spalle compaiono le ragazze addette alla vestizione. Non posso scegliere io i miei vestiti, né come trascorrere le mie giornate. Ogni cosa è imposta da direttive impartite in precedenza.
Eseguo quanto richiesto sforzandomi di essere il più malleabile possibile, anche quando mi avvolgono all'interno di un pesante abito di velluto. Segue le ragazze lungo i corridoi che non imparerò mai a identificare, attraversiamo uno dei cortili assolati lungo le mura ed entriamo in una specie di anfiteatro. Una donna si avvicina, intimando alle ragazze di allontanarsi dopo un misurato inchino. Obbediscono come cagnolini ammaestrati lasciandomi sola con l'ennesima figura cui non so dare un volto.
"No!" ordina con voce ferma, bloccando il mio tentativo di togliermi il velo dal viso.
"Perché?"
"Non mi è concesso vedere il suo volto, Principessa. Io sono solo una umile serva" e china il capo.
Tutte queste cerimonie iniziano a darmi sui nervi.
"Ora seguitemi."
Sapendo di non avere altra scelta, seguo la donna oltre un arco che porta ad una luminosa stanza bianca. Due figure sono sedute a terra con uno strumento a percussioni tra le gambe*.
Un grosso tamburo che si suona con le mani.

---

* Strumenti musicali come cimbali, darbuka e tamburelli sono tipici del mondo arabo e creano ritmi incalzanti su cui ballare la danza mediorientale.

"Ora ti faremo conoscere i suoni della nostra oasi. Quando li riconoscerai, potrai muoverti al ritmo che detteranno."

In quella fa la sua comparsa l'anziana, la stessa che mi accolse il giorno del mio arrivo, di cui avverto la presenza sinistra anche quando sono nella mia stanza, come se mi controllasse a vista.

La guardo, lei mi fissa o meglio, punta su di me uno sguardo freddo e penetrante che mi mette a disagio.

"Ora ascolta questi suoni e concentrati" dice la ragazza richiamando la mia attenzione.

Faccio come dice, ma il disagio non mi abbandona. Allora lei si avvicina e mi prende le mani.

"Chiudi gli occhi e lasciati trasportare solo dalla musica, cancella il resto, ascolta il tuo respiro."

In un attimo il suono avvolgente delle percussioni mi trasporta in un'altra dimensione. Lei accompagna il mio movimento con le braccia, poi mi invita a muovere i fianchi assecondandoli con il movimento della schiena per accogliere ogni nota che mi raggiunge.

"Immagina le tue braccia come i rami di un albero che si estendono verso il cielo, per raggiungere la luce e il calore del sole."

Le sue metafore mi incentivano a lasciarmi trasportare dal ritmo. I miei fianchi si muovono, sento la schiena sinuosa come la coda di un pesce, le braccia lunghe che si intrecciano aggiungendo particolarità e sfumature.

Questo evoca in me una sottile percezione, simile a un ricordo lontano. Mi concentro su di me e divento un tutt'uno con la musica. Sembra una magia senza confini nella quale sto bene e mi trovo avvolta e a mio agio. Ora, finalmente, sento che qualcosa mi appartiene.

☠☠☠

"Fermi dove siete!" intima una guardia non appena ci avviciniamo alle mura che cingono l'oasi.

Enormi macigni come montagne celano alla vista qualsiasi cosa possa trovarsi al di là di quell'imponenza e, tutt'attorno, vige una rigida sorveglianza.

"Chi sono? Perché li avete portati ai confini?"

Una figura bardata con drappeggi dalla testa ai piedi, si avvicina esaminando le nostre presenze.

"Dicono di essere amici di Hassan!" dichiara uno dei beduini che ci ha scortato lungo la strada.

"Chi lo dice?" domanda severa.

"Lo dico io!"

Le guardie allertate, si distribuiscono attorno a Jack che avanza allo scoperto verso di loro. "Capitan Jack Sparrow!"

Gli sguardi si confondono con gesti affermativi, mentre confabulano parole incomprensibili. Poi una di loro si fa avanti.

"Benvenuti. Seguitemi."

La guardia ci conduce verso una grande roccia che, però, non mostra alcuna apertura. Ci avviciniamo tanto da poterla sfiorare e solo da qui possiamo vedere che degrada lentamente verso sinistra, mostrando una recinzione bianca più bassa e molto lunga. Seguiamo la sentinella che ci porta all'interno di un labirinto. Ci troviamo schiacciati da mura alte il triplo rispetto la nostra altezza, distribuite su di una lunga strada a intrecci.

Sollevo lo sguardo ed è come se, oltre al cielo, non esistesse altro

"Incantato?" mi domanda Jack con tono impercettibile avvicinandosi a me.

"Direi piuttosto spaventato."

"Questo è un nemico diverso, di cui non conosciamo il potere, ma, come puoi vedere, si trova in una fortezza inattaccabile dalla quale è impossibile fuggire. Dobbiamo avvicinarlo e tenercelo stretto, assecondandolo in tutto."

"Come lo conosci?"

"Mio padre ha salvato la sua famiglia dopo un terribile attacco e li portò in salvo, indicando loro la strada per raggiungere quest'oasi."

"Allora sono amici! Faranno qualsiasi cosa gli chiederai!"

"Fossi in te non abbasserei la guardia per nessuna ragione" mi intima "non dimenticare che siamo qui per trovare qualcuno che, con tutta probabilità, lui non vorrà lasciar andare."

"Non capisco, Jack. Se quanto dici è vero, che cosa c'entra Angel in tutto questo?"

"Molto più di quanto le poche informazioni in tuo possesso possano farti credere."

Non resta tempo di aggiungere altro. Il labirinto si apre su una piazza bianca che ci abbaglia per il potente riflesso della luce del sole. La guardia si scosta cedendo il passo ad altri tre individui che ci attorniano.

"Jack Sparrow?" chiede uno di loro.

"Sono io" dichiara Jack con misurato orgoglio e una serietà immensa nei suoi occhi che celano un misurato timore.

"Hassan vi attende. I vostri compagni saranno accolti nelle stanze degli ospiti e potrete vederli a cena. Ora, però, entrerete solo. Seguitemi!"

"Jack …!"

Il mio intervento viene spento dallo sguardo di Jack, ricordandomi di quanto ordinato poco fa. *Dobbiamo assecondarlo in tutto*. E così sarà.

"Fa' attenzione" riesco a sussurrargli quando lo vedo incamminarsi affiancato dai tre tizi bardati, per poi scomparire in un intricato susseguirsi di corridoi.

La guardia ci richiama e veniamo accompagnati nell'ala opposta a quella dove è stato portato Jack. Qui troviamo altre due guardie che, uno ad uno, ci affidano a un servitore.

"Prego, da questa parte."

Da questa nuova figura giunge una voce femminile. Non sono servitori, bensì donne, avvolte in stoffe colorate.

"Che cosa succede?"

"Vi mostriamo le vostre stanze dove ognuno di voi potrà farsi un bagno e mettersi dei vestiti puliti."

Le donne ci prendono per un braccio invitandoci a seguirle. Ognuna di loro, ovviamente, prende una direzione diversa. Sarà improbabile poterci ritrovare, se non accompagnati dal personale che sa come muoversi in questi corridoi.

Il loro piano è quello di distrarci e tenerci separati per renderci vulnerabili. Ora inizio a capire che cosa intendesse Jack quando parlava di affrontare l'inaffrontabile.

Dopo la lezione di danza sono libera di ritornare da sola alla mia stanza. Non riconosco ancora ogni vicolo, ma avverto una certa frenesia e seguendo il trambusto raggiungo i giardini.

Gruppi di uomini indaffarati non notano nemmeno la mia presenza, tralasciando inchini e convenevoli. Ceste colme di fiori vengono portate all'interno del palazzo, verso il grande salone, quello dei ricevimenti.

"Principessa!"

Hassan spunta alle mie spalle con un insolito sorriso.

"Non dovresti girare sola per il palazzo."

"Sto rientrando, infatti. Mi hanno lasciata libera di tornare alle mie stanze." Mi guardo attorno con insistenza. "Perché portano altri fiori? Non ne abbiamo già abbastanza?"

"Ci sarà una festa!" Risponde carico di entusiasmo. "Oggi è un'occasione speciale. Abbiamo ospiti arrivati da molto lontano e dobbiamo offrire loro il meglio."

"Una festa hai detto?"

"Con musica, danze, candele e cibo a volontà."

"Chi sarebbero questi ospiti?"

"Non li conosci. Festeggeremo il tuo ritorno e sarà un momento magnifico per presentarti al regno intero e farti conoscere amici che arrivano da molto lontano solo per te, mia dolce Malaika."

"Capisco."

"Le ragazze sapranno agghindarti a dovere, così come una principessa merita per un'occasione come questa."

"D'accordo" mi sfiora la fronte con le labbra.

"Ora va'."

"Il mio cuore esulta di gioia e gratitudine nel poterti finalmente conoscere, Jack!"

Hassan è un tipo filiforme, avvolto nella sua palandrana che lo fa apparire ancora più alto e secco. I suoi occhi di ghiaccio sono la prima cosa che cattura la mia attenzione, insieme a uno sguardo sfuggevole e insicuro.

"Chi l'avrebbe mai detto che ci saremmo incontrati proprio ai confini di questo deserto?"

"Sono state le nostre storie a portarci fino a qui."

"La salvezza che tuo padre indicò al mio popolo, non era una congettura, ma una realtà e oggi puoi verificarlo tu stesso."

"Vi siete sistemati bene!"

"Io sono solo l'erede del duro lavoro dei miei antenati."

"A quanto pare non hanno badato a spese."

"Grazie all'accoglienza della gente del luogo e al loro aiuto, siamo diventati un popolo molto ricco."

Arricchiti grazie a chi? Allo sfruttamento di un'etnia primitiva come i beduini che vivono nel deserto?

Ho sentito storie e aneddoti su Hassan e la sua gente, dove in cambio di una vita nell'oasi, hanno schiavizzato migliaia di arabi. Uomini, donne, bambini e più mi guardo attorno, più ne ho le prove concrete. Ha preso con sé moltissime ragazze, poco più che adolescenti. Dio, fa che tra loro non ci sia anche Angel.

"Ma, ti prego Jack, siediti."

Mi invita a mettermi a terra, su una distesa di cuscini.

"Ti ringrazio, preferisco rimanere in piedi."

Dall'arco che delimita il grande salone dove sono accolto da Hassan, entrano tre valletti con delle tazze contenenti un liquido caldo. La sete ha la meglio e accetto di bere quell'intruglio che non ha niente di invitante.

"Bevi, Jack! Hai affrontato un lungo viaggio, sarai stanco."

"Avrò tempo e modo di riposare, grazie alla tua ospitalità."

"Era il minimo che potessi fare."

In quel momento uno di loro, che si trova di spalle ad Hassan, scosta il velo che gli copre il viso e stento a credere a ciò che vedo. Nick!

Come diamine possa essere finito tra i servitori temo resterà un mistero anche per me, ma il fatto che si trovi qui, non fa che confermare ciò che fino a questo momento erano solo congetture dettate dalle emozioni. Si tratta solo di una manciata di secondi, ma Nick riesce a farmi intendere con lo sguardo che sono nel posto giusto e lui è qui per la mia stessa ragione.

"Tutta questa gente lavora per te?" gli domando, quando le tre figure composte lasciano il salone.

"Si tratta per la maggior parte di uomini senza famiglia che vagano nel deserto in cerca di fortuna. Io sono stato la loro fortuna. Qui hanno trovato riparo, una casa, un letto dove dormire, cibo e acqua."

"A proposito, dove sono i miei compagni?"

"Ho dato ordine alle donne di occuparsi di loro. In questo momento credo che stiano molto meglio di me e di te."

Il suo atteggiamento mi dà sui nervi, ma devo resistere e stare a questo gioco di pedine nel quale lui si diverte tanto.

"Non temere, ho già disposto che lo stesso trattamento venga offerto anche a te, naturalmente."

"Sono a posto, grazie."

"Permettimi di insistere, Jack! Sei mio ospite e anche tu, come i tuoi compagni, ti devi preparare per la cena. Sarà una serata molto speciale e desidero che tutti voi siate presenti."

"Una serata speciale?"

"Ha fatto ritorno la nostra principessa e vorrei che la conoscessi. Quale occasione migliore per festeggiare tutti insieme! Sai, non riesco a crederci, questo è il giorno più bello della mia vita: il figlio del nostro salvatore e la mia futura moglie!"

"Moglie hai detto?"

"La Principessa Malaika, salvata da un destino crudele e che ora occupa il posto che merita."

"Quale destino?"

"Si era smarrita in mare, disorientata e confusa è stata ripescata alla deriva da una delle nostre navi e portata qui."

"Che ci faceva la vostra Principessa dispersa in mare?"

"Crediamo sia stata rapita, molto tempo fa."

"Questo lo credete voi sulla base di che cosa?"

"Che succede, Jack? Mi stai facendo l'interrogatorio? Com'è che sei così interessato alla Principessa?"

"Semplice curiosità" rispondo vago "e un valido motivo di conversazione!"

Hassan ride di gusto.

"Jack, quando la vedrai, ti mancherà il fiato."

"Che dire ... non vedo l'ora di conoscerla!"

"La troverai incantevole."

"Non stento a crederlo."

32.

L'HAREM

Non riesco a capire il perché, ma qualcosa, come una forza misteriosa, un pensiero improvviso rimasto sospeso, mi porta ad avvicinarmi a quella teiera argentata che contiene la bevanda dal profumo inebriante. Sollevo il coperchio e il suo aroma mi invade. Mi concentro sul suo colore rossiccio e le foglie verde menta che galleggiano.

"No" ripongo il coperchio al suo posto "proprio non mi va!"

Spingo in là la tazza d'argento che Taiyhha ha preparato. Resta sempre per assicurarsi che io la beva. La osservo per qualche istante lì, al centro del tavolo rotondo della mia stanza, come se mi parlasse e si stesse domandando il perché di quel rifiuto improvviso.

Il sapore di quell'intruglio mi ha davvero nauseata. Mi domando perché non sia possibile bere qualcosa di diverso, di tanto in tanto. Mi accontenterei di un semplicissimo bicchiere d'acqua. A dire il vero, ora che ci penso bene, non so nemmeno da dove provenga l'acqua. Io non ho il compito di occuparmi del pozzo e nemmeno del cibo. Io non cucino, non rammendo, non mi sistemo nemmeno il letto dove dormo! Eppure, certe mansioni mi suonano familiari. Vorrei compiere determinati gesti, perché sento che è la cosa più normale del mondo. Mi verrebbe naturale occuparmi delle faccende domestiche. Anche se, come dicono, sono una principessa, questo non significa che debba necessariamente starmene per l'intera giornata con le mani in mano.

"Eccomi, Principessa!"

"Ah, Taiyhha! Ho proprio bisogno di te!" esclamo non appena la vedo entrare con la biancheria pulita.

Lei fa una lieve riverenza. "Mi dica, Principessa! Che cosa posso fare per lei?"

"Per prima cosa smettila di chiamarmi principessa!" Taiyhha sgrana gli occhi e mi guarda perplessa.

"Ma, Prin …"
"Niente ma! Consideralo un ordine."
"Sì, Principessa!"
"Taiyhha!!" la rimprovero e lei si mortifica. Sorrido. "D'accordo. Ci farai l'abitudine. Seconda cosa: vorrei occuparmi della mia stanza, tenerla in ordine, pulire e tutto il resto. Mi sento inutile e ho bisogno di dedicarmi a qualcosa. Ti prego, dimmi che me lo lascerai fare!"

Lei mi guarda come se le avessi appena chiesto di attraversare il deserto di corsa. Scuote il capo.

"Non credo che questo sia possibile."
"Non temere, me ne assumo tutta la responsabilità."
Appoggia sul letto la biancheria con aria contrariata.
"Proprio non saprei."
"Ascoltami …"
Mi avvicino e le prendo le mani.
"Noi due siamo amiche, giusto?" annuisce "e tra amiche ci si aiuta a vicenda. Tu fai molto lavoro e io vorrei solo esserti d'aiuto, tutto qui. Credo che non ci sia nulla di male in questo, non trovi?" con un debole sorriso mi accarezza una guancia.

"E va bene, Principessa. Come desiderate."
La mia espressione rilassata è la migliore risposta. Poi lei si allontana e apre sul mio letto un drappo color avorio pieno di perle cucite e decorazioni dorate.

"Guarda!" esclama estasiata. "Ti ho portato questo."
Lo sfioro con le dita. Il tessuto è leggero, liscio ed elegante.
"E' semplicemente fantastico."
Taiyhha annuisce più volte estasiata, gli occhi che brillano come se per lei non ci fosse cosa più bella al mondo.

"Si tratta di pura seta."
"Devo indossarlo questa sera?"
"Sì. Per la danza e per la proposta di matrimonio."
"Quale matrimonio?!"
"Quello tra te e il principe Hassan" dichiara senza la minima perplessità, come se fosse la cosa più normale del mondo.

Ho un tuffo al cuore. Matrimonio? Chi ha mai parlato di matrimonio? Quasi non lo conosco e dovrei addirittura pensare a sposarmi?!

"No!"

Taiyhha mi guarda malissimo, come se avessi detto qualcosa di grave. Cambia atteggiamento, posa delicatamente l'abito sul mio letto e assume un tono severo e autoritario.

"Ogni donna presente nel palazzo diventa la moglie del nostro Principe! È una legge alla quale non ci si può appellare! L'essere stata scelta come sua Principessa è un onore, oltre che un privilegio. Dovresti esserne fiera."

"Questo lo pensi tu, Taiyhha! Non credi che i miei desideri potrebbero essere diversi?!"

"Che cosa stai dicendo? Quali desideri?"

"Non escludo che nella vita non mi sposerò, ma adesso non sono pronta."

"Se hai paura, non temere. Il Principe sa essere un amante dolce e paziente."

"La mia non è paura! Io non voglio, perché non provo niente per il Principe! Voglio dire, lo avrò incontrato si e no un paio di volte. Non posso dire nemmeno di conoscerlo, figuriamoci sposarlo!"

"Non capisco."

"Taiyhha, se un giorno mi sposerò, sarà per amore! Voglio essere io l'unica persona che sceglierà con chi passare il resto dei suoi giorni, capisci?"

Mi fissa perplessa e il suo sguardo atterrito mi aiuta a comprendere che per lei tutto ciò è impossibile da accettare. A questo si accavalla una domanda che mi tormenta: perché io sono così diversa dalle altre donne? Perché non accetto di buon grado ogni decisione del Principe come fanno loro?

Taiyhha mi osserva come se non mi riconoscesse più. La vedo incupirsi, indietreggiare di qualche passo. Fa un lungo sospiro poi, senza aggiungere altro, prende la porta e se ne va.

Rimasta sola, lascio la stanza e mi aggiro di nascosto fuori dall'area circoscritta, una zona proibita che sono costretta ad evitare. Nell'ala ovest vedo vivono i servitori. Stanze malmesse e maleodoranti. Vicoli semibui e tetri, muri logori e un forte odore di muffa. Una piccola porta che dà sull'esterno attira la mia attenzione. La oltrepasso e trovo un grande giardino popolato di bambini. Con loro tante, tantissime donne a prendersene cura. Mi domando da dove venga tutta questa gente.

Mi assale un incredibile mal di testa. Cerco di non dargli peso e attraverso il cortile passando pressoché inosservata, ma non appena varco la soglia, la donna anziana che, come sospettavo, mi tiene d'occhio, mi viene incontro bloccandomi.

"Principessa! Vi siete perduta?"

"No" fingo indifferenza "facevo solo un giro."

"Questo non è posto per voi" dichiara. "Venite, vi riaccompagno nelle vostre stanze."

"Perché non posso stare qui? Se sono la principessa, avrò pur diritto di andare dove voglio, o no?!"

"Non è così che funziona. Una vera principessa ha dei limiti che deve imparare a rispettare."

Mi lascio condurre all'esterno, sopraffatta dalla sua enfasi e dal mal di testa che diventa sempre più feroce. Mi fa cenno di allontanarmi. Obbedisco, ma mi fermo sull'angolo, in un punto lontano dalla luce e la osservo.

"Questo è l'harem di Hassan!" dice una voce alle mie spalle.

Mi volto e trovo una giovane donna dalla pelle scura e gli occhi neri.

"Tu chi sei?"

Mi guarda smarrita.

"Ero io la principessa, prima del tuo arrivo. Lo siamo state tutte" dice alludendo alle donne che accudiscono la miriade di bambini "ma arriva il giorno in cui veniamo rimpiazzate e serviamo solo per dare figli ad Hassan."

"Che intendi dire? Non capisco!"

"Non siamo altro che materiale umano per le nuove generazioni."

"Che cosa?"

"Vattene finché sei in tempo! Scappa da questo posto infernale! Una volta sposato Hassan, ti sarà impossibile lasciare il regno!"

Non riesco più ad ascoltare. Mi assale una forte fitta alle tempie. Scappo via senza riuscire a formulare una frase e mi rifugio lontano dalla luce che mi sta facendo impazzire. M'imbuco nella prima stanza senza aperture e chiudo la porta. Ho bisogno di buio e di silenzio. Sono costretta a circondarmi il capo con entrambe le braccia accasciandomi a terra. In principio non vedo nulla, poi delle immagini a cui non so dare un senso, affiorano una alla volta davanti a me, nel buio.

Dapprima sono solo ombre che si muovono a ritmo frenetico. Col passare del tempo, si delineano e assumono forme e colori. Diventano sempre più nitide e alla fine, posso distinguere ogni particolare. Ci sono persone, tante persone e volti. Vedo delle vele, le vele di una nave e sento l'odore del legno e della salsedine. Il mio respiro si fa pesante e provo del dolore fisico intenso mentre vago con la mente alla ricerca di più informazioni. Poi, però, improvvisamente, tutto scompare.

33.

LA FESTA

Accompagnato da una donna che Hassan ha insistito per affiancarmi, mi ritrovo all'interno di una stanza elegante e accogliente. Un seducente profumo, simile all'incenso, avvolge l'intero ambiente, restituendo calma e tranquillità. La donna si avvicina nel tentativo di togliermi gli abiti di dosso, ma la respingo garbatamente e le chiedo di indicarmi le stanze dove sono stati portati i miei amici. Lei, però, non comprende la mia lingua e mi guarda stranita. Allora, con dei gesti, le chiedo di portarmi da mangiare. Lei annuisce e si allontana. Una volta rimasto solo, scosto la pesante tenda di lino e mi affaccio alla finestra. Sono al primo piano, è sufficiente un salto.

Pondero la situazione. La vegetazione dei giardini dovrebbe fungere da nascondiglio, anche se per poco. Mi immergo in un cespuglio piuttosto fitto e resto in osservazione. Nessun movimento, a parte il via vai dei servi e di alcune donne. Poco distante mi raggiunge l'eco del vociare chiassoso di un gruppo di bambini. Mi affaccio e nel momento in cui non vedo nessuno, corro per raggiungere i corridoi dell'altra ala. Non mi accorgo della presenza di un uomo e lo scontro è inevitabile. Finiamo a terra storditi. Quando apro gli occhi, lo afferro per un braccio trascinandolo all'interno della prima stanza.

"Accidenti, Chris!"

Il nostro destino è quello di scontrarci.

"Capitano!" dice ancora frastornato "vi stavo cercando!"

"Anch'io! Dove sono gli altri?"

"Dispersi in qualche ala del palazzo, temo."

"Dobbiamo fare in modo di restare uniti."

"Cerchiamo di capire dove si trovino!"

"Chris, mi devi ascoltare: Angel è qui."

"L'avete vista?!"

"No, ma so che non è sola. C'è anche Nick."
"Ne siete certo?"
"L'ho incontrato poco fa, nel salone di Hassan. Si nasconde tra la servitù."

Guardingo e riflessivo curo il movimento attorno a noi, nella speranza che nessuno si accorga della nostra presenza.

"Dobbiamo fare la stessa cosa e confonderci tra questa gente per avere accesso alle stanze e trovare gli altri."

Chris ha gli occhi lucidi per la commozione.

"Gli ordini, capitano?"

Sorrido e gli descrivo per filo e per segno il piano.

☠☠☠

"Questo abito è davvero stupendo, Principessa!"

Osservo le stoffe leggere che, a differenza degli altri abiti, lasciano intravedere parte del mio corpo, nascosto solo da teli trasparenti. Passo le dita sfiorando il bacino, lì dove parte una lunga cicatrice. È molto evidente e mentre la seguo lungo tutta la sua linea, vedo il volto di un uomo e un coltello da cucina con la lama molto affilata. Mi sento trasalire ed un brivido mi attraversa.

"Principessa, vi sentite male?"

"Non è niente" rispondo. Solo un capogiro.

"Chiedo scusa" si scosta da me, riempie una tazza del solito miscuglio di erbe e me la porge "sarete assetata."

Dopo averla ringraziata afferro la tazza temporeggiando. Taiyhha mi guarda e fingo di sorseggiare.

Lei prosegue sistemando attorno al mio corpo un velo dopo l'altro. Il corpetto, arricchito di medaglie argentate, crea incantevoli sfumature di colori. In quel momento, la mia mente mi restituisce la visione di un abito a balze che fluttua nell'aria mentre mi muovo nel vento. Attorno a me solo cielo e un'ampia distesa azzurra.

Sono solo visioni dovute al caldo oppure si tratta di ricordi?

"Principessa, vogliate scusarmi" mi dice Taiyhha con un lieve gesto "ho dimenticato di farmi dare il copricapo. Torno subito."

Mi lascia sola. Anche se poco vestita, vado alla finestra, mi affaccio e getto la tisana nella sabbia. Poi poso la tazza accanto alla teiera e mi osservo: quella del bacino non è l'unica ferita, altri segni si distinguono chiaramente, probabili conseguenze di qualcosa di terribile che mi deve essere accaduto nel corso del mio rapimento. Ma che cosa e a causa di chi?!

Mi assale di nuovo un mal di testa atroce. Mi concentro posando le dita sulle tempie e resto nell'immobilità assoluta eseguendo un respiro profondo, uno dopo l'altro, fino al ritorno di Taiyhha. A quel punto mi riprendo, anche se il dolore non mi ha del tutto abbandonata. Non voglio che nessuno noti questo mio malessere.

Taiyhha entra con una cesta dalla quale estrae stoffe color porpora. Mi copre i fianchi con un pareo costellato di medaglie e fa la stessa cosa attorno alla mia fronte, lasciando scoperto tutto il resto. Infine mi passa un telo, ampio e leggero, di un tessuto morbido e impalpabile, che restituisce una sensazione piacevole al tatto.

"Questo è per il Principe" mi dice Taiyhha "dovrete porgerlo a lui alla fine della vostra danza, così saprà che lo avete scelto."

☠☠☠

"Un vero peccato, Jack, che i tuoi amici non siano presenti alla festa!"

Hassan mi accoglie all'ingresso del salone centrale, quello rotondo che, a quanto pare, è utilizzato per le grandi occasioni.

"Le donne che si sono prese cura di loro, mi hanno riferito di averli trovati profondamente addormentati."

"La stanchezza, a volte, fa brutti scherzi."

"Non sono abituati a questo caldo."

"E nemmeno a queste donne!"

Hassan ride e cammina accanto a me, mentre ci dirigiamo all'interno, sotto la grande cupola, distante dalle nostre teste almeno una decina di metri. Sono sinceramente colpito dall'atmosfera, dalle luci e dai colori incredibili di questo luogo. Non credo di aver mai visto un palazzo di una tale maestosità ed eleganza.

"Una festa magnifica" aggiungo guardandomi intorno "non sanno che cosa si perdono."

"E il meglio deve ancora arrivare!"

Hassan tende il braccio invitandomi a sedere a terra sui cuscini, accanto a lui. Questa volta non mi posso rifiutare e i nuovi abiti, impartiti dalle regole del posto, mi agevolano.

Dopo di noi, anche gli altri invitati hanno il permesso di accomodarsi. Sono tutti accuratamente agghindati e celati tra stoffe e gingilli.

Viene servita la cena in una calma surreale, simile a quella del mare prima di una bufera. La parte centrale del salone è vuota, attorno sono distribuiti gli ospiti per la cena. A colpo d'occhio, appare come un anfiteatro appiattito.

Mentre cerco di mangiare e intavolare una conversazione che abbia senso con Hassan, uomo intelligente, ma di poco spessore, penso a parte della mia ciurma, impegnata in una missione per nulla incline al loro addestramento. Gli amici che mi hanno seguito fino a qui per loro volontà ora stanno eseguendo uno dei piani più difficili che abbia mai concepito, con l'aggravante che qui non siamo in mare, bensì in una terra sconosciuta, lontana dalle coste e particolarmente avversa, sia come clima che come ambiente.

Le donne di Hassan hanno trovato assopiti e avvolti nelle coperte, dei servi che abbiamo sedato con una dose massiccia di alcool soporifero. Ne avranno per l'intera notte. I miei compagni, travestiti da donne del posto, si stanno intrufolando nell'harem di Hassan.

"E tu Jack, come hai trovato la donna che ti ho mandato?"

Una punta di disagio mi investe. Dopo che con l'inganno l'ho costretta a lasciare la mia stanza, non l'ho più rivista.

"Servizievole."

"Tutto qui?" segue un'altra risata "ti ho dato una delle migliori!"

Non rispondo.

Le candele, distribuite lungo il perimetro del salone, vengono spente una dopo l'altra, per lasciare illuminato solo il grande cerchio, delineato da un decoro dorato a forma circolare.

"Che succede?" domando ad Hassan.

"E' il momento più importante della serata. Ora potrai ammirare il meglio di quest'oasi e conoscerai Malaika."

Un morso mi contorce lo stomaco.

Due singolari personaggi con due grossi tamburi si siedono a terra e iniziano a produrre dei suoni con le mani a un ritmo suadente. La musica accompagna l'ingresso di una fila di ragazze dagli abiti succinti e colorati. L'immagine è sciocante e si scontra con quella dei commensali di cui a fatica si riesce a distinguere gli uomini dalle donne. Queste ragazze sono semi nude e si muovono lente, come dei serpenti, al ritmo delle percussioni. I commensali, trasformati in un pubblico in delirio, urlano e incitano le ballerine battendo le mani a tempo.

"Che spettacolo, vero Jack?" Esclama Hassan soddisfatto ed esaltato. Io, però, non riesco a trovarci nulla di così entusiasmante.

Mentre si muovono in cerchio, le osservo una ad una. Sei fanciulle con il volto coperto che esibiscono il corpo, come farebbe una schiava prima di essere venduta. Sfilano di fronte a una platea in estasi, ma quando passano davanti ad Hassan, si accostano sfiorandolo. Una di loro mi passa accanto, più vicina rispetto alle altre e i suoi occhi incontrano i miei. È solo un secondo, ma qualcosa è successo. Conosco quegli occhi impauriti, potrei riconoscerli tra un milione di donne, saranno sempre e solo i suoi. La seguo con lo sguardo fino a quando si ferma in centro accanto alle altre. La guardo bene e, se anche avessi avuto qualche dubbio, anche quest'ultimo crolla miseramente. Questa ragazza non solo porta la cicatrice che la guidò lungo la mia strada, ma sul polso ha il morso di Kimera, il tatuaggio con la scritta che risolve l'enigma della maledizione della sirena. Questa ragazza è lei, mia moglie, la mia Angel.

Si narra che la danza orientale nacque da una serie di rituali di fertilità, in particolare da quelli legati al culto della Dea Madre, un rito mesopotamico pre-islamico sviluppatosi nel 4.500 a.C.
Si è sviluppata nelle corti principesche del Medio Oriente.
L'idea che si intende trasmettere è quella di voler celebrare la capacità femminile creativa.

34.

MARACAIBO

Due occhi neri che non mi guardano, mi leggono dentro. Quell'uomo seduto accanto ad Hassan, ha sfiorato inspiegabilmente la mia anima e non riesco a togliergli gli occhi di dosso. Nel contempo, noto che anche lui fa la stessa cosa. Cerca il mio sguardo, mi scruta, rincorre ogni mio movimento. Mentre seguo la danza insieme alle altre ragazze, una calamita mi trasporta verso quella nuova presenza ed è come se ogni volta, i suoi occhi mi raccontassero storie diverse.

Continuo a muovermi nella danza, ma non sono più qui, la mente mi ha trasportato in un luogo lontano dove c'è la mia famiglia di Genova: mio padre, la mamma e i miei fratelli. Vedo i loro volti, sento le loro voci accanto a me. Mi fermo al centro del cerchio mentre le altre ballerine iniziano a sfilare i loro veli colorati facendoli fluttuare come farfalle nell'aria della notte, sotto gli occhi di un pubblico partecipe e curioso. Nella musica che mi accompagna, io rivedo i miei amici di sempre. Vedo una nave, le sue vele e la sua bandiera. Avverto un profumo provenire da lontano. Jack!

È come risvegliarsi da un lunghissimo sonno. I ricordi si ripresentano a cascata, uno dopo l'altro, come un'illuminazione fitta di informazioni che spalancano una porta rimasta chiusa per volontà di chi non aveva convenienza a lasciarmi un passato, né una vita.

Mi fermo e guardo Jack. Attraversa il mio cuore con il suo e nella mia testa si srotolano i ricordi superando i confini di una fitta nebbia che li teneva intrappolati. Ogni particolare si sgancia da una catena invisibile, portando nuova luce. Tutto torna limpido, chiaro, ben definito, come gli occhi di Jack che non hanno smesso di comunicarmi il suo amore. Ogni tanto lui abbassa lo sguardo, lo confonde sui colori delle altre ballerine, si rivolge ad Hassan scambiando qualche battuta, fingendo che la sua anima non sia stata investita da un tumulto senza eguali. Anch'io devo rimanere concentrata, evitando che Hassan possa comprendere quanto stia accadendo.

Torno in cerchio con le ragazze: è arrivato il momento di consegnare il velo, il gesto più significativo di questa danza, dove ognuna di noi consegnerà il proprio velo ad Hassan e lui dovrà scegliere. Seduto accanto a Jack, è diventato per me una presenza scomoda e indigesta. Il solo pensiero di dovermi avvicinare a quell'individuo mi dà la nausea. Ora è tutto chiaro, come un disegno dai colori confusi, che ha trovato nuove linee e dimensioni. Hassan sposa una donna ogni anno per aggiungerla al suo harem dove non diventa altro che una fattrice di figli, per poi tornare in cerca di una nuova principessa da portare all'altare l'anno seguente. Una scioccante realtà nella quale io non intendo entrare.

Jack è qui per me, ci siamo cercati per tutto questo tempo e ora ritrovati. Abbiamo viaggiato ai confini di un mondo che ci stava togliendo ogni speranza, ma il destino è rimasto dalla nostra parte. Jack ha rischiato la vita e sono certa che non sia l'unico ad essersi spinto tanto oltre. Ora devo trovare il modo di fargli comprendere che ho capito.

☠☠☠

Benché sia una situazione estrema di pericolo, Angel è davvero magnifica e i suoi movimenti mi coinvolgono a tal punto da non riuscire neanche a reagire. Una sensazione simile a quella ammaliante di una sirena e tutto questo non mi meraviglia affatto. Il mio coinvolgimento, però, non passa inosservato agli occhi di Hassan.

"Lei è Malaika" mi sussurra con la sua voce sibilante "vedo che l'hai notata subito."

Faccio un lieve cenno con il capo senza guardarlo negli occhi. Il timore che questo atteggiamento possa ritorcersi contro di noi ha ragioni ben fondate.

"Caro Jack, temo dovrai orientare le tue attenzioni su di un'altra fanciulla. Malaika è la mia promessa sposa e proprio ora, quando lei consegnerà il suo velo a me, la presenterò all'intera assemblea come mia futura moglie."

"Un nuovo giocattolo da aggiungere alla tua collezione" dichiaro asciutto.

Hassan mi scruta con sufficienza, afferra un calice, versa del vino e me lo porge.

"Vedi Jack, il potere genera altro potere. Sei un pirata, dovresti saperlo!" mi si affianca, così che io possa guardarlo negli occhi. "Così come l'arte dell'imbroglio e i patteggiamenti hanno sempre fatto parte del tuo mondo, anche il mio non è diverso."

Annusa il suo bicchiere e sorseggia.

Non comprendo dove stia cercando di andare a parare, ma lo ascolto e lui continua con quella voce tenebrosa e stridula.

"La vita prima o poi ti presenta il conto e spesso la pena da scontare può essere meno grave di quanto possa apparire."

Lo lascio parlare mentre avverto un istinto irrefrenabile di prenderlo per il collo.

"Malaika ne è l'esempio lampante. Lei è venuta dritta da me, preda della disperazione e distratta da una speranza che iniziava a vacillare, la sua rotta ha incrociato la mia a Ill Fated Cave ..."

Stringo con tutta la mia forza lo spesso abito di lino che mi hanno costretto a indossare, sforzandomi di non reagire a queste sue provocazioni. Vuole farmi cedere e ci sta riuscendo.

In quel momento il velo rosso porpora di Angel ci attraversa. Ha un profumo meraviglioso e mentre si avvicina pericolosamente a noi due, lo fa ruotare davanti ai nostri visi per poi stringersi attorno a me. Angel mi avvolge con il suo velo, lo prende con entrambe le mani e me lo porge.

Hassan balza in piedi su tutte le furie.

"Quale affronto è mai questo?!!" Tuona sotto gli sguardi attoniti di tutti i commensali.

La musica si ferma e le ballerine si bloccano al centro della scena ancor prima di poter consegnare il loro velo. Hassan si getta su Angel come una bestia inferocita, le afferra un braccio e la trascina per qualche metro, lontano dai commensali. Faccio per reagire, ma, ancora una volta, devo dominare le mie emozioni che incalzano senza tregua.

"Sciocca insolente, come ti sei permessa?!"

Lei lo fissa seria, senza trapelare alcuna reazione.

"Per la stessa ragione per cui voi trattate me e tutte le donne di questa sottospecie di regno inventato!"

"Che cosa?!" Hassan è disorientato.

"Sei un essere egoista, privo di valori e di qualunque scrupolo, che sfrutta questa gente facendo leva sulla loro debolezza."

Angel gli tiene testa e le persone che si radunano attorno per verificare quanto stia accadendo, non reagiscono e la osservano con una sorta di tacito consenso. Hassan ha soggiogato questa gente a tal punto da averli resi incapaci di ribellarsi.

"Tu non sei un principe, Hassan, non lo sei mai stato! Sei solo un uomo accecato dalla rabbia e dalla vendetta, che ha creato un mondo parallelo sulla base di un inganno, perché non in grado di affrontare quello reale. Un mondo irrazionale, ideato per sottomettere donne e uomini costretti a vivere come schiavi e soddisfare ogni vostro capriccio, senza possibilità di scelta."

Lui la fissa sgomento.

"Come ti chiami?" le chiede dopo un silenzio prolungato.

Angel non risponde.

"Dimmi il tuo nome!!" Urla tornando a scrollarla con ancor più vigore e prepotenza.

"Io sono Angel Morgan" risponde fiera.

Lui la scaraventa a terra e si gira con il braccio teso puntando il dito verso di me.

"La festa finisce qui! Arrestateli!"

☠☠☠

"Lasciatemi!!!"

Le mie urla si odono attraverso ogni corridoio, scatenando curiosità e terrore negli occhi di chi mi vede attraversare il palazzo sollevata di peso da due energumeni.
Dopo aver visto sparire Jack sotto i miei occhi e senza possibilità di poterlo raggiungere, vengo trasportata negli appartamenti di Hassan.

"Principessa!"

Esordisce quando mi posano di nuovo a terra. Si avvicina per abbracciarmi e rimane sorpreso dal mio gesto di stizza e rifiuto.

"Oh, ma guardati!" esclama, riferendosi al mio volto incupito e i capelli arruffati. "Una Principessa non dovrebbe comportarsi in questo modo."

"Io non sono la tua principessa, non lo sono mai stata e non lo sarò mai!"

"Ma che ti prende?!"

"Perché mi hai rapita e tenuta qui con la forza?"

"Malaika, credo che la festa ti abbia reso poco lucida, forse è il caso che tu beva questo e cerchi di riposare un po'."

Quando mi porge la tazza con il liquido caldo che ho imparato a riconoscere, lo faccio saltare come un birillo dalla sua mano. La tazza si rovescia a terra frantumandosi. Il liquido si distribuisce su parte del pavimento colorato e i cuscini.

"Volevi che diventassi tua moglie, quando io ho già un marito che sto cercando da mesi e tu lo sapevi! Per questo lo hai usato come esca per attirarmi!"

Mi scaravento contro di lui con tutta la mia ira scuotendolo violentemente.

"Dov'è Jack? Dove lo hai portato?"

A questa domanda il suo viso diventa bianco come la neve e gli occhi vitrei.

"Dove sono i miei amici?" Continuo a scuoterlo fuori di me dalla rabbia. "Perché mi hai fatto questo?!"

"Ora basta!"

La sua forza è tale quando mi allontana con un braccio teso, da farmi capitombolare a mezzo metro di distanza. Finisco a terra sopraffatta da quella furia improvvisa. Mi trovo a fissare il pavimento e, voltandomi, rivedo quegli occhi di ghiaccio colmi di rancore che mi scrutano. Non capisco la ragione di tutto quest'odio.

"Vuoi davvero sapere la verità, Morgan?!" dichiara sprezzante "ti avverto" continua, sedendosi con volto serio e sdegnoso "non ti piacerà."

"Conoscevi mio padre?" gli domando, mentre un servo mi aiuta a rialzarmi da terra.

S'incupisce inarcando un sopracciglio. Mi assale un senso di precarietà, come se anche la luce fioca di queste lanterne sia un'illusione e possa sparire da un momento all'altro.

"Tuo padre fu il primo corsaro al mondo a muovere guerra contro gli spagnoli presenti nei Caraibi e nell'America Centrale. Io sono uno di quegli spagnoli."

Sgrano gli occhi rapita dalle sue parole.

"Il mio vero nome è Fermìn Romero de Torres e vivevo a Maracaibo, in Venezuela, con tutta la mia famiglia. Nessuna città spagnola fu risparmiata dai suoi attacchi, ma quello che subì Maracaibo fu forse il più spietato e crudele di tutti."

"Questo non è possibile!" controbatto d'istinto sulla base delle eroiche imprese che da sempre mi hanno raccontato. "Mio padre era governatore della Giamaica! Come avrebbe potuto assumere un simile atteggiamento?!"

"Diventò governatore solo dopo aver scontato una misera pena nel carcere di Londra. Fu liberato dopo solo un anno di detenzione, grazie all'intervento di Carlo II e nominato governatore della Giamaica." Dichiara, accompagnato da un sorriso amaro e pieno di dolore. "Paradossalmente, gli venne affidata la stessa terra che aveva ridotto a brandelli. Che strana la vita."

Mi guarda con aria di sfida. "Vero, principessa?"

Non dico nulla e lui continua a infierire.

"Era uno spietato assassino" scuoto la testa e lui incalza "il bucaniere sir Henry Morgan e i suoi uomini, terrore della flotta spagnola nel Mar dei Caraibi, nel 1669 saccheggiarono Maracaibo dopo un assedio rimasto celebre per i suoi episodi di crudeltà. Depredarono la nostra città per tre giorni consecutivi, senza sosta, finché non rimase più nulla. Case distrutte, vite spezzate, bambini orfani, fumo e dolore ovunque. Quel ricordo è nitido nella mia memoria."

MORGAN'S ATTACK ON MARACAIBO.

Morgan giunse in Giamaica nel 1658 dove si costruì da solo "fama e fortuna con il suo valore". Versioni recenti della sua vita riportano che, nonostante la sua scarsa esperienza come marinaio, Morgan fosse giunto nei Caraibi per prendere parte al cosiddetto "Progetto Occidente", il piano di Cromwell di invadere Hispaniola. La prima battaglia a Santo Domingo fallì. La flotta si spostò quindi in un'isola vicina, sette volte più piccola, chiamata dagli indigeni Xaymaca, la "terra del legno e dell'acqua". Questa volta gli inglesi invasero e conquistarono l'isola. Anche se fu una conquista di ripiego, la Giamaica si rivelò un bottino di tutto rispetto, data la sua posizione al centro del Mar dei Caraibi. L'isola avrebbe svolto un ruolo centrale nella guerra dei mari, che da oltre un secolo opponeva Spagna e Inghilterra.

Si sposta in modo convulso sull'altro lato del salone e mi volta le spalle.

"Ero a cena, come ogni sera, con la mia famiglia quando d'improvviso dei boati ci spaventarono a morte. Dei colpi violentissimi che investirono le prime case a nord della città e che a noi giungevano come echi di morte. Ero il più piccolo di cinque fratelli. All'epoca avevo solo sei anni. Ero talmente terrorizzato che corsi a nascondermi in una botola scavata sotto le mura della nostra casa" si volta e torna a fissare il mio viso stravolto, che ancora non riesce a credere a un lato tanto oscuro di un padre che ho imparato ad ammirare.

"Dopo circa un'ora di bombardamenti, arrivarono fino a noi, alla nostra casa. Da quel momento per me, fu peggio dell'inferno. Vidi i miei genitori e i miei fratelli morire uno dopo l'altro sotto i miei occhi. Alcuni prima di essere uccisi subirono torture disumane." Porto d'istinto le mani alla bocca, coprendo un grido soffocato quando Hassan, con scrupolosità e precisione, descrive il genere di torture. "Io mi salvai solo perché rimasi nascosto fino alla fine. Fino alla fine di tutto. Tre giorni e tre notti, solo, in quel buio, in quel silenzio assurdo e desolante, circondato dai cadaveri dei miei familiari. Le stesse punizioni furono inflitte anche alle altre famiglie, ad ogni abitante, nessuno escluso."

Grosse lacrime rigano le mie guance. Non immaginavo una storia simile legata al passato di mio padre, un uomo valoroso e degno di lode. Credere alle parole di Hassan, significa accettarlo sotto una veste a me ancora sconosciuta e intollerabile. È come se mi stessero parlando di un estraneo, ma ho il suo stesso sangue! E in cuor mio sento che non era un uomo crudele come viene definito.

"Non capisco" dico con un filo di voce, spezzata dalle lacrime.

"Angel, tuo padre, il tuo vero padre, non lo hai mai conosciuto. Tutte le informazioni che hai su di lui ti sono state riportate, ma pensaci ..." si avvicina con il suo sguardo penetrante "ti sei mai chiesta perché tutti i corsari avessero il terrore della Lane.G.?"

"Come?!"

"Ti sei mai fatta la domanda del perché la tua nave fosse da tutti definita *Il Fantasma*?"

"Ma io ..."

"Tutti temevano il ritorno di Morgan, reincarnato in una specie di demonio. Tutti in mare ne hanno un giusto terrore. E quel terrore dei mari oggi sei tu, Angel."

"Se quanto dici è vero, se mio padre ha fatto tutto questo al tuo popolo, alla tua città, allora perché mi hai rapita? Perché mi hai voluta qui con te, pur sapendo chi sono!"

"Ma è proprio questa la ragione. Dovevo renderti neutrale. Immaginavo che cosa fossi: un essere ribelle e indomabile, esattamente come Morgan. Quando mi raggiunse la notizia di te e delle tue scorribande in giro per i mari, rividi il mio passato. Ho creduto che riuscendo a rapirti e a tenerti qui, con me, la tua indole si sarebbe calmata e in parte anche modificata. Volevo addolcirti, farti tornare la donna che eri prima di diventare il misterioso capitan Morgan. E così è stato, almeno fino al momento in cui hai deciso che non andava più bene."

"Ti rendi conto di quanto questo sia diabolico?"

Non si scompone nemmeno di fronte alla mia ira ed ai miei insulti. Si comporta come se già sapesse ogni mia mossa, ogni mia reazione e ne fosse preparato.

"Non c'è nulla di più diabolico di quanto Morgan fece a me e alla mia famiglia. Io non sono un mostro, Angel! Desidero solo giustizia."

"E sei convinto che la otterrai approfittandoti di me?"

"Sono dell'idea che occorra tenersi stretti gli amici, ma ancora più stretti i nemici."

"Quindi io sarei il nemico?!"

"No, se imparerai a collaborare."

"Collaborare con chi? Con te?! Per diventare l'ennesima pedina nelle tue mani? Il burattino di cui tu guidi i fili? Scordatelo!" Urlo adirata "non accadrà mai!"

Lui annuisce "ora ne sono certo" aggiunge senza scomporsi.

Sento il bisogno di piangere e di picchiare contro la parete per placare la mia furia, ma mi sforzo di non perdere il controllo per mantenere la mente lucida. Ora che tutti i miei ricordi sono tornati nitidi, non voglio ritrovarmi presa in quell'orribile sensazione di non avere un passato. Poi un altro pensiero fulmineo mi attraversa. Una specie di ordine che mi impartisco da sola. Devo lasciare questo castello. Devo liberare Jack e tornare alla nostra vita e da Mary, nostra figlia. Non mi resta molto tempo, devo andarmene subito. Con un balzo mi volto e inizio a correre nella direzione opposta, ma vengo afferrata per le spalle e prima di avere il tempo di reagire, mi raggiunge un colpo secco alla nuca e cade l'oscurità.

35.

SEGUIMI!

Intontita da uno strano torpore, apro gli occhi. Non capisco subito se sia il senso di nausea a farmi dondolare o se qualcuno mi stia scrollando.

"Angel, per l'amor del cielo, svegliati!"

Questa voce ... com'è possibile?

"Nick?" la palandrana che lo ricopre mi rende difficoltoso riconoscerlo "siete voi?"

"In carne ed ossa capitano!" dichiara mentre è intento a slegare le corde annodate ai miei polsi e sulle caviglie.

"Come siete ..."

"Adesso non c'è tempo per le spiegazioni. Devo liberarvi e portarvi fuori di qui prima che si accorgano della mia assenza."

"Nick dov'è Jack?"

Lui sospira "non ti piacerà saperlo ..." afferma quando libera anche i miei piedi dai nodi che li tenevano immobilizzati.

"Che cosa gli hanno fatto?"

"Ancora niente ... ma se dovessero scoprirlo, non so che fine sarà di lui e degli altri."

"Gli altri? Mi stai dicendo che parte della ciurma è con lui?"

"Precisamente. Ora però dobbiamo sbrigarci!"

"Io non me ne vado senza di loro!"

"Chi sta dicendo che ce ne andiamo?"

Mi tende le mani per aiutarmi a rialzarmi da terra. Barcollo un po' stordita, mentre Nick è intento a spostare delle pietre rettangolari poste a lato dell'uscita di quella che sembra una cella. Qui, dove sono stata confinata per chissà quale crimine. Si apre uno squarcio dal quale esce una corrente d'aria, si tratta di un passaggio.

Nick mi guarda. "Seguimi!"

Una volta nell'harem mi guardo attorno smarrito. Ci saranno almeno un centinaio di donne. Come farò a trovarla?

"Separiamoci, Chris! Dobbiamo andare da ognuna di loro e guardarla negli occhi" dichiaro confuso, ma con la certezza ormai di esserci quasi riuscito. Lei è qui, siamo a pochi metri l'uno dall'altra e questo mi restituisce forza e tenacia.

"Bene, Jack!" risponde Chris e invita gli altri a fare lo stesso.

Alcune donne ci guardano incuriosite da quest'improvviso interesse e altre, più audaci, si accorgono che siamo uomini, ma nessuna di loro si allarma o si preoccupa della situazione, anzi, ne sono lusingate e mostrano interesse verso di noi. I bambini vengono fatti allontanare, mentre un piccolo gruppo si spoglia dei veli lunghi fino ai piedi e inizia a danzare attorno ai ragazzi. Questa ha tutta l'aria di una festa improvvisata e assai gradita della quale, però, non mi sento partecipe. Ho un unico obiettivo e non mi darò pace fino a quando non lo avrò raggiunto.

I miei compagni vengono presi uno alla volta, poi trascinati in mezzo alle ballerine. È una scena piuttosto buffa. Intanto porto avanti la mia ricerca che si fa più ardua. La maggior parte delle ragazze ha poca voglia di distrarsi. È quindi più difficile guardarle negli occhi senza correre il rischio di essere riconosciuto come uomo. Mi faccio spazio tra loro spostandole quasi di peso quando, indietreggiando per la foga del momento, le vedo arrivarmi addosso. Mi volto di scatto per evitarle, ma inciampo nel lungo abito e cado addosso a una di loro. Capitomboliamo entrambi a terra, uno sopra l'altra. La scena viene pressoché ignorata da tutti, troppo presi a dare adito ai loro istinti primordiali, così ho modo di guardarla bene. Quando i nostri occhi si incontrano è solo questione di brevi istanti. Restiamo immobili senza avere la forza di muoverci, tanta è l'emozione che ci travolge. La vedo. È lei. Scosta leggermente il velo che le copre il viso, passa le sue dita affusolate tra una ciocca dei miei capelli e sorride. Vorrebbe dire qualcosa, ma non lo fa. Lancia uno sguardo attorno per assicurarsi di non dare nell'occhio e intanto sento il suo cuore battere veloce, esplodere dal suo petto quando torna a guardarmi. Sorride appena e mi aiuta ad alzarmi invitandomi a seguirla. Ci allontaniamo dalla confusione e dall'euforia che si è creata per la nostra invadenza. Scappiamo via dal frastuono e dalla baraonda. La seguo ed entriamo in una stanza tutta bianca, illuminata da luci che esplodono dalla vetrata, dove si mescolano i colori più vividi e caldi. Al centro ci sono cuscini di ogni forma e colore, con le frange più varie, corte, lunghe, intrecciate, morbide, pesanti, leggere, di ogni genere. Nessun altro oltre a noi due. Lei chiude la tenda scura che ci separa dagli altri locali. Nella penombra viene verso di me togliendosi il velo.

Io, quasi incredulo, la guardo e la guardo ancora. Sorrido. L'abbraccio stretta a me e lei piange tra le mie braccia. Si abbandona così, di nuovo bambina, di nuovo mia, piccola come non mai. E la stringo di più, ancora più forte. E vorrei regalarle un altro sorriso. Senza sosta. Senza fine. Come ognuno di quei suoi tanti piccoli desideri che ho sempre saputo realizzare. È qui con me. E ancora stento a crederlo. Lei mi toglie il turbante usato per nascondere i capelli. Sorride senza riuscire a parlare, senza nemmeno smettere di piangere. Ed io che riesco solo ad accarezzarla serio, senza staccarmi dai suoi occhi lucidi. L'abbraccio di nuovo e la bacio, nascosto dal buio che ci circonda. Solo la luna rimane l'unica ospite gradita. Fasci di luce illuminano desideri rimasti sospesi troppo a lungo e ora raggiunti, presi ad occhi chiusi. Per sentire i nostri due cuori accelerati correre di nuovo, uno accanto all'altro, senza potersi fermare. Riflessi notturni, stelle lontane che come comete sulla loro scia luminosa, vorrebbero avvicinarsi a noi, per sbirciare tra le tende socchiuse di questa stanza. Ogni candela viene spenta, una dopo l'altra, con soffi d'amore rubati ai nostri respiri. Rapida e leggera, ogni piccola fiamma ballerina si assopisce, mentre il fumo danza nel vento, vola verso il cielo. Lento, divertito, si congeda piano piano da noi che, finalmente insieme, vaghiamo con la mente e i nostri cuori verso un tipo diverso di destinazione.

Senza nemmeno spogliarci le mani si fanno strada sui corpi che fremono. Spostano le lunghe stoffe con la foga di chi non può più aspettare, con i respiri che aumentano in modo precipitoso e le bocche affondano in un contatto intimo e assoluto. A lungo l'ho desiderata e per troppo tempo ho atteso questo momento. Solo un breve istante e sono dentro di lei, in ciò che mi appartiene e che ingiustamente mi è stato tolto. Mi muovo al ritmo dei nostri respiri dimenticando dove siamo, senza calcolare tempo e spazio, ignorando l'imminente pericolo dell'avventura che ci ha trascinati qui, sospendendo i pensieri su ogni particolare di ciò che ci attende fuori da questo angolo di pace, perché ora ci siamo solo noi due nel silenzio di una stanza vuota. Le sue gambe mi trattengono e sento le sue mani sulla mia schiena, le dita graffiare la pelle, la bocca mordere il mio collo. Le mie mani scivolano tra i suoi capelli, lucidi e profumati, dove affondo il mio viso, mi perdo in quel profumo, lecco le sue lacrime. Porto la mia mano sulla sua bocca per placare i fremiti di una passione che non riesce a trattenere, la nostra, speciale, forse imperfetta, ma unica, data da due anime che non possono essere separate. Quando il suo calore è completo, mi carico d'intensità e con tutto me stesso mi muovo deciso lasciando nel suo corpo il mio liquido caldo. Lei solleva le spalle e si avvinghia a me per poi lasciarsi andare. La sento abbandonarsi tra le mie braccia. Mi appoggio al suo petto e resto in ascolto, fino a quando il suo respiro diventa calmo e regolare.

36.

IN FUGA

L'eco di passi pesanti che si fanno più vicini, rompono la magica atmosfera. E non ci sono dubbi, li riconoscerei tra un milione: è il guardiano notturno durante la sua ronda. Se anche solo dovesse intuire che siamo nascosti qui, in pochi secondi sarebbe allarme generale.

"Jack, il guardiano! Avranno avvertito tutto il trambusto nell'harem di Hassan?"

"Oppure si sono accorti della tua scomparsa."

"Ora che si fa?!"

"Scappiamo!"

"Bene."

Indica la finestrella appena sopra di noi.

"Muoviamoci!"

Con un balzo è sul parapetto dove sono appoggiati una fila di vasi di ceramica. Basterebbe un solo movimento in più per mandarli a terra in mille pezzi.

"Jack, attento!"

Senza timore mi tende la mano tirandomi a sé. In men che non si dica siamo oltre la finestra, fuori dal castello dove ci investe l'aria fredda della notte. Ora dobbiamo oltrepassare le mura e temo non sarà altrettanto semplice.

"Ho paura, Jack!"

"Paura di che? Non devi aver paura, sei con me. Un vero capitano non conosce la paura."

Mi stringe la mano e iniziamo a correre in mezzo alla radura, immersi tra i cespugli e la fitta vegetazione dei grandi giardini del palazzo. Improvvisamente delle grida ci fanno sussultare e affondiamo ben protetti dai folti ciuffi.

"Pensi sia stata una buona idea lasciare gli altri nell'harem?"
"Non ne sono più tanto sicuro."
Le grida provengono dalle grandi finestre colorate. Proprio quelle dove Hassan tiene le sue mogli. Segue uno sparo e trattengo a stento un urlo. Inizio a temere per la vita dei miei compagni. Un altro sparo che perfora un vetro cui fanno eco altre grida.
"Li hanno scoperti! Vieni, andiamo da questa parte!"
Attraversiamo un'altra fetta di giardini dove l'erba e i rami coprono la visuale.
"Chi va là?"
Nonostante ciò, qualcuno deve aver avvertito i nostri movimenti. Ci spostiamo dietro agli alberi e ci appiattiamo sul terreno. Silenzio e uno strano odore di verde. A quest'ora della sera l'erba è fresca e umida. Poi vediamo passare una guardia piuttosto lontana da noi. Avanziamo per un tratto a carponi fino a quando Jack solleva una botola da terra, una specie di boccaporto tra il muschio.
"Ecco, presto, vieni …" e mi trascina dentro.
Ci sono delle grotte, con mura alte almeno dieci metri, fredde e buie. Non credevo che sotto al palazzo ci fossero dei passaggi segreti. Fa talmente freddo che possiamo vedere il vapore dei nostri respiri. Jack mi stringe forte la mano senza lasciarla e nonostante questa pericolosa fuga, mi sento di nuovo al sicuro. Camminiamo per un lungo tratto nel buio e nel silenzio. Una minuscola luce ancora lontana attira la mia attenzione. Mi arresto spaventata e stringo la mano di Jack trattenendolo per la paura.
"Non temere" mi sussurra.
Procediamo in direzione di quella luce. È una torcia sorretta da un uomo che ci sta aspettando immobile. Man mano che la sua figura si avvicina, identifico altre tre sagome accanto a lui. Li riconosco, sono i nostri compagni. Sono tutti salvi e di nuovo insieme, benché sepolti vivi in questi cunicoli.
"State tutti bene?" domanda Jack.
"Sì, capitano!" dichiara Nick "ora stiamo tutti bene" e mi guarda con un sorriso profondo e di grande sollievo.
"Nick, dove sei stato per tutto questo tempo?!"

"Ero qui, al castello, capitano. Sapevo che vi avrebbero portata qui e non potevo lasciarvi sola."

"Come lo sapevate?"

"Io ero nella carovana con Hassan quando si mise in fuga. Conosco questo luogo come le mie tasche."

"Se non fosse stato con noi" continua Jack "questo piano non sarebbe mai stato possibile da realizzare."

"E non ne siamo ancora fuori" si affretta a precisare Nick.

Incrocio gli occhi dei miei amici e li abbraccio, restando un po' più a lungo tra le braccia di Chris.

"Dov'è Mary?" gli chiedo "con chi l'avete lasciata?"

Chris incrocia lo sguardo di Jack e c'è un momento sospeso in cui lui tarda nella risposta.

"Che succede Chris? Come sta mia figlia?"

"Sta bene, non temere" mi rassicura stringendomi le spalle "è rimasta sulla nave con Anna e Sebastiano."

"Ed è esattamente lì che dobbiamo tornare" ordina Nick "seguitemi in silenzio. Capitano! Le vostre armi."

Nick ci passa giacca e armi. Di nuovo con i miei vestiti. Ci liberiamo alla svelta di queste stoffe, infilandoci camicia, pantaloni e cintura. Procediamo muovendoci in fila indiana sotto la luce delle torce. Il labirinto segreto ci conduce fin ben oltre le mura del castello. Nick ha chiuso ermeticamente l'ingresso conosciuto da Hassan e ha messo delle guardie complici a curare che nessuno possa intrufolarsi nella botola nascosta tra i giardini. Così facendo le ricerche risulteranno vane, permettendoci di mettere distanza tra noi e il castello.

"Hassan non è uno stupido" dice Nick aumentando il passo "si accorgerà che le pietre sono state rimosse. Per questo dobbiamo lasciare questi cunicoli il più rapidamente possibile."

Ad attenderci altri membri del mio equipaggio che ci hanno raggiunti con dei cavalli. Strisciamo fuori da un buco nel terreno simile alla tana di un coniglio e corriamo nel buio per raggiungerli. Nick intima di non parlare e di spegnere le fiaccole che fino a questo momento ci hanno aiutato nelle tenebre del labirinto. Ora l'unica alleata rimane la luna e la sua scia argentea, distesa a farci strada.

Jack salta a cavallo con un balzo. Lo guardo un attimo in silenzio. Allunga la mano destra e mi aggrappo. In un attimo sono in sella a quel bellissimo cavallo bianco, vicina a lui.

"Siamo vivi" riesco appena a dire.

"Siamo qui" mi risponde e lancia il cavallo al galoppo. Lo stringo forte e fuggiamo via, lontano da tutto e tutti, persi nel vento freddo del deserto.

Notte fatta di nuove speranze, di fuga. Notte profonda. Luci spente. Un vento dal sapore fresco che viene da lontano. Il sapore del mare. Luna che esalta le loro ombre perdersi nel buio mentre spariscono nella notte.

E quel palazzo uscito da una fiaba, con le sue mura immacolate, sembra improvvisamente vuoto. Vuoto di vita, perché la vita, l'hanno portata via loro. Due figure serene, egoiste di vita, di amore, di felicità. La loro felicità. Vera. Ritrovata. Volano in una notte che perde i suoi confini. Disegnati tra le dune di sabbia, in quel controluce blu e il mondo attorno si ferma per farli passare, per vederli andare via … insieme.

37.

KIMERA

Mi sollevo di scatto come al risveglio da un brutto sogno. Le mie dita affondano nella sabbia fresca e questo contatto ha il potere di rilassarmi. Davanti a me un accampamento improvvisato vede tutti i miei amici schierati attorno al fumo lasciato da un braciere ormai consumato. La maggior parte sta ancora dormendo, altri sono di guardia. Porto lo sguardo al cielo dove le ultime stelle stanno scomparendo. Sono salva.

Mi volto e vedo Jack addormentato accanto a me ed è come un piccolo miracolo compiuto sotto i miei occhi. Non siamo ancora liberi, ma lontani dall'incubo che ci ha travolti e questo non è un sogno, non più.

Col sorgere del sole una lastra di luce e chiarore fantasmagorico si apre di fronte ai miei occhi. L'azzurro intenso nello specchio d'acqua, splende sereno sotto il sole che lo accarezza. L'orizzonte va a tingersi di un'esplosione di arancio e rosa, mentre nuvole soffici come cotone catturano i primi raggi, assumendo una luminescenza irreale. Avverto sulla pelle il vento impregnato dell'odore salmastro, una sensazione stupenda che avevo dimenticato. È come se fosse la prima volta che vedo il mare e mi sento completa e felice.

Qualcosa scintilla sulla sabbia poco distante da me, come un segreto custodito dalle onde. Ogni volta che la risacca lo scopre, il suo luccichio dorato cattura la mia attenzione, suscitando curiosità. Mi alzo per andare a vedere e la scopro: la conchiglia più bella che abbia mai visto. Avvicinandomi all'acqua vengo travolta dall'irrefrenabile desiderio di toccarla. Un'ombra alle mie spalle mi sorprende. Jack mi osserva con un sorriso misterioso e si avvicina a me. Annuendo ad una domanda che io non ho ancora formulato si china e sussurra:

"Ti prometto che vedrai questa luce ogni mattina di ogni giorno della tua vita!"

Poi un bacio ci unisce e da quel momento non esistono altro che le sue labbra calde, i nostri corpi abbracciati e il profumo del mare scaldato dal sole. L'unico rumore percepibile è il dolce infrangersi delle onde sulla spiaggia.

Un suono che cresce e arriva a noi, diventa canto e ci invade all'improvviso. Guardo nuovamente il mare e con un istinto irrefrenabile inizio a cantare con i piedi immersi nell'acqua. Jack resta più indietro e mi osserva. Poco dopo le sirene appaiono in lontananza. Nuotano verso la spiaggia e sono con me in un unico, armonico canto. Per la prima volta intoniamo insieme la poesia del mare. Il nostro canto si fa intenso ed energico. Sono diverse, ognuna con la loro caratteristica, nessuna uguale all'altra. Alcune si distendono sulla sabbia, altre saltano nell'acqua come delfini, altre si lasciano trasportare a riva dalle onde.

"Kimera! …"

"Angel! …"

Kimera viene verso di me e quando si solleva dalla sabbia un brivido mi avvolge. Ha perso le sembianze di sirena, è una donna e cammina verso di noi. Jack le va incontro e non sembra essere per nulla sorpreso. Le altre sirene continuano a nuotare nella baia di fronte a noi.

"Ti devo ringraziare, amica!"

"Da quando mi consideri un'amica, Jack?"

"Da quando mi hai riconsegnato la cosa più pregiata al mondo …" si volta e mi guarda.

"Hai fatto tutto da solo, Jack! Non mi devi nulla" risponde Kimera "è solo merito tuo."

"Tu sei quella che mi ha fatto uscire da Jabr 'Isam Jail e mi ha guidato sulla giusta rotta."

"Vero, ma quello che si è avventurato nel deserto incurante del freddo e dei percoli, sei tu! Tu e i tuoi fedeli amici. È cosa di poco conto per te?"

"E' tra le cose più importanti che si possa avere" risponde.

"Siete stati entrambi abili e leali" aggiungo nell'avvicinarmi "la vostra collaborazione vi ha guidati a me. Non dimenticatelo mai!"

"Grazie Angel, non lo dimenticherò."

Mi prende le mani e ci guardiamo per alcuni istanti, prese l'una dall'altra come immerse in un vortice inspiegabile che ci unisce. C'è qualcosa in noi di simile e infinito, lo percepiamo entrambe.

"Com'è possibile questo?" le domando guardando le sue gambe che hanno preso il posto della sua magnifica coda argentea.

"E' l'incantesimo che ci unisce. Tu hai preso qualcosa da me e io da te."

Quando lascia le mie mani si volta per rituffarsi in mare. Non appena si trova a contatto con l'acqua, le sue gambe tornano ad essere quella magnifica coda iridescente che la distingue da tutte le altre sirene e si erge sul pelo dell'acqua come una dea.

"Ci rivedremo?" Jack tenta di rincorrerla e lei lo guarda con un'espressione sicura.

"Tieni gli occhi puntati sull'orizzonte."

Kimera si tuffa in mare e io la seguo. Nuotiamo insieme e scopro di essere proprio come lei. Ecco l'incantesimo di cui parlava. Pur non avendo né pinne, né branchie, nuoto e mi muovo nell'acqua come una sirena.

Le altre sirene raggiungono Kimera, lei mi ferma e volge la mia attenzione all'orizzonte. Solo ora mi accorgo di grandi vele dirigersi verso di noi stringendo il vento.

"È giunto il momento di salutarci, Angel Morgan" mi dice Kimera con un volto serio e malinconico "ho guidato la Blue Royale fino a qui, vi porterà in salvo. La Perla Nera e la Lane.G. sono al sicuro in una baia poco distante e vi stanno aspettando con il resto dell'equipaggio."

"Come potrò mai ringraziarti?"

"Vedi Angel, molti credono che noi siamo creature malvagie, ma agiamo solo d'istinto, come ogni creatura marina. L'istinto non è mai malvagio, solo che nessuno sa riconoscerlo e ascoltarlo. In te, Angel, c'è una nuova natura: segui ciò che ti dirà e ti porterà sempre sulla giusta rotta."

"Kimera …"

"Sì, Angel…" risponde sollevando la sua ampia e coda.

"Ci rivedremo un giorno?"

"Ogni volta che canterai, io lo farò con te."

La guardo scomparire tra le onde in una scintillante scia d'acqua, fino alle profondità dell'oceano e non posso fare a meno di provare nostalgia per una creatura che nella difficoltà e stata pronta, leale e sincera. Una creatura diversa da ciò che raccontano tante leggende. Non sarà mai un mostro marino, ma sarà sempre parte di me.

38.

TRE NAVI

L'orizzonte disegna una baia incontaminata e dall'alto del ponte del cassero della Blue Royale, si possono distinguere chiare le due navi alla fonda, una con le vele grigie e l'altra con le vele nere. Ci avviciniamo con rapidità, sospinti da un vento benevolo e propizio che fa ondeggiare le piume dei nostri cappelli ed io, in mezzo tra Edward e Jack, mi sento come se stessi tornando a casa. Laggiù, c'è ancora qualcuno che attende il nostro ritorno. Nessuno di noi osa parlare per non sporcare questo momento che cela qualcosa di solenne. Tutti e tre restiamo immobili a fissare la meta che si fa sempre più vicina e quando un ufficiale chiama "Capitano!" ci giriamo all'unisono.

L'ufficiale resta per un secondo interdetto.

"Signori, ci prepariamo per l'ormeggio alla rada."

"Avviciniamoci il più possibile" risponde Warley.

"Sì, signore."

La nave rallenta e beccheggia sulle onde pacifiche. Quando anche l'ultima vela viene ammainata, il rumore dell'argano ci fa capire che siamo prossimi all'attracco. La Lane.G. appare minuscola accanto ai due velieri a tre alberi, ma anche bellissima, almeno ai miei occhi. Il boccaporto si solleva e una testolina riccia con i capelli scompigliati dal vento, sbuca agitando le braccia, seguita da Anna.

"Jack! È nostra figlia!"

"La vedo!"

Corro verso il parapetto e lo scavalco proprio nel momento in cui viene issata una passerella di legno per permetterci di passare da una nave all'altra. Il legno traballa sotto i miei piedi, ma l'immensa felicità di rivedere mia figlia che mi corre incontro mi fa dimenticare tutto il resto. Allungo le braccia e lei mi riconosce, correndo a sua volta verso di me. Ora le sue gambe la sostengono ed è sicura da permettersi perfino una corsetta che si conclude tra le mie braccia. La stringo a me con la consapevolezza che si materializza solo in questo istante: quella di aver vissuto momenti talmente drammatici da perdere ogni certezza di poter vivere un momento come questo. Ora, invece, sono qui, siamo qui entrambi. Mi volto verso Jack che ci sorride dal ponte della Perla, mentre Warley, dalla Blue Royale, mi fa un moderato inchino con il capo, posando una mano sul suo elegante cappello. La mia famiglia è riunita, tutto è compiuto.

"Allora, è deciso" dichiara Jack.
"Sì" rispondo.
"Angel, ne sei proprio sicura?" domanda Warley al termine di una riunione improvvisata nella sua cabina.
"Sì Edward, il mio destino è altrove."
"Avresti reso fiero tuo padre" afferma.
"Non sono certa di poter dire la stessa cosa in quanto figlia" controbatto con fermezza.
"Che cosa stai dicendo, Angel?"
"Romero de Torres le ha riempito la testa di cattiverie sul conto di Henry Morgan" sentenzia Jack.

"Chi mi dice che non siano vere?"

"Angel, ora ascoltami …" Warley si pone di fronte a me con quel fare paterno, così come ha sempre fatto quando voleva insegnarmi qualcosa. "Quello che ascolterai, forse non ti convincerà, ma è la nostra vita e devi prenderne atto. Tuo padre non era di certo un santo! E tu? Che cosa avresti fatto per salvare Jack e tornare da tua figlia? Chi di noi può affermare di essere sempre onesto? Questa vita ci mette troppo spesso nelle condizioni di non avere scelta. Quando serve decidere da che parte stare, quali vite scegliere, non sempre le soluzioni sono convenienti per tutti e tu dovresti saperlo. Ogni scelta, ogni decisione, porta con sé un prezzo da pagare. Tuo padre ha commesso degli errori, ma chi non ne commette? Una cosa, però, te la voglio dire: ha sempre agito nell'interesse comune, salvaguardando i suoi uomini, con attenzione e dedizione. L'ordine, il rigore, la precisione, le sue armi migliori contro ogni nemico. Ecco perché i suoi uomini lo hanno tanto apprezzato, distinguendolo come uno dei più famosi corsari al mondo. In questo sei uguale a lui. Morgan, sii fiera di portare questo cognome e conserva di tuo padre il ricordo di quel nobile condottiero, come è giusto che sia."

Annuisco e guardo Jack.

"D'accordo Edward."

"Per quello che vale, tuo padre è già fiero di te."

"Grazie." Sorrido. "La mia decisione, però, non cambia."

"Come desiderate, capitano."

☠☠☠

Le tre navi beccheggiano nella baia mentre gli equipaggi si predispongono per una partenza ormai prossima. Io scelgo di continuare il mio lavoro di gabbiere sulla Lane.G. La gestione della velatura e tutto il grande lavoro che ne consegue, sono ormai diventate il mio punto fermo, qualcosa di irrinunciabile.

Una folata di vento m'investe, ma è solo un attimo. Le vele sono ancora ben arrotolate e all'orizzonte il cielo appare terso e libero da nubi. Lancio uno sguardo verso la Blue Royale, il gigante accanto a noi, impressionante come stazza se paragonato a questa sloop. Potrei scegliere diversamente, ma amo questa nave, così come amo il comandante che la guida e che ora appare di fronte a me come una visione cui non ero più abituato. La trovo ancora più bella dell'ultima volta che la vidi in veste di capitano.

Al suo passaggio tutti ci alziamo in piedi, mentre Angel si sposta sul ponte. Anche Jack e Warley si affacciano dalla loro nave, direttamente dal ponte del cassero. C'è un tempo sospeso in cui i tre capitani si guardano o meglio, si ammirano, circondati dal loro equipaggio. Angel è seria e determinata. Di quella donna fragile e incapace, non è rimasto nulla. Ora, su quel ponte, c'è solo un grande capitano fiero di esserlo.

Ci raduniamo allungando il collo, curiosi osservatori di uno spettacolo unico nel suo genere. Poche volte capiterà di vedere un simile raduno.

"Capitano!" Nick attira l'attenzione di Angel e lei abbassa lo sguardo. "Signore, pronti per salpare?"

"Tutti gli uomini in coperta e predisporsi alle manovre!"

"Sì signore!"

"Gabbieri!"

"Signore!"

"Mi serve la vostra attenzione."

Ci disponiamo in una linea ordinata di fronte a lei. Ci osserva uno ad uno camminando di fronte a noi.

"Signori, siete convinti di restare sulla Lane.G.?"

Ci guardiamo tra noi un po' smarriti e rispondiamo unanimi "sì, signore."

"Siamo felici di questo ruolo e di servirvi."

"Vi ringrazio."

Passeggia lungo il ponte e riflette.

"Manovrare la Lane.G. richiede quattro gabbieri al massimo. Siete d'accordo?"

"Sì, signore" rispondono i ragazzi, mentre io resto ancora titubante.

"Qual è il problema, signor Condent?" Angel mi guarda dritto negli occhi "non sei d'accordo con il tuo capitano?"

"Signore, ritengo siano sufficienti anche tre gabbieri, considerata la mole della sloop, ma mi chiedo: a quale scopo?"

"Non mi serve sapere altro. Uomini, alle vele! Signor Condent, seguitemi al timone."

Impiego alcuni istanti per metabolizzare la sua richiesta, mentre i miei compagni dispongono le vele. Quando mi trovo accanto a lei, la vedo estrarre la sua spada e mi invita a fermarmi davanti al timone, nel punto in cui tutti possano vederci. Sollevo le braccia incerto, con gli occhi sbarrati e il timore di dover subire una punizione, ma lei ricambia la mia titubanza con un sorriso rassicurante.

"Condent! Oggi, giorno 16 del mese di febbraio 1700, io Angel Morgan, in qualità di capitano della Lane.G., ti nomino ufficialmente capitano. So che dedicherai la tua vita a questa nave e questo ti fa degno di esserne il comandante."

Rinfodera la spada e si avvicina a me che sostengo il suo sguardo quando mi parla con voce sommessa, in modo che nessun altro ci possa sentire.

"Chris, sei tra le persone migliori che abbia mai incontrato nella vita, compagno fedele di ogni avventura, maestro e amico. Ti affido la mia nave che per me è come una seconda figlia. Solo tu potrai dedicarle amore e cure adeguate."

I nostri respiri diventano uno solo e si fanno pericolosamente vicini. Non serve dire più di quanto già detto. Non ci sono ulteriori azioni da fare se non un ultimo, estremo saluto.

"Angel ... io ..."

"Le mie più sentite congratulazioni, capitan Condent. È per me un grande onore affidarti questo incarico."

"Sì, signore" rispondo con la voce spezzata dall'emozione, mentre la guardo allontanarsi e salire sulla Perla Nera, dove Jack e Mary la stanno aspettando.

"Ma ... capitano?"

L'equipaggio non comprende subito la scelta di Angel, ma io so che è stata dettata dal cuore e da nuove esigenze.

È Jack che interviene, sentendosi in dovere di fornire loro una spiegazione.

"La vita in mare per noi si conclude qui …"

A quelle parole anche la ciurma di Jack resta sbalordita.

"Faremo rotta su Genova, torniamo in Italia. Mary ha bisogno di crescere in un posto sicuro con la sua famiglia e il mare non è tra questi. Abbiamo attraversato e sconfitto molti nemici, superato tante vicissitudini, ma non potrà andarci sempre bene e io non posso permettere di far correre altri rischi alla mia famiglia. Dopo che la Perla Nera avrà attraccato a Genova, il signor Hordnett prenderà l'incarico di scortarla fino alla baia dei relitti, dove resterà confinata per sempre. Kimera e le sirene veglieranno su di lei."

"Capitano, che cosa ne sarà di noi?"

"Capitan Warley e capitan Condent, saranno felici di scegliere tra voi la loro ciurma."

Se non lo conoscessi bene, direi che Jack si sta lasciando andare alla commozione di un giorno insolito e particolare, dove il suo mondo ha cambiato prospettiva e naviga verso nuovi orizzonti, quelli di un padre che si preoccupa, pensando al meglio per la sua famiglia.

"Signori, è stato un onore aver navigato con voi."

Gli occhi di Jack sono lucidi quando li volge a Angel e Mary. È un momento surreale e profondo, che ricorderò per sempre. Un momento in cui non sono mai stato più orgoglioso di capitan Jack Sparrow.

39.

CHRIS

Il sole mi saluta e sembra darmi il benvenuto in questa nuova dimensione. Lo guardo fissando l'orizzonte dove la nave con le vele nere ha preso il largo verso un lungo viaggio che la attende. Quella nave si sta portando via non solo un pezzo del mio cuore, ma anche della mia vita. La mia prima vita in mare, scelta per diperazione, ma per niente affine ai miei desideri e al mio carattere. Come ci sia finito in un covo di pirati come quello, ancora non me lo spiego, ma quando incontrai Jack per la prima volta, restai affascinato dalla sua parlantina, da quella risolutezza non comune e un'energia che mi trasmetteva tanta voglia di vivere, esattamente ciò di cui avevo bisogno per continuare a credere che la vita potesse essere migliore rispetto a quello che mi avesse offerto fino a quel giorno. Mi affidai a lui con completa fiducia, la stessa che si attribuisce a una famiglia.

Fu così che ebbe inizio il mio addestramento fuori dagli schemi comuni, ma non per questo semplice. Potrei definirlo il periodo più complesso della mia vita, perché mi ero preso troppo sul serio. Poi Jack mi insegnò la leggerezza, quella necessaria per sopravviere in mare. Da quel momento imparai a gestire gli stati d'animo riconoscendo in quella sgangherata compagnia, i fratelli e gli amici che non avevo mai avuto.

Poi arrivò lei, così inaspettata per chiunque di noi. Una creatura lontana dalla nostra realtà piombata nelle nostre vite per stravolgerle. Nessuno, infatti, restò immune alla sua presenza, anche se per motivi differenti. Tutti avevano un riguardo particolare per quegli occhi imploranti e impauriti, per quel fisico mal ridotto, ciondolante e denutrito. Il timore di poterla perdere fu grande e questo risvegliò in noi un forte senso di protezione.

Per me fu come rinascere uan seconda volta e scoprire che esistono emozioni intense e uniche. Fu un ciclone capace di ribaltare ogni mia certezza. Così la presi per mano portandola nel mio mondo, incapace di stabilire dei confini, perché preso da una realtà sconosciuta che non potevo gestire. Mi lasciai andare coltivando speranze alle quali mi ero aggrappato saldamente, senza sapere a che cosa stessi andando incontro. Il destino, infatti, aveva già giocato le sue carte e mi colse alla sprovvista, costringendomi a reprimere qualcosa che mi stava esplodendo dentro.

I sentimenti non sono carte geografiche, non si possono delineare con una penna, ma ti sorprendono e travolgono. Saperli trasformare è stata la mia abilità più grande, quella che oggi mi porta qui, ancora vivo, a nutrire speranza per il futuro.

Lei è sempre appartenuta a qualcun altro, da subito. È arrivata sulla nostra nave per un motivo e quel motivo non ero io.

Ho voluto ignorare, per mia volontà, le loro voci sussurrate, le loro risa, la loro complicità. Eppure quelle mani, le mani di Jack sul suo corpo, la accarezzavano come nessuno mai avrebbe potuto. I loro occhi si guardavano come mai mi era capitato di vedere in nessun altro. Vederla così, tra le braccia di Jack, felice e sorridente come non lo era con me, fu qualcosa di inaspettato e assolutamente sconvolgente, ma concreto, con il quale ho dovuto fare i conti.

Fino all'ultimo istante ho pregato che quelle attenzioni, quei sorrisi e quel corpo da sirena, un giorno sarebbero stati solo per me. Avevo sperato che la convinzione di Angel che Jack fosse ancora vivo, si sarebbe sciolta col tempo, ma era nutrita con troppa certezza. E solo ora capisco quanto tra loro due ci sia da sempre un'evidente e reciproca corrente invisibile. Un filo che, malgrado la lontananza e le disavventure, li ha tenuti uniti. Qualcosa che in passato avevo avvertito, ma mai ascoltato. Usavo l'immaginazione. Però, una cosa è immaginarlo e un'altra è vederlo con i propri occhi.

Oggi l'ho capito, il tempo mi è stato d'aiuto.

Saperla felice accanto all'uomo che ama è la mia consolazione più grande.

Guardo la prua della mia nave, quella che lei mi ha lasciato. Il suo gesto assoluto mi ha colpito. Ci sono altri marinai più esperti che avrebbero potuto ricoprire questo incarico degnamente, eppure, lei ha scelto me, ha voluto me al timone della sua nave. Forse, dopotutto, ho rappresentato anch'io qualcosa di importante per lei. Mi ha lasciato la sua nave, conquistata con sacrifici, pianti e sudore. La fatica di chi non si arrende, misurandosi con le avversità più spietate e talvolta anche crudeli. Ed io, in disparte a osservarla, per non lasciarla mai sola, per essere pronto nel caso avesse avuto bisogno di me.

La Lane.G. un dono che è parte di lei. Mi ha affidato sé stessa, quella vita che si sta lasciando alle spalle che da oggi vivrà in me. E anche questo ... è amore.

Genova - 1700

ROMANZI FANTASY-STORICI
omaggio al corsaro Henry Morgan
(Llanrumney, 1635 – Port Royal, 25 Agosto 1688)

omaggio a Johnny Depp
Nella saga Pirati dei Caraibi interpreta Jack Sparrow

La collana di romanzi LEGGENDA DI UN PIRATA

MY PIRATE – *Il mio Pirata* - 2007

MORGAN'S LEGEND – *Leggenda di Capitan Morgan* – 2023

PIRATE LAND – *Ai confini dell'amore* - 2024

Visita la pagina autore Amazon di Roberta Rotondi

Printed in Great Britain
by Amazon

b2f6d444-e168-434b-b7a1-0cce5f402da3R01